TOD BEI DEN SALZBURGER FESTSPIELEN

Sophie Reyer wurde 1984 in Wien geboren, wo sie auch heute lebt. Nach dem Studium an der Kunsthochschule für Medien Köln erlangte sie 2017 den Doktor der Philosophie in Wien. Sophie Reyer hat bereits zahlreiche Theaterstücke sowie Romane geschrieben, die unter anderem bei S. Fischer, Edition Atelier oder Czernin erschienen. Sie erhielt 2010 und 2013 den Literaturförderpreis der Stadt Graz und 2013 den Preis »Nah dran!« für das Kindertheaterstück »Anna und der Wulian«. Sie gibt zudem Lehrgänge für Film-, Medien- und Theaterwissenschaft an der Uni Wien und der Pädagogischen Hochschule Baden.

Dieses Buch ist ein Roman. Einige Personen wie Else Heims, Max Reinhardt und Attila Hörbiger hat es tatsächlich gegeben, ihre Handlungen sind jedoch frei erfunden und/oder literarisch überhöht.

SOPHIE REYER

TOD BEI DEN SALZBURGER FESTSPIELEN

HISTORISCHER KRIMINALROMAN

emons:

MIX
Papier | Fördert gute Waldnutzung
FSC® C177064

Cäcilienstraße 48, 50667 Köln
info@emons-verlag.de
www.emons-verlag.de

Umschlaggestaltung: finken-bumiller//burkhard finken,
unter Verwendung der Bildmotive
shutterstock.com/Greens87/Zorica Jovanov/Abdul1991/sebos
Gestaltung Innenteil: DÜDE Satz und Grafik, Odenthal
Druck und Bindung: sourc-e GmbH
Printed in Europe 2025
ISBN 978-3-7408-2585-0
Historischer Kriminalroman
Originalausgabe

Dieser Roman wurde vermittelt durch die
Schoneburg Literaturagentur und Autorenberatung
Dr. Patrick Baumgärtel.

Ich danke Gert Korentschnig für den Impuls,
mich mit Else Heims auseinanderzusetzen,
und Pia Janke für ihre Inspiration.

Wenn ein Mensch dahin ist,
nimmt er ein Geheimnis mit sich.

Hugo von Hofmannsthal

PROLOG

Es dämmert, als er die Straße betritt. Rings um ihn nichts als Nebel, und die Lichter der Stadt kommen ihm vor wie ferne helle Sterne, während er mit sicherem Schritt den Berg hinunterwandert. Er weiß, wohin er geht; fast ist es, als ziehe ihn ein unsichtbarer Faden hinab unter die Menschen, und eine freudige Erwartung dessen, was kommen wird, breitet sich in seinem Bauch aus. Denn in Nächten wie diesen ist er auf der Suche nach einer einmaligen und ganz besonderen Melodie – der Melodie des Sterbens. Seit vielen Jahren bereits kennt er sie, und sie ist ihm eine treue Begleiterin gewesen – bis heute. Er lächelt leise, während sich sein Blick nachdenklich in der Himmelskuppel über ihm verliert.

Interessanterweise fällt die Melodie des Sterbens viel weniger dramatisch aus, als man denken würde, überlegt er und hört dem Krächzen eines Raben nach, der sich in die Höhe schwingt und mit schweren Flügelschlägen im Dunkel verschwindet. Tatsächlich: Eigentlich würde er sie sogar fast als friedlich bezeichnen, auch wenn sie viele unterschiedliche Spielarten haben kann. Bei den einen fällt sie hoch und hektisch aus, bei den anderen wieder ist sie nichts als ein langsam verlöschender liegender Akkord. Aber eines tut sie immer: Sie reißt denjenigen, der ihr lauscht, in die Gegenwart hinein. Und er ist süchtig danach, in die Gegenwart hineingerissen zu werden.

War da ein Geräusch? Er hält inne, sieht sich um. Inzwischen hat er den Fuß des Berges erreicht, und das Zentrum der Stadt liegt vor ihm. Kann es sein, dass jemand ihm folgt? Nein, versucht er sich zu beruhigen, um ihn nichts als die Schwärze der Nacht. Mit federnden Schritten überquert er die Brücke, geht auf den Domplatz zu, dessen Pflastersteine von einer Straßenlaterne erhellt werden, und biegt dann in die kleine

Seitengasse neben dem Mariendenkmal ein, wo er sich, hinter einen der marmornen Engel geduckt, auf die Lauer legt. Die Schatten der Nacht vertiefen sich, während er seinen Blick über das Kopfsteinpflaster und weiter zu dem kleinen Wirtshaus »Zum Goldenen Gansl« am anderen Ende des Platzes wandern lässt, in dessen Fenstern noch Licht zu sehen ist. Es ist ein weiches, behagliches Licht, das ihn ein wenig an Wachs denken lässt. Genau richtig für diese Sommernacht, sagt er sich und lächelt.

Es dauert nicht lange, da geht mit einem leichten Knarren die Tür auf, und eine große, hagere Gestalt betritt den Gehsteig. Er spürt, wie ihm das Herz in der Brust zu flattern beginnt wie ein kleines Vögelchen. Einen Moment lang kneift er die Augen zusammen, um sich zu versichern, dass er sich nicht täuscht. Nein, es ist, wie er erwartet hat: Hans Pöcksteiner, der Schauspieler höchstpersönlich, kommt, den Kopf ein wenig eingezogen, aus dem Wirtshaus.

Mit einer raschen Bewegung verlässt er den Schutz des Denkmals, baut sich vor ihm auf und lächelt. Pöcksteiner bleibt stehen. Er betrachtet ihn und zieht fragend eine Augenbraue in die Höhe, aber noch bevor der Schauspieler etwas sagen kann, kommt er ihm zuvor.

»Herr Pöcksteiner?«, fragt er. Das Licht der Straßenlaterne flackert kurz auf dem ausdrucksstarken, etwas müden Gesicht mit den großen, in tiefen Höhlen liegenden Augen vor ihm.

»Ja?«

Er zieht sein Lächeln in die Länge, versucht, Zeit zu gewinnen, während er die linke Hand so unauffällig wie möglich in seine Hosentasche wandern lässt. »Der Schauspieler, hab ich recht?«, sagt er in säuselndem Singsang und spürt, dass er sich beeilen muss, denn über Hans Pöcksteiners Züge wandert bereits ein skeptischer Ausdruck.

»Was wollen Sie?«, fragt dieser auch prompt und wischt sich ein wenig Schminke – offensichtlich hat er sich nach der letzten

Probe nicht gut gesäubert – aus dem Gesicht, sodass seine helle Haut zu sehen ist.

Er macht einen weiteren vorsichtigen Schritt auf Hans Pöcksteiner zu, und da geschieht es: Jetzt bekommt sein Gegenüber Angst.

»Verschwinden Sie!«, ertönt es zischend, doch er lächelt nur weiter. Seine Finger wölben sich fester um den scharfen Gegenstand in seiner Tasche, und als Pöcksteiner an ihm vorbeigehen will, stellt er sich ihm in den Weg.

»Ich hab gesagt, verschwinden Sie!« Pöcksteiner starrt ihn an, und seine Unterlippe beginnt zu beben.

»Aber Herr Pöcksteiner! Aber bitte, Gevatter Tod!« Er atmet theatralisch und verdreht die Augen. Dann, mit einer Bewegung leiser als ein Lufthauch, stellt er sich auf die Zehenspitzen, beugt sich nach vorne und küsst Hans Pöcksteiner sanft auf die Wange. Er spürt weiche, junge Haut und merkt, wie ihm innerlich warm wird. So fühlt sich wirklich nur Lebendiges an, denkt er und möchte sich schon dem Kuss hingeben, doch Hans Pöcksteiner ist alles andere als entzückt von der Annäherung.

»Sind Sie wahnsinnig?«, schnarrt er und will ihn von sich schieben, er ist jedoch schneller und streicht ihm mit der rechten Hand über den Rücken, unter dem leichten Hemd die Wirbelsäule erahnend, durch die die Lebensenergie pulst. Dann zieht er den kalten Gegenstand, um den sich die Finger seiner anderen Hand geschlossen haben, aus der Hosentasche – und holt zum Stich aus.

Ein hohler Laut ertönt, gefolgt von einem dumpfen Schrei, den er rasch mit seiner freien Hand erstickt. Hans Pöcksteiner starrt ihn mit flatternden Lidern an – und sinkt dann röchelnd zu Boden.

Er lauscht, während der hagere Körper vor ihm seinen letzten Atem aushaucht, lauscht aufmerksam. Inzwischen ist ihm dieser Klang des Verendens bis ins kleinste Detail bekannt – und dennoch ist er immer wieder überrascht über die verschiedenen Facetten, die die Melodie des Sterbens annehmen kann.

Was für ein Glück er hat, denkt er, während er das Messer zurück in die Hosentasche steckt. Er sitzt in der ersten Reihe des Lebens, wie in einer Opernaufführung, und hört den letzten Klängen zu. Nur wenige kommen so nah an die Existenz heran wie er, und er liebt dieses musikalische Schauspiel. Dargeboten wird die Musik immer von einem einzelnen Menschen. Jeder spielt die Melodie des Sterbens anders, das ist das Wunderbare: Im Tod klingt keiner wie der andere. Schön, oder?

Mit dem Handrücken wischt er sich über die Stirn, auf der sich Schweißperlen gebildet haben. Leb wohl, Hans Pöcksteiner, denkt er, während er sich umdreht und den Domplatz verlässt.

ELSE

HIMMEL UND ERDE

Berlin, 1882

»Am Anfang schuf Gott Himmel und Erde!« Das erzählt man Else schon früh. »Er hängte am Himmelsgewölbe eine Kugel auf – und es ward Licht!«

Else lauscht gebannt. Zu Beginn also wird es hell, denkt sie und sieht sich um. Da gibt es die Mutter, deren Haut weiß ist und deren Haar dunkel, und die Räume der Wohnung, durch die das Licht flutet, wenn es Morgen wird. Neben der guten Stube liegt das einfenstrige Schlafzimmer, daran sich nach hinten zu ein bloßer Durchgang anschließt, der in die Küche führt, aus der es meist wunderbar nach gekochten Kartoffeln und Milch duftet.

Am Anfang ist es friedlich, denn die Mutter ist immer da. Sie wacht über Else wie Sonne und Mond gleichzeitig. Sie ist auch so fern wie die Sonne – unerreichbar in ihrem Geheimnis, das aus raschelnden Kleidern besteht, die sich um sie herum auffalten, wenn sie sich bewegt. Ein Geheimnis, das nach Lavendelöl duftet und nach den klirrenden Ketten klingt, die sie um den Hals trägt. Oft betrachtet Else die Mutter, sieht ihr dabei zu, wie sie in der Küche arbeitet. Alles gefällt ihr an ihr: der Schwung der Bewegung während des Kochens, ihr nach vorne geneigtes, besonnenes Gesicht, das walnussbraune Haar, das ihr dabei ein wenig in die Stirn fällt, und vor allem die großen, dunklen, lebendigen Augen.

»Warum wird es Tag und Nacht?«, fragt Else. »Du hast immer davon erzählt, dass der Schöpfer Licht und Dunkelheit geschaffen hat, aber warum wechseln sie einander ab?« Else will alles wissen. Immer will sie alles wissen.

Die Mutter verdreht die Augen, ohne aufzublicken, während sie mit raschen Bewegungen Kartoffeln schält.

»Weil Gott nicht nur das Licht von der Dunkelheit schied«, sagt sie dann und wischt sich über die Augen, »sondern auch jedem seine Zeit gab, zu erscheinen und zu verschwinden.«

Else staunt. Mächtig muss er sein, dieser Gott, denkt sie bei sich und lächelt. Sie liebt es, der Mutter zuzuhören, wenn diese Geschichten erzählt oder vorliest. Manchmal erzählt die Mutter ihr von den Hayyot, von übernatürlichen Geschöpfen, die den Thronwagen der göttlichen Majestät tragen, aber auch von Engeln spricht sie, diesen geflügelten himmlischen Boten, die die gegensätzlichen Elemente Feuer und Wasser vereinen, weil sie Flügel und Arme auf einmal haben, und diese Geschichten mag Else besonders gern.

»Die Engel«, sagt Else laut und ein wenig besserwisserisch, »erscheinen manchmal auch als menschliche Gestalten, oder?«

Ihre Mutter streicht sich eine dunkle Haarsträhne hinter das Ohr und wirft die geschälten Kartoffeln in den Kochtopf. »Was du immer fragst«, murmelt sie, ohne aufzublicken.

»Tun sie es jetzt?«, ruft Else aus, fast ein bisschen erregt. Einen Moment lang ist nur das Brodeln und Zischen des erhitzten Wassers im Topf zu hören. Else zieht ein wenig den Kopf ein, denn sie hat plötzlich ein schlechtes Gewissen. Ob sie zu laut war? Ob die Mutter ihr deswegen nicht antwortet? Ihr Blick gleitet über die weißen Wände, bleibt am hölzernen Wandschrank hängen und wandert dann über die Haken, an denen einige Töpfe baumeln, wieder zurück zur Mutter, die mit aufgelöstem Haar und roten Wangen am Herd steht. Einige Zeit lang herrscht Stille.

»Ja«, sagt die Mutter schließlich und wischt sich die Hände an der Schürze ab. »Ja, die Engel erscheinen auch manchmal als menschliche Gestalten. Aber man muss schon sehr genau hinsehen, um sie zu erkennen.«

Else nickt. »Und wenn mir einer begegnet«, überlegt sie weiter und legt die Stirn nachdenklich in Falten, »wie kann ich das dann also wissen?«

Die hellen Hände der Mutter greifen nach dem Deckel, der auf der Anrichte liegt, und setzen ihn auf den Kochtopf, sodass das Brodeln und Zischen sich in ein leichtes, kaum hörbares Rauschen verwandelt, das wie geheimnisvolles Geraune klingt.

»Nun«, sagt sie dabei, »du musst eben genau aufpassen und sorgfältig prüfen.« Dann wendet sie sich mit einem Ruck von der Anrichte in der Küche ab und ganz ihrer Tochter zu. »Eines jedoch haben alle Engel gemeinsam: Sie sind gütig«, wispert sie mit geheimnisvoller, ein wenig rauer Stimme und fixiert Else dabei.

Die sieht die Mutter mit aufgerissenen Augen an. Ihre Worte klingen weit und groß, und auch wenn Else nicht weiß, was sie meinen, nicht weiß, was gütig sein denn genau bedeutet, ist es, als streife sie allein schon beim Zuhören der Flügel eines Engels – oder zumindest der eines riesigen Vogels mit breiten Schwingen.

Die Mutter schweigt, und auch Else hält einen Moment lang inne. Während draußen Berlin rauscht und der Wind die Vorhänge vor dem Fenster aufbauscht, wird sie auf einmal ganz still und versucht, sich die Engel vorzustellen. Doch die Welt um sie herum lenkt sie zu sehr ab. Sprachfetzen dringen von der Straße in die kleine Wohnung hinauf, da tummeln sich Kinder im Hof, brabbeln mit perlenden Stimmen, da ruft ein Zeitungsverkäufer nach Kundschaft.

Else will schon Luft holen und weiterfragen, doch die Mutter kommt ihr zuvor.

»Ich muss jetzt wirklich kochen«, sagt sie. »Bald kommt der Vater von der Arbeit heim.« Kurz schließt sie ihre braunen Augen mit den dichten Wimpern, dann wendet sie sich wieder dem Herd zu.

Else atmet schwer aus. Der Tag ist nun beinahe vorüber,

und sie, die noch nicht viel von der Welt und dem Leben in ihr versteht, aber sehr neugierig ist, lauscht auf ihn, lauscht, wie der Abend sich entfaltet. Jeder Laut kommt ihr vor wie ein Geheimnis. Bald schon kommt der Vater nach Hause, mit müden Augen und einem Lächeln, das ein wenig angestrengt wirkt. Else möchte am liebsten auf ihn zulaufen, doch sie weiß, es ist nicht gut, den Vater jetzt allzu überschwänglich zu begrüßen. Erschöpft ist er von der Arbeit in der Stuhlfabrik; und weil er früher Offizier war und Disziplin gewohnt ist, nimmt er alles sehr genau. Die Stille des Vaters ist deswegen manchmal groß, wenn die Familie sich gemeinsam am Tisch versammelt. So auch heute. Der Vater sitzt gebeugt über seinem Teller, schiebt einen Bissen dampfender Kartoffeln nach dem anderen in sich hinein, und Else betrachtet ihn nachdenklich. Dann sieht sie die Mutter an, doch deren Augen nehmen sie gar nicht wahr, sie hängen wie gebannt an dem Gesicht des Vaters, und mit einem Mal ist es, als trenne Else eine Wand aus Glas von ihren Eltern. Sie fühlt sich mit sich alleine; das Schweigen der Großen verschluckt sie. Else kann kaum kauen und merkt, dass der Brei der Kartoffeln in ihrem Mund immer größer wird. Wie gelähmt sitzt sie da und starrt auf ihren Teller.

»Willst du nicht essen?«, tönt es auf einmal.

Else blickt auf. Die Mutter hat sich ihr zugewandt, kommt ihr nahe, mit der Nase, dem Kinn, doch gleichzeitig ist sie weit weg. Else versucht, sich aus der Starre zu befreien, die über sie gekommen ist, aber plötzlich scheint es, als wären alle Geschichten über Engel und die Schöpfung, ja, als wäre alles Schöne und Geheimnisvolle in der Welt weit weg. Es gibt nur die harte, phantasielose Gegenwart, die geprägt ist von Arbeit und Pflicht. Else will etwas sagen, aber ihre Zunge gehorcht ihr nicht, also nickt sie bloß, aber so heftig, dass ihr die dunklen Locken ins Gesicht fallen. Da lächelt die Mutter.

OSCAR BREITENSEE

EIN TOTER

Salzburg, 1937

Es ist ein heller Tag, als Oscar Breitensee die Kriminalinspektion in Salzburg betritt. Hell, freundlich und sommerlich. Dennoch: Breitensee fühlt sich beklommen. Eine seltsame Leere ist in ihm, seit er vor fast einem Jahr einen Mord an einem elfjährigen Mädchen ungelöst ad acta legen musste. Nach und nach hat sie sich in seinem Kopf breitgemacht und droht nun sein Innerstes aufzufressen. Breitensee schluckt schwer. Sein Herz klopft, seine Zunge liegt ihm wie ein Stein im Mund. Dass er sich selbst auf merkwürdige Art und Weise fremd ist, denkt er, während er die Akten auf seinem Tisch durchblättert. Im Grunde ist doch sein Leben wunderbar, oder? Er hat eine fixe Stellung, an der das Einzige, was ihn stört, die Tatsache ist, dass er zu viel Zeit im Büro beim Lesen von Akten verbringt, so wie jetzt, und Verspannungen in den Schultern davon bekommt – und ist glücklicher Junggeselle. Dennoch: Seit dem Mord an dem unschuldigen Kind, dessen Leiche er hat betrachten müssen, hat sich irgendetwas verändert. Kinder sterben oder tot zu sehen ist wider die Natur, denkt Breitensee. Und genau das ist auch der Grund, warum er nun hier sitzt und hin- und herblickt, unfähig, irgendetwas Sinnvolles zu beginnen.

In dem Moment kommt sein Kollege Wutz herein. Stramm und angespannt wirkt er auf Breitensee, als er sich auf seinen Schreibtisch zubewegt, so, als säße auch ihm eine große Last im Nacken. Und sein Gefühl trügt nicht.

»Wir haben einen Mordfall«, sagt Wutz da nämlich und

atmet dabei so fest aus, dass seine Barthaare flattern. Breitensee hat nichts anderes erwartet.

»Schildere mir mehr«, meint er und betrachtet den Kollegen mit einer seltsamen Mischung aus Angst und Neugier.

Wutz fährt sich mit einer raschen Geste durch das helle Haar. »Man hat eine Leiche gefunden. Am Domplatz. Und man hat den Toten als Hans Pöcksteiner identifiziert.«

Breitensee stutzt, denn dieser Name ist ihm durchaus bekannt. »Der Schauspieler?«, fragt er ungläubig. »Der, der dieses Jahr in Max Reinhardts ›Jedermann‹-Inszenierung hätte spielen sollen?«

Sein Kollege nickt. Dann schiebt er sich die dicke Hornbrille auf der Nase zurecht und krault sich kurz seinen Bart. »Genau der.«

Breitensee senkt den Blick. Das bleiche Gesicht der ermordeten Elfjährigen lappt einen Augenblick lang erneut in die Gegenwart hinein, reißt ihn wieder wie ein Strom mit sich fort in eine innere Leere. Er schüttelt sich.

»Weiß man denn, wie es geschehen ist?«, will er wissen und merkt, wie sein linkes Unterlid nervös zu flackern beginnt. Dabei sollte er sich doch eigentlich freuen – denn normalerweise liebt er Fälle wie diesen, die fast etwas Poetisches haben; ja, normalerweise juckt es ihn richtig, sofort mit der Ermittlung zu beginnen.

»Jemand muss ihn unter der Marienstatue erstochen haben«, erklärt Wutz, während er sich an seinen Schreibtisch setzt.

Breitensee schließt die Augen, und ein neues Bild schiebt sich vor seinen inneren Blick. Die grauen, steinernen Krönungsengel am Domplatz meint er vor sich zu sehen, die die Marienstatue umranken, meint, im Geiste die Inschrift zu lesen, die an dem kunstvoll gestalteten Sockel angebracht ist.

»In conceptione immaculata permansisti, et nobis christum peperisti«, murmelt er und kratzt sich gedankenverloren die Stirn.

Wutz zieht eine Augenbraue in die Höhe und sieht ihn irritiert an. »Wie bitte?«, fragt er.

Breitensee schweigt, bevor er den lateinischen Satz für seinen Kollegen übersetzt. »Du bist in der Empfängnis unbefleckt geblieben und hast uns Christus geboren«, sagt er und fügt, als Wutz ihn immer noch ratlos betrachtet, hinzu: »Das ist der Satz, der als Inschrift unter der Mariendarstellung auf dem Domplatz zu lesen ist.«

»Verstehe.« Wutz rückt mit seinem Stuhl etwas näher an seinen Tisch heran, so als gäbe dieser ihm Sicherheit und Halt. »Weißt du, was seltsam ist?«, fragt er und stößt ein scharfes, schnaubendes Lachen aus. »Pöcksteiner hätte den Tod spielen sollen. Ironie des Schicksals, oder?«

Breitensee weiß nicht, was er antworten soll, und lässt den Blick aus dem Fenster gleiten. Einen Moment lang sieht er in die Sommersonne, deren Licht sich in den Raum ergießt. Tanzend fallen die Strahlen durch die Wipfel der Bäume hinterm Fenster, und kleine Scherenschnitte aus Schatten bilden sich auf dem Holzboden des Büros. Kurz meint er, das Gesicht eines Kindes darin zu erkennen. Eines toten Kindes.

»Du oder ich?«, will Wutz wissen.

Breitensee schiebt rasch die Erinnerungen an das ermordete Mädchen weg, die wieder über ihn zu schwappen drohen. Es ist wohl ganz gut, sich abzulenken, denkt er.

»Ich werde mir das schon ansehen«, sagt er also zuversichtlich, während er sich erhebt.

»Dank dir«, antwortet Wutz.

Diese Stadt ist ein glänzendes Gewebe aus Gegensätzen. Das Leben ist schnell getaktet, es gibt viel zu erkunden: Museen, Galerien und Kaffeehäuser aller Art florieren hier seit Beginn des Jahrhunderts, und bereits seit siebzehn Jahren finden nun auch die Salzburger Festspiele, die ein illustres Publikum aus aller Welt anziehen, in Breitensees Heimatstadt statt. Breitensee liebt Kunst und Kultur, liebt, wie der Wohlstand in Salzburg wächst und wächst.

In der Altstadt pulsiert eine Dichte, die ihresgleichen sucht, und alles scheint voll Bewegung. Normalerweise mag er die vielen Menschen und die lauten Geräusche in den Straßen. Doch seit dem letzten Mordfall tut er sich schwer mit den Menschenmassen, die untertags über das Pflaster strömen. So auch heute. Die Intensität auf den Straßen erschlägt ihn fast, als er nun die Brücke über die Salzach überquert. Die Stadt scheint zu pochen, scheint immer mehr Menschen aus allen möglichen Regionen in sich aufzunehmen und sie am Morgen einfach auf die Straße auszuspucken, ja, es ist, als würden die Häuser ihre Bewohner förmlich erbrechen. Breitensee lauscht den Geräuschen um sich herum. Die Passanten sprechen die unterschiedlichsten Sprachen, gehören den unterschiedlichsten Volksgruppen an. Da sind einige Landarbeiter aus Böhmen, aber er vermeint, auch Sprachfetzen in Serbisch und Polnisch zu hören – und aus Deutschland freilich sind auch wieder einige Touristen da. Nur die Juden zeigen sich in letzter Zeit nicht mehr so gern auf der Straße.

Breitensee sieht sich um, während er sich dem Zentrum der Stadt nähert. Hineingeschmiegt zwischen die Berge liegt er da, der Kern der Altstadt. Der Sommer hat sich mit einer heftigen Wärme angekündigt, Hitze liegt in der Luft, und das Rauschen der Automobile dringt fremd an ihm vorbei.

Breitensee biegt in ein kleines Gässchen ab, das ihn zum Tatort führt. Nachdem er den rechteckigen, allseitig geschlossenen Platz betreten hat, bleibt er stehen und betrachtet einige Augenblicke lange nachdenklich den Dom, der majestätisch zu seiner Rechten emporragt und vor dem eine riesige Bühne aufgebaut ist. Eigentlich sollten die Schauspieler hier an dem Stück arbeiten, doch aufgrund des Mordes wurden die Proben wohl kurzfristig eingestellt. Breitensee fixiert die Mariensäule, die den Mittelpunkt des Domplatzes bildet. Einen Augenblick lang scheint es ihm fast so, als würde das Standbild vor ihm zum Leben erwachen. Was hast du zu erzählen?, fragt er es im Stillen – aber er erhält natürlich keine Antwort.

Aufmerksam schaut Breitensee zu Boden, schreitet den Weg um die Säule ab und überlegt. Ein dunkler Fleck springt ihm ins Auge. Er beugt sich nieder, um sicherzustellen, dass seine Vermutung richtig ist. Tatsächlich – eingesickert in das Kopfsteinpflaster ist es: Blut. Er tastet den Boden ab, doch von der Flüssigkeit bleibt nichts an seinen Fingern haften. Die Flecken sind bereits getrocknet und haben eine fast schwarze Farbe angenommen. Bald wird der Regen sie aus dem Asphalt schwemmen, und nichts wird bleiben. Nichts?

Breitensee erhebt sich wieder, sucht den Boden rund um die Skulptur ab, bewegt sich einige Male in gebückter Haltung um das Standbild herum – doch der Täter scheint bis auf das bisschen Blut alle Spuren beseitigt zu haben. Schwer atmend richtet er sich wieder auf und fixiert die Gottesmutter vor sich. Da sticht ihm die Inschrift an der Fassade ins Auge, die er eben im Büro zitiert hat.

»In conceptione immaculata permansisti, et nobis christum peperisti.«

Breitensee lässt den Blick über die beiden grauen Engel wandern, die am Fuße der Statue angebracht sind und mit leeren Augen in die Gegend starren.

Ihm ist, als hätte er einen Stein im Magen, als er ins Kommissariat zurückgeht.

ELSE

VERKLEIDUNGEN

Berlin, 1883–1884

Der Gang zur Synagoge ist für Else in den ersten Jahren ihres Lebens immer ein Ereignis. Voller Menschen ist die Stadt, laut und geschäftig, wenn sie an der Hand der Mutter durch die Straßen streift. Als sie die Synagoge erreicht haben, ist Else glücklich. Sie liebt die Zinnkrone, liebt die verspielten Ecktürme des Gebäudes und die herrlich verzierten Kuppeln. Zwei Steinstufen führen hinauf zu einem Tor, das beide Flügel geöffnet hat, die Gläubigen zu empfangen.

Staunend betrachtet Else die Rundbogenarkaden, die in einzelne Felder unterteilt sind, betrachtet eingehend die Nägel auf den Zierleisten. Über der Tür erhebt sich, durch ein Gesims betont, das Obergeschoss mit seinen riesigen Fenstern. Dort, getrennt von den Männern, sitzen die Frauen – wie Else eine werden wird. Else sieht sich um und hat nur Augen für eines: für den Behälter mit der Rolle der Thora, dem jüdischen Gesetz. In einer Nische an die Wand gesetzt ist diese verborgen, in einer heiligen Lade. Elses Augen weiten sich, als der Rabbi sie herausnimmt. Dazu muss er nämlich den schweren Vorhang wegschieben, der sich vor dem Thoraschrein befindet. Dieser soll an den Schleier des Allerheiligen erinnern, wie man Else erzählt hat. Das Ganze ist ein Schauspiel, das Else, die Geschichten und Schauspielereien liebt, unsäglich fasziniert. Doch am spannendsten ist die Rolle selbst: An Stäben befestigt, die in Griffen enden, kann man sie in die Höhe halten und umherzeigen – und die kugelförmigen Enden der Stäbe sind mit Gold verziert.

»Kann es denn sein, dass ein Engel den Thoraschrein bewacht?«, wispert Else der Mutter zu, während der Rabbi die Rolle in den Schrein zurücklegt.

»Bestimmt nicht nur einer«, meint diese lächelnd.

»Und warum sieht man die nie?«, fragt Else, die es immer ganz genau wissen will, weiter. In dem Moment ertönt ein Räuspern links von ihr; eine ältere Dame sieht sie mit scharfem Blick an und presst dabei ihre vertrockneten Lippen zusammen. Auch der Mutter ist das Räuspern nicht entgangen.

»In der Synagoge hat man zu schweigen«, zischt sie nun, und ihre Stimme klingt dabei viel weniger liebevoll als gerade eben noch.

»Entschuldigung«, flüstert Else und macht sich ganz klein. Schade, dass sie selbst kein Engel ist, sondern nur ein Mädchen, denkt sie.

Die Welt der Erzählungen und Gebete ist magisch und geheimnisvoll. Weniger magisch ist die Schule, die Else besuchen muss. Die ganze Zeit muss sie still sitzen und zuhören, und die Geschichten, die die Lehrerin erzählt, sind längst nicht so spannend wie die der Mutter. Nicht einmal Engel kommen in ihnen vor! Wie glücklich ist Else da, wenn der Unterricht aus ist und sie mit ihrer Freundin Sara hinausgehen darf. Zur Havel zieht es sie hin, da spielen sie untertags, wenn es warm genug ist, so wie jetzt.

Für die beiden Mädchen gleicht der Spaziergang ans Ufer des Flusses einer Weltreise. Die wenigen Minuten, in denen sie die Straße entlanggehen, wirken lang und gefährlich auf sie. Wenn einer der Zeitungsverkäufer mit seinem Leiterwagen kommt, flüchten die Mädchen rasch an den Rand; weichen zurück vor den Kutschen und Fuhrwerken. Im Frühling blühen die Bäume, die die Straßen zieren, und ihre Blüten sehen aus wie Wolle, rosig und aufgebauscht, und regen zum Träumen an. Als würden den Bäumen Wolken wachsen, sieht es aus, findet

Else, während sie sie betrachtet, und sofort muss sie wieder an Engel denken. Immer ist Sara viel schneller als Else, die alles betrachten und in sich aufnehmen muss.

»Warte, Sara!« Füße laufen, straucheln, Else folgt der Freundin zum Ufer, die währenddessen eifrig beginnt, Wasser in einen kleinen Holzkübel zu schöpfen.

»Ich koch jetzt Suppe«, sagt Sara. »Für den Vater.«

Else nickt. Sie lernt von der Freundin. Sie übernimmt alles: die Gesten, die Worte, die Art zu gehen. Jede von Saras Bewegungen übt sie ein, ahmt sie nach, so als stünde sie auf einer Bühne. Ja: Else liebt es, andere zu imitieren; vor allem Menschen, die sie sehr gernhat. Denn dann ist es ihr, als würde ihr Körper zu deren Körper werden. So ist Else ganz selbstvergessen im Spiel mit Sara. Sie lässt sich von ihr auf eines der Bänkchen am Fluss ziehen, als diese ihre Schöpfarbeit beendet hat. Das Bänkchen ist grün lackiert und hat Spalten. Wie sich das seltsam anfühlt unter den Pobacken! Die beiden Mädchen baumeln mit den Beinen, sehen in die Ferne und trinken von dem Wasser der Havel, das ein bisschen lehmig schmeckt. Sonst geschieht nichts. Die Sonne brennt, Hitze sticht. Hin und wieder ein Vogel am Himmel, der gurrende Schreie ausstößt. Else legt den Kopf in die Schräge und sieht in den Himmel. Der erscheint ihr so weit, dass ihr mit einem Mal fast ein wenig bang ist.

»Wo hört der Himmel auf?«, fragt Else.

»Der Himmel, der hört nicht auf«, sagt Sara.

»Woher weißt du das denn?«, bohrt Else nach.

»Hat der Rabbi gesagt, im Unterricht!«

Else nickt und tut wissend, obwohl sie keine Ahnung hat, was das bedeutet, wenn etwas nicht aufhört. Können die Worte überhaupt in einen Rahmen fassen, was sie beschreiben? Plötzlich kommt sich Else unendlich fremd vor, betrachtet ihre eigenen Glieder wie eigenartige Gebilde, die nicht zu ihr gehören. Genau so, wie die Dinge nicht zu den Worten gehören. Nicht ganz. Nur fast.

»Iss, Else!«, sagt da Sara und holt ein Stück Brot aus der Rocktasche. Else nestelt ihrerseits nach der Milchflasche, die sie in ihrem Schürzchen verstaut hat, und reicht sie der Freundin. Gemeinsam stopfen sie Brot und Milch in sich hinein, bis ihnen fast schlecht wird, sich alles aufbauscht in ihren Mündern. Else kann gar nicht mehr hinunterschlucken. Satt ist sie und will sich jetzt nur an die behagliche Schulter der Freundin lehnen und schlafen. Else seufzt, während sie sich an Sara schmiegt, die nach Milch und Sonnenbrand riecht.

»Was wollen wir denn später bei dir zu Hause spielen?«, überlegt die Freundin laut.

Else lächelt. »Verkleiden natürlich!«, ruft sie.

Sara verdreht die Augen. »Schon wieder?«

»Ja!«

Kaum haben die beiden Mädchen die einfache Wohnung Elses betreten, laufen sie in das Schlafzimmer ihrer Eltern. Else eilt zum Schrank und öffnet ihn. Sie weiß: Die Mutter liebt ihre Kleider wie etwas Heiliges, und es ist nicht leicht, gut mit ihnen umzugehen. Weiß sind sie, leuchtend und wallend; und alles, was weiß ist, wird schnell schmutzig, deswegen muss man gut aufpassen, wenn man sie herausholt. Ehrfürchtig streicht Else mit den Fingern über den Stoff. Ein Kleid ist wie ein neuer Körper, den man anlegt – in ihm kann man jemand anderer werden, kann sich verwandeln und ein ganz neues Leben leben, und nichts ist aufregender als das. Vorsichtig zieht Else das viel zu lange Kleid über den Kopf – und sofort ist es, als wäre sie in die Haut der Mutter geschlüpft.

»Jetzt bin ich Josephine Heims!«, ruft sie laut aus und dreht sich mit einem Schwung um sich selbst, sodass sich der helle Stoff des Kleides um sie herum entfaltet wie eine Blüte und in der Bewegung Wellen schlägt.

»Ja, das bist du wohl!«, sagt Sara und bindet Else rasch noch eine helle Schleife aus Seide ins halblange Haar.

Else lächelt und ist glücklich.

Auch wenn sie allein ist, spielt sie mit den Gewändern der Mutter, und die Kommode ist eine Schatztruhe, die auf sie wartet. Else öffnet alle Laden und stöbert darin. Das sind die Momente, die nur ihr gehören, und ihre Finger sind voller Lust und Neugier, während sie die Stoffe durchwühlen. Else lässt die Tücher und Kleider über die Hände fließen wie Wasser. Oft sitzt sie stundenlang da und betrachtet die vielen Taschentücher, die die Mutter mit Monogrammen bestickt hat. Sie verliert sich im Anblick des feinen Gewebes, geht in ihm verloren, ganz. Manchmal schnallt sie sich dann Flügel um, die ihr die Mutter einmal zum Spaß genäht hat, und tanzt mit ihnen durchs Zimmer.

»Ich bin ein Engel!«, ruft sie und lacht gicksend. Doch die Mutter schimpft oft, wenn sie das tut.

»Else, wirst du aufhören, immer mit meinen Kleidern zu spielen! Du hast doch eigene!«, ruft sie, wenn der Stoff ganz abgegriffen ist von Elses Fingern.

Else zieht den Kopf ein. »Entschuldigung«, sagt sie leise und artig, und in ihr wird es ganz dunkel. Das Schimpfen der Mutter kratzt an Else, sie schämt sich, bemüht sich, nichts zu fest anzufassen, den Körper und die Kleidung rein zu halten, doch es gelingt nicht. Zu groß ist Elses Begeisterung, wenn sie in die Haut anderer Menschen schlüpfen darf.

»Du bist ja eine richtige Schauspielerin«, sagt der Vater einmal zu ihr, als er abends heimkommt und Else so tut, als sei sie die Mutter.

»Was ist eine Schauspielerin?«, will Else wissen.

»Etwas Unanständiges. Also vergiss es wieder«, kommt es jedoch nur zur Antwort.

OSCAR BREITENSEE

DER TOTE TOD

Salzburg, 1937

»Was für eine schöne Leiche!«

Oscar Breitensee kann sich seine Anmerkung nicht verkneifen, als er den toten Mann betrachtet, der da vor ihm aufgebahrt im Obduktionsraum liegt. Kurz ist er richtig stolz auf sich, denn es scheint, als würde er sein altes Ich wiedergewinnen: schlagfertig, humorvoll und unerschütterlich. Doch genau in diesem Augenblick schiebt sich wieder das Bild der Kinderleiche in seine Gedanken hinein, und Breitensee hat Mühe, nicht ins Wanken zu geraten. August Friedhelm, der Gerichtsmediziner mit dem blonden Wuschelhaar, bemerkt seine Betroffenheit zum Glück nicht.

»Sie haben recht, eigentlich wirkt Pöcksteiner ganz friedlich«, stimmt er zu. »Haben Sie irgendetwas Außergewöhnliches am Tatort entdeckt?«

Breitensee schüttelt den Kopf, während er das bleiche Antlitz des Toten betrachtet. »Nein«, sagt er. »Nur ein paar vertrocknete Blutspuren.« Und dann, nach einem Moment der Stille: »Was hat die Autopsie ergeben?«

»Hans Pöcksteiner starb an einem Messerstich, der ihn im Zwerchfell verwundete«, antwortet Friedhelm.

»So einfach?«, entgegnet Breitensee erstaunt.

Der Gerichtsmediziner legt nachdenklich den Kopf schräg. »Ich würde nicht sagen: so einfach, sondern: gewusst wie. Wenn man die richtige Stelle trifft, kann es schon sein, dass der Verwundete einfach ausblutet. Vermutlich hätte man Pöcksteiner retten können, wenn man ihm früh genug geholfen hätte«, erklärt er dann.

Breitensees Blick gleitet über das schneewittchenhafte Gesicht, tastet die bleichen, edel wirkenden Züge mit den hohen Wangenknochen ab. Weiblich wirkt er, dieser Hans Pöcksteiner. Dichte Wimpern überschatten die Wangen, und der Mund ist voll und sinnlich; fast sieht es so aus, als würde der Tote schmollen, sich ärgern über sein viel zu frühes Sterben.

»Schade, so ein junger, schöner Mensch«, sagt Friedhelm, der Breitensees Gedanken zu lesen scheint. Der zuckt kurz zusammen, denn bei dem Wort »jung« fällt ihm sofort wieder das Gesicht des toten Mädchens ein, doch er versucht, die Erinnerungen zu ignorieren, und überlegt. Wer hat diesen Schauspieler auf dem Gewissen – und warum? Weder war Hans Pöcksteiner reich, noch war er besonders berühmt, und politisch aktiv war er laut Wutz' bisheriger Recherche auch nicht.

»Sind wir fertig hier?«

Friedhelms leicht raue und für den kleinen Körper viel zu tiefe Stimme reißt Breitensee in die Gegenwart zurück. Er nickt.

»Danke, ja!«, sagt er und reicht dem Kollegen kurz und fest die Hand. »Auf bald, Herr Friedhelm.«

»Auf bald.«

Oscar Breitensee schwitzt ein wenig, als er die Gerichtsmedizin verlässt. Der Wind ist heiß und schwül, und die Hitze staut sich zwischen Salzburgs Gassen. Nun gilt es erst einmal, die nächsten Angehörigen des Ermordeten genauer zu befragen. Wie Wutz inzwischen herausgefunden hat, lebte der gerade dreiundzwanzigjährige Hans Pöcksteiner bis vor Kurzem noch bei seiner Mutter, die in einem kleinen Dorf nahe der Stadt einen alten Gutshof besitzt.

Breitensee steigt in sein Automobil, startet den Motor, der ein leises Tuckern von sich gibt, und tritt auf das Gaspedal. Schon ziehen Häuserfassaden an ihm vorbei, die nach und nach einer bergigen Umgebung weichen. Die Fahrt verläuft unaufgeregt. Breitensee summt »In einem wilden Grunde«, ein altes Lied aus seiner Kindheit, wippt mit dem Kopf, während er das Automobil die staubige Fahrbahn entlanglenkt. Dabei blickt er gedankenverloren aus dem Fenster. Ein Gewirr von Bäumen ist zu sehen, hinter denen sich eine hügelige Landschaft erstreckt; Wege kreuzen und verbinden sich, Wälder teilen sich säuberlich, lassen kleine Wege hindurchschimmern, und ein angenehmer sommerlicher Friede liegt in der Luft. Beinahe ist alles wie immer. Beinahe. Breitensee schluckt und summt etwas lauter als zuvor, und schließlich beginnt er zu singen: »In einem kühlen Grunde, da geht ein Mühlenrad.«

Nach einer längeren Fahrt ist es so weit: Breitensee erreicht Kleinköstendorf. Nomen est omen, denkt er, als er aussteigt. Die Ortschaft ist tatsächlich wie ihr Name: winzig. Alles um ihn herum scheint zu träumen; wie schlafend liegen die Häuser und Höfe auf den sanft ansteigenden Hängen; die Blätter der Bäume sind von einem goldigen Grün, wie man es nur von jenen satten Sommertagen kennt. Dass er ein übergroßes Bedürfnis hat, lebendige Gesichter zu sehen, jetzt, nachdem er eine Leiche sehen musste, denkt Breitensee, während er in einen leicht staubigen Weg einbiegt. Doch es begegnet ihm niemand. Wie verlassen liegt die Ortschaft da.

Breitensee spaziert über die Landstraße hin zum Zentrum Kleinköstendorfs und sieht sich um. Es kommt ihm so vor, als wäre alles Lebendige vor der Hitze in den Schatten geflüchtet. Breitensee wandert den Hauptplatz entlang, um den sich das Dorf gruppiert, kommt an einer Kirche vorbei, die im bäuerlichen Barock gehalten ist. Nicht sehr aufregend, das Gebäude, denkt er und geht weiter. Die Heckenwege wirken verschwiegen, und der hochgewölbte Himmel über ihm wirkt ohne Grenzen. Wie eine Riesenglocke überspannt er die Äcker und Felder, die am Horizont zu sehen sind.

Schließlich erreicht Breitensee den Hof der Mutter des

Opfers, Barbara Pöcksteiner. Die obere Hälfte des Tores steht offen, lässt ein wenig Licht und Luft in die Scheune hinein, an der er vorbeigeht, direkt auf das kleine Haus in der Mitte des Gartens zu. Plötzlich erscheint eine Katze auf dem Gartenweg und läuft ihm trippelnd entgegen. Breitensee beugt sich nieder. Sehr langsam streckt er seine Hand aus. Die Katze tapst ein paar Schritte zurück und gibt einen maunzenden Laut von sich. Er lächelt.

Einige Zeit vergeht, in der nichts geschieht, außer dass etwas Wind aufkommt. Breitensee weiß, was zu tun ist: nichts. Er verharrt reglos. Schließlich nähert sich die Katze mit vorsichtigen Schritten. Sie stupst seinen Finger an und hustet kurz. Breitensee spürt eine weiche, leicht feuchte Nase, spürt den Atem des Tieres an seinen Kuppen, und sein Lächeln vertieft sich. Die Katze schnurrt und schmiegt sich sanft in seine hohle Hand, die er über ihrem kleinen Kopf wölbt wie eine Schale. In dem Moment sind Schritte zu hören. Breitensee hebt den Blick. Eine Frau Mitte sechzig kommt ihm rasch entgegen. Er erhebt sich.

»Frau Barbara Pöcksteiner?«, fragt er, während er die Hand ausstreckt.

»Ja.« Frau Pöcksteiner greift nach seiner Hand.

Kränklich wie eine Mondsichel sieht sie aus, denkt Breitensee, die Mutter des Opfers betrachtend, und er empfindet einen Moment lang eine seltsame Zärtlichkeit für sie.

»Grüß Gott«, sagt die Frau, deren Hand zart und leicht wie eine Feder in seiner liegt, und dann, mit einem matten Lächeln: »Ich sehe, Sie haben unsere kleine Katze Perchta schon kennengelernt.«

Perchta, ein seltsamer Name für ein Tier, denkt Breitensee, doch er nickt nur. Dann folgt er der Frau in den Hof hinein, die das Tor zur einfachen Stube aufschließt. Mit einem leichten Knarzen springt es auf.

»Bitte, kommen Sie doch«, sagt Frau Pöcksteiner.

Breitensee tritt ins Innere, geht einen engen Flur entlang und weiter in die Stube. Offenbar spielt sich hier alles kleinbäuerliche Leben ab, denkt er, als er seinen Blick durch den schlichten Raum gleiten lässt. Dieser scheint Wohn-, Aufenthalts- und Essraum gleichzeitig zu sein. Die Luft ist schwer vom Rauch einer Wachskerze, und in der Ecke steht ein Kamin. Schmucklos und einfach wirkt alles, fast als wäre die Zeit stehen geblieben.

»Bitte, nehmen Sie doch Platz.« Frau Pöcksteiner deutet mit leicht zitternden Händen auf einen Stuhl, der neben einem kleinen runden Tisch steht, und Breitensee setzt sich. Verhangen ist die Stube von grob gearbeiteten Vorhängen, die dem Raum etwas Gedämpftes geben, so, als befände man sich im Inneren eines Organs, denkt er. Rasch versucht Breitensee, dieses komische Bild loszuwerden.

»Es tut mir sehr leid, dass –«, beginnt er, doch Barbara Pöcksteiner unterbricht ihn auch schon.

»Der Tod trifft jeden«, murmelt sie, sieht dabei ins Leere und presst den Mund zu einem Strich zusammen.

Breitensee schweigt kurz. »Sie wissen, dass Ihr Sohn ermordet wurde?«, fragt er dann.

»Ja«, sagt Frau Pöcksteiner. »Ausgerechnet jetzt, wo er endlich einmal ein fixes Engagement hatte.« Sie lacht bitter.

Seltsam, denkt Breitensee, Barbara Pöcksteiner wirkt sehr gefasst. Sie schaut einfach nur, schaut und schaut und kneift die Lippen zusammen.

»Das tut mir leid«, sagt er. Und dann: »Fällt Ihnen irgendjemand ein, der Ihrem Sohn schaden wollte oder will?«

»Ich …« Nun gerät die kleine Frau doch ins Stammeln. »Nein«, sagt sie tonlos. »Hans war ein braver Junge, den jeder mochte. Ein bisschen still vielleicht, und den Hof hier hat er halt nicht übernehmen wollen …«

Breitensee horcht auf. »Verstehe. Er wollte kein Bauer werden. Was hat Ihr Mann dazu gesagt?«

Barbara Pöcksteiner senkt den Blick. »Mein Mann ist lang tot«, sagt sie.

»Und Sie?«

»Ich hab mich irgendwann damit zufriedengegeben, dass der Hof hier sterben wird. Mit mir. Dass mir der Hans mit dem Tod zuvorkommen wird«, setzt sie mit leerer Stimme hinzu, »damit hab ich freilich nicht gerechnet.«

»Und wie«, will Breitensee wissen, »sah das Privatleben Ihres Sohnes aus? War er liiert?«

Barbara Pöcksteiner schüttelt den Kopf.

»Den hat doch nur seine Kunst interessiert!«

Breitensee nickt.

»Eine letzte Frage noch. Wo waren Sie, als der Mord geschah?«

Die Frau sieht ihn aus hellen Augen an. »Na hier«, sagt sie.

DIE MUTTER

Berlin, 1885

So vergehen die Jahre, und das Wichtigste in Elses Leben sind die Eltern – vor allem ihre Mutter. Der Vater ist zwar älter als die Mutter, und doch knickt er vor ihrer Stärke ein wie ein Kind. Sie, die immer weite Kleider trägt, ist voll Neugier auf die Welt. Auf alle schwebt sie zu, trinkt die Dinge um sich herum, saugt sie förmlich auf, macht Notizen in ihrem Buch und stellt Fragen. Manchmal sitzen Else und sie auf dem Sofa, die Mutter hat ihre Schriften aufgeschlagen wie ein Gebetsbuch und liest ihrer Tochter daraus vor.

»Wer wahrhaft liebt, gibt alles, ohne etwas zu verlieren!«, sagt sie. Dabei läuft ein Leuchten über ihr Gesicht, die Züge werden noch sanfter, und für den Schimmer eines Moments scheint die Mutter zu verschwinden, so hell flimmert sie vor Elses Blick. Sie hört ihr zu, mit großen Augen.

»Das Wertvollste, was der Mensch verschenken kann, ist sein Herz!«, liest die Mutter weiter, und jedes Wort ist voll Geheimnis. Ihr Gesicht ist wie eine Tür, durch die Else in eine fremde und neue Welt geht. Else seufzt und schließt die dunklen Augen mit den dichten Wimpern.

»Wollen wir nun spielen?«, fragt sie dann.

Die Mutter lächelt, denn sie weiß schon, was ihre Tochter vorhat. »Verkleiden?«

Else nickt. »Ja!«

Die Mutter stöhnt, doch sie nickt schließlich. Sofort holt Else ein Kleid aus dem Schrank und schlüpft hinein. Denn Else mag so sein wie sie; ja, sie will wie die Mutter sein, fließend und aus Licht geformt, wach, offen und durchsichtig, als wäre sie aus Glas.

»Mama, wann, glaubst du, werd ich in deine Kleider passen?«, fragt Else, als die Mutter ihr wieder das weiße Kleid zurechtzupft, das Else immer noch viel zu lang ist.

Die Mutter lacht. »Das wird schneller gehen, als du denkst«, sagt sie. Und dann fügt sie hinzu: »Irgendwann wirst du so groß sein, dass du auch in meine Kleider nicht mehr hineinpasst.«

Das kann Else nicht glauben. »Niemals!«, ruft sie aus und schiebt ihren kleinen Körper nahe an den der Mutter heran, umfasst ihre Beine und presst das Gesicht dagegen. »Nie will ich größer sein als du! Wer soll mich da beschützen?«, sagt sie erschüttert.

»Nanu, schau doch nicht so grimmig«, antwortet die Mutter lachend, doch Else vergräbt ihr Gesicht in ihr und macht sich ganz klein. Sie möchte in die Mutter hineinkriechen, möchte ganz in ihr verschwinden, in diesem Kleid, das sich wie eine Blüte im Frühling auffaltet, wenn sie sich dreht, und unter dem sie sich verstecken kann, als wäre es ein Zelt.

Da wird die Mutter ernst. »Gott wird dich beschützen«, sagt sie. »Und du wirst einen Mann haben.« Dann betrachtet sie Else und sieht dabei so aus, als wäre sie weit weg.

»Was hast du, Mama?«, fragt Else leise.

»Weißt du«, antwortet diese ernst, »keiner lebt ewig. Auch ich nicht. Aber wenn ich weg bin, dann wird der Glaube dein Trost sein, und ein Engel wird dich beschützen.«

Else senkt betreten den Blick. »Wollen wir in die Küche gehen und ein Buch ansehen?«, fragt sie dann, um die Mutter von ihrer Ernsthaftigkeit abzulenken.

Die Mutter lächelt und nickt. »Aber vorher«, sagt sie, »ziehst du erst einmal mein Kleid wieder aus!«

Else seufzt. »Na gut«, meint sie dann.

An den Nachmittagen mit der Mutter empfindet Else großes Glück. Manchmal liest die Mutter ihr vor, und Else ist begeistert. Sie staunt über die Buchstaben, diese seltsamen Zeichen, die in den Büchern stehen und von denen sie noch nicht weiß, was sie bedeuten. Doch nicht nur darüber. Die ganze Welt ist voller Zeichen für Else: Die Kleider sind Zeichen, die Bäume sind Zeichen, ja – die Rose, die da auf dem Tisch steht, ist ein Zeichen, ein Zeichen für Liebe.

Else hört auf die Zeichen, wartet, dass sie ihr etwas sagen. Doch meistens sagen sie nichts. Sie klingen nur. »Ich bin da«, lautet ihr Klang. Er ist weiter als jede Musik und wiegt schwerer, als Worte es können. Else ist oft sehr still und hört auf den Klang. Und dann spielt sie die Zeichen nach: das kuschelige U, das gewölbte W; aber auch in die Rosen und den Tisch verwandelt Else sich – oder sie versucht es zumindest.

»Else ist wieder in ihrem Träumeland«, sagt die Mutter, wenn Else eines der Zeichen oder Dinge nachahmt, und der Vater verdreht die Augen und lacht.

OSCAR BREITENSEE

MAX REINHARDT

Salzburg, 1937

Nachdenklich steigt Oscar Breitensee aus seinem Automobil und atmet tief die Salzburger Sommerluft ein. In seinem Kopf rotieren die Gedanken.

Seltsam gefasst ist ihm Hans Pöcksteiners Mutter vorgekommen; normalerweise fangen Frauen zu weinen an, wenn sie einen großen Verlust erlitten haben, ringen die Hände oder stoßen schrille Laute aus, denkt er, während er die Tür abschließt und dann über die Ludwig-Viktor-Brücke schlendert, unter der die Salzach rauscht und tost. Frau Pöcksteiners Gesicht aber ist leer gewesen; das einzig Bewegliche darin der Mund, der an ein vertrocknetes Laubblatt erinnerte und den sie immer wieder zusammenkniff.

Breitensee geht eine kleine, enge Gasse entlang und biegt in Richtung Domplatz ab. Nun gilt es, Max Reinhardt, den Regisseur des »Jedermann«, zu dem Mord zu befragen. Bereits nach wenigen Schritten kann er sie hören: die Stimmen der Schauspieler, die durch die leichte, etwas schwüle Luft in seine Richtung getragen werden und ähnlich melodiös klingen wie der Gesang von Vögeln. Sie schwellen an, werden lauter und lauter – und schließlich hat Breitensee sein Ziel erreicht. Vor dem imposanten Dom ist wie jedes Jahr eine riesige Bühne aufgebaut; und obwohl Breitensee Hunderte Male hier vorbeigegangen ist, ist er dennoch beeindruckt. Mit dem Domplatz hat der Regisseur einen Spielort einzigartiger Schönheit gefunden. Bühne, Bühnenbild, Schauspieler, Laien – alles scheint aus dem

Gotteshaus selbst herauszuwachsen, ein Anblick, der magisch und erhebend zugleich ist.

Breitensee sieht sich um, lässt den Blick schweifen und dreht sich einmal um die eigene Achse. An drei der ihn umgebenden Seiten säumen die Gebäudeteile des Klosters St. Peter eine Tribüne, die in zwei Teile geteilt ist; an der vierten erhebt sich die Marmorfassade des Doms. Reich gegliedert ragt sie in die Höhe und verleiht der Szenerie eine mystische Kraft.

Breitensee tritt über ein Seil, das als sporadische Abzäunung angebracht wurde, und nähert sich dem rechten Teil der Bühne, auf dem, mit ausholenden Bewegungen gestikulierend, ein Schauspieler steht, umringt von einer Fülle an in den buntesten Farben gekleideten Statisten. Dann wendet er seinen Blick nach links. Ein schmaler Steg führt zwischen zwei erhöhten Podien hindurch und weiter bis in den Dom hinein, und auf diesem Steg steht eine junge Frau mit wallendem blonden Haar, in eine rote Tunika gehüllt, neben zwei Männern – einem, der in ein einfaches bauernhaftes Kostüm gekleidet ist, und einem, der ein modernes Jackett über die Schulter gelegt hat und die beiden zu dirigieren versucht.

»Max Reinhardt?«, sagt Breitensee laut, als er den Rand des Stegs erreicht hat – und der Mann mit dem Jackett dreht sich ruckartig um.

Breitensee blickt in ein weiches Gesicht mit sinnlichen Lippen und einer tiefen Denkerfalte zwischen den Brauen, das von grauem, leicht in Wellen fallendem Haar umrandet ist.

»Ja?«, kommt es zur Antwort. Und dann, etwas leiser: »Herr Kriminalkommissar, nehme ich an?«

Breitensee fixiert den Mann vor sich, sucht nach einer Regung in den Zügen: Trauer, Bestürzung, Verzweiflung vielleicht. Doch nichts davon ist im Ausdruck Reinhardts zu finden.

»Ganz genau, Oscar Breitensee«, sagt er und reicht Max Reinhardt, der von der Bühne gesprungen und auf ihn zugekommen ist, die Hand.

»Max Reinhardt, freut mich!«

Der Händedruck ist angenehm; nicht zu hart, aber auch nicht lasch. Eigentlich, denkt Breitensee, könnte Max Reinhardt ihm sympathisch sein. Aber das leuchtende, ja fast fröhliche Gesicht irritiert ihn.

»Sie sind informiert«, fährt Breitensee fort, »was den Tod Hans Pöcksteiners betrifft?«

»Ja, das bin ich.« Reinhardt nickt und deutet Breitensee, ihm zu den Sitzreihen hinter ihnen, die für das Publikum gedacht sind, zu folgen, während die beiden Schauspieler, wohl die tragenden Rollen, sich lautlos entfernen – und mit ihnen gemeinsam auch die Statisten, die eben noch den anderen Teil der Tribüne bespielt haben.

»Nun gut – und wie wollen Sie darauf reagieren?«, fragt Breitensee, nachdem er sich neben dem Regisseur auf einen der Sitze niedergelassen hat.

Max Reinhardt wiegt den Kopf hin und her. Er schweigt. Breitensee sieht sich um. Von den Sitzreihen hinter ihm, die noch leer sind, fällt sein Blick auf den Mönchsberg, der gleich einem schlafenden Riesen am Horizont zu sehen ist. Reinhardt räuspert sich.

»Gar nicht«, sagt er dann. »Unsere Zweitbesetzung wird nun zur Erstbesetzung.«

Eine Schar kreischender Raben fliegt über den Himmel, sodass einen Moment lang schwarze Schatten auf dem Boden tanzen. Max Reinhardt hebt den Kopf, sieht den Vögeln gedankenverloren nach. Dann murmelt er: »Verzeihen Sie, es ist nicht die richtige Tageszeit für mich. Ich bin ein Nachtmensch.«

»Das war Ihr Schauspieler Hans Pöcksteiner wohl auch; man hat ihn vermutlich gegen ein Uhr nachts erstochen«, sagt Breitensee, nun ein bisschen forscher. »Haben Sie eine Idee, wer ihm hätte schaden wollen?«

Max Reinhardt faltet die Hände und spielt ein wenig mit den Fingern, während er ein unschlüssig klingendes ploppendes Geräusch mit den Lippen macht. »Nein«, sagt er. »Hans war jung und einfach; genau deshalb habe ich ihn für diese Rolle genommen, ich wollte einen Tod voller Naivität und simplem Charme.«

Breitensee kann sich ein »Schade« nicht verkneifen, doch Max Reinhardt scheint ihn gar nicht zu hören.

»Das Spiel soll nicht verhüllen, nicht verstellen, sondern enthüllen – und dabei gleichzeitig verzaubern, verstehen Sie«, fährt er fort.

Breitensee merkt, wie er wütend wird. Dieser Mann scheint ganz und gar in seiner eigenen Welt zu leben und nicht wirklich mit ihm zusammenarbeiten zu wollen.

»Ich enthülle auch!«, sagt er scharf.

Reinhardt hört auf, mit seinen Fingern zu spielen, wendet sich ihm zu und sieht ihn aus tiefen braunen Augen an. »Ich bin ein bisschen Schöpfer – und baue eine neue, eine bessere Welt. Sie verstehen? Die Zuschauer sollen jenseits von Armut, Enge, Bedrängnis leben dürfen – für die Dauer eines Abends!«, sagt er.

Interessant, dass der größte Teil des Publikums dennoch zur Elite des Landes gehört, denkt Breitensee, doch er schweigt, lässt den Regisseur weiterreden, in der Hoffnung, irgendeinen Hinweis auf sein Verhältnis zu Pöcksteiner zu hören zu bekommen. Reinhardt steht plötzlich auf und beginnt, mit langsamen Schritten auf und ab zu gehen.

»Wissen Sie, Herr Kommissar, ich bin ein Freund von Massenszenen. Sie sind immer so in meine Stücke eingeflochten, dass sie zum eigentlichen Mittelpunkt werden: der einzelne Schauspieler muss zugunsten des großen Ganzen untergehen«, erklärt er. »Und –«

»Nun, diesen Untergang haben Sie jetzt auch, ganz real. Ihr Tod ist quasi untergegangen. Wie standen Sie zu Hans Pöcksteiner? Waren Sie befreundet?«, fährt Breitensee, der sich nicht mehr zurückhalten kann, unsanft dazwischen.

Reinhardts Stimme bleibt schwebend und leicht wie der Wind, als er weiterspricht. »Wie eine Einheit soll der ganze

Schauspielerkörper auf der Bühne wirken, einem eigenen Gesetz gehorchen. Ich suche eine eigene Sprache«, erklärt er. Und dann, etwas leiser: »Ich mochte Hans. Er hätte mein Sohn sein können. Dass jemand ihm schaden wollte, kann ich mir nicht vorstellen.«

Na endlich, denkt Breitensee und muss sich beherrschen, um nicht ein genervtes Schnauben auszustoßen.

»Gut – vielleicht aber wollte auch *Ihnen* jemand schaden?«, sagt er. »Und die Aufführung boykottieren? Haben Sie eine Idee?«

Reinhardt ignoriert den schroffen Tonfall und seufzt, während er sich wieder neben Breitensee hinsetzt.

»Entschuldigen Sie bitte, ich sagte ja schon, ich bin ein Nachtmensch. Die Arbeit am Morgen macht eigentlich immer mein Bruder. Um dreizehn Uhr eine Probe zu beginnen liegt mir nicht. Ich muss nachdenken.« Er fährt sich kurz durch das graue, wellige Haar und murmelt dann: »Ich meine, ja, sicher ist mein Theaterbegriff kein besonders angepasster, aber dass deswegen ein Darsteller erstochen wird …«

»Wie ist denn Ihr Theaterbegriff genau?«, fragt Oscar Breitensee etwas freundlicher; die Entschuldigung hat ihn besänftigt.

»Wie der bei Schiller: Rebellion soll Ereignis werden!«, antwortet Max Reinhardt, und auf einmal kommt er Breitensee nicht mehr ganz so abgehoben vor. Breitensee nickt.

»Na ja«, beeilt sich Reinhardt zu sagen, »ein bisschen Leichtes und Seichtes baue ich freilich auch in meine Stücke ein – sonst gibt es ja kein Geld. Aber im Grunde will ich doch die Revolte!«

Breitensee betrachtet den Regisseur, sieht vereinzelt Schweißperlen auf der Stirn und in der Furche zwischen den Augenbrauen glitzern. Ein heißer Tag heute, denkt er, einer jener trägen Sommertage, an denen sich die Schwere der Hitze auf alles senkt, allem den Atem nimmt.

»Es kann gut sein«, überlegt er laut, »dass dieser rebellische Ansatz einigen konservativen Menschen hier nicht besonders gut gefällt.«

»Ja«, gibt Max Reinhardt zu.

»Und sonst? Haben Sie Feinde, Neider? Jemanden, dem Sie diesen Mord zutrauen würden?«

Reinhardt schweigt kurz. »Da fällt mir niemand ein. Nur meine ehemalige Frau«, meint er dann und lacht.

Breitensee zieht irritiert eine Augenbraue in die Höhe.

»Das war ein Witz!«, beeilt Reinhardt sich zu sagen.

»Wieso, was ist mit Ihrer Frau?«, entgegnet Breitensee scharf.

Reinhardt verdreht die Augen.

»Else ... nun ja, die Trennung war etwas unschön. Aber wir vertragen uns wieder, schließlich lieben wir beide unsere Söhne.«

Alarmiert blickt Breitensee auf, doch er hat gar keine Zeit, zu Wort zu kommen, denn Reinhardt spricht sofort weiter.

»Und es gibt noch etwas, das nicht alle hier mögen«, sagt er sehr leise, beinahe gehaucht.

Breitensee weiß sofort, worauf er hinauswill, und mit einem Mal tut ihm der Regisseur fast ein wenig leid.

»Sie sind Jude«, sagt er, und genau in dem Augenblick erscheint ein Schatten auf Reinhardts weichen Zügen.

»Ja.«

Als Breitensee über den Domplatz nach Hause geht, hat er ein eigenartiges Gefühl im Bauch. Einen Moment lang kommt es ihm so vor, als höre er Schritte, die ihm folgen. Rasch dreht er sich um – und sieht eine Gestalt in schwarzem Mantel, die sofort kehrtmacht und hinter der nächsten Häuserecke verschwindet. Breitensee überlegt, ob er ihr nachgehen soll, doch er ist zu müde für Verfolgungsjagden.

ELSE

SCHULD

Berlin, 1886

Je älter Else wird, desto neugieriger wird sie. Vor allem die Bücher haben es ihr angetan. Eine Mischung aus Neugier und Freude bedrängt Else, wenn sie dem Schrank eines der zerfetzten alten Bücher der Eltern entnimmt und heimlich darin blättert, stöbert. All die Welten, die draußen sind und die sie nicht sehen kann, weil sie zu klein dafür ist, stecken in den Büchern, so viel weiß Else inzwischen. Und vor allem das Wissen, das darin zu finden ist, betört sie, obwohl sie noch ein Kind ist; vielleicht, weil der Schrank in der Dunkelheit steht, vielleicht, weil auch der Sinn der Worte für Else noch dunkel ist. Viele davon muss sie nachschlagen, in einem großen, dicken Buch, in dem Worte erklärt werden, das neben den anderen Büchern steht.

Manchmal, wenn Else schlafen geht, ist es eng in ihrer Brust. Wie ein Gesicht kommt die Nacht ihr vor, ein Gesicht, das sie ansieht. Sie anatmet. Dann muss Else an die Toten denken. Ob es wohl stimmt, dass ihre Seelen bei Gott sind? Ob es sie wohl wirklich gibt? Und die Engel, von denen die Mutter gesprochen hat, und die Hayyot – sind sie wahr oder nicht? Else weiß es nicht. Doch manchmal scheint eine Gestalt an der Wand entlangzuschweben, weniger als ein Hauch.

»Ich bin dein Engel! Ich bin hier und beschütze dich, damit du leben kannst!«, sagt sie, und da fühlt sich Else, als habe sie einen Igel verschluckt. Sie hat das Gefühl, des Engels nicht würdig zu sein.

»Nein«, sagt Else. »Nein, das musst du nicht! Das hab ich gar nicht verdient, ich bin ja nur Else.« Doch der Engel huscht weiter, löst sich auf wie ein Nebel, und an der Wand flackert nichts als die Straßenbeleuchtung, deren Licht sanft zum Fenster hereinscheint. Else vergräbt ihren Kopf im Kissen.

»Mutter«, ruft sie dann. Doch es ist zu leise, als dass die sie hören könnte. Dennoch kann Else die Mutter spüren, die mit dem Vater gemeinsam hinter der Wand schläft, an der ihr Bett steht. Die Mutter ist immer da. Und sie ist nicht nur im Nebenzimmer. Sie wohnt auch in Elses eigenem Blut. Dort rauscht, dort ruht sie, Else kriegt sie nicht fort. Selbst wenn sie es will. Aber sie will es gar nicht. Mit dem Gedanken an die Mutter schläft Else schließlich ein. Sie träumt, dass die Mutter sie ruft, dass sie ihr nachkommt – und sie doch nicht erwischen kann.

Als Else aufwacht, begreift sie: Auch wenn die Mutter immer da ist, kann sie sie nie erreichen. Fiebernd liegt sie da und wartet, ob der Engel wiederkommt. Er kommt nicht, und Else findet keinen Schlaf mehr. Da beschließt sie, sich heimlich ins Wohnzimmer zu schleichen und den Schrank zu öffnen, in dem die Bücher stehen. Schön und geheimnisvoll sind sie, und vielleicht können sie ihr helfen, die innere Unruhe zu vertreiben. Man muss ja nur eine Seite aufschlagen, und schon fällt man in eine andere Welt.

Die wenigen Bücher, die die Eltern besitzen, sind heilig, und niemand außer ihnen darf sie anrühren. Else tut es freilich trotzdem oft, erstens, weil es verboten ist und darum spannend, und zweitens, weil Bücher sie faszinieren. Und genau jetzt will sie unbedingt eins der Bücher lesen, jetzt, sofort. Ihre Füße sind kalt, als sie sie aus dem Bett schwingt, und das Nachthemd klebt ihr am Körper fest, denn der Traum hat Else ins Schwitzen gebracht. So setzt sie vorsichtig einen Fuß vor den anderen, hofft, dass die Eltern nicht ihr rasselndes Herz hören können.

Der Weg ins Wohnzimmer fühlt sich länger und dunkler an als sonst. Vielleicht geht sie deshalb so rasch, fliegt ihn fast, wie eine Feder, vielleicht hat sie auch einfach nur Angst, doch bevor Else den Bücherschrank erreicht hat, bricht sie zusammen. Ein lautes Krachen ertönt, das fremd klingt und weit weg. Else sieht sich selbst von oben; ein kleines schwarzhaariges Kind, das auf dem Boden liegt. In dem Moment kommt die Mutter herein. Ein helles Nachthemd umflattert leicht ihre bloßen Füße, ihre Bewegung ist wie ein Schatten.

»Else!«

Else kommt langsam in ihren Körper zurück, starrt die Mutter an. »Mutter!«, flüstert sie und will, dass die Mutter ihre Hand auf ihre Brust legt, zart wie der Windhauch, will das Blühen in ihrem Herzen fühlen, das sie immer spürt, wenn sie mit der Mutter allein ist. Aber die Mutter bewegt sich nicht. Mit einem Mal sind da Wände. Sie drängen sich zwischen Else und sie, schieben sich vor ihr Gesicht und machen es ihr unmöglich, der Mutter nahe zu kommen.

»Gibt es noch Engel?«, fragt Else leise und reißt die Augen weit auf, so als würde sie etwas suchen. Dann beginnt sie zu weinen.

Am nächsten Morgen sitzen der Vater, die Mutter und Else beim Frühstück. Bleich und mit zitternden Händen führt Else sich die Tasse an den Mund, und während sie einen Schluck nimmt, ist ihr, als höre sie ein Klirren.

»Das Kind ist übersensibel«, sagt der Vater zur Mutter. Die senkt den Kopf.

»Kein Wunder«, fährt er fort, »schließlich verhätschelst du sie auch wie verrückt und behandelst sie wie eine kleine Prinzessin!«

Else kann sehen, wie im Gesicht der Mutter etwas zerbricht.

»Sie ist nun mal unsere Einzige!«, sagt sie leise.

Else schluckt schwer, möchte die Mutter in Schutz nehmen, doch die Worte wollen nicht aus ihr herauskommen.

»Die vielen Geschichten, die vielen Spiele mit den Kleidern

der Erwachsenen«, fährt der Vater fort, »all das regt sie auf. Kein Wunder, dass sie nicht schlafen kann!«

Die Mutter schüttelt den Kopf. »Else ist aus einem anderen Grund zusammengebrochen, letzte Nacht«, sagt sie leise.

»Das stimmt«, flüstert Else, »ich hatte einen Alptraum!«

Der Vater wischt sich über den Kopf und stößt ein kurzes Schnauben aus. »Überhaupt«, sagt er dann, Else ignorierend, zur Mutter, »dass du dem Mädchen so früh das Lesen beigebracht hast, war keine gute Idee. Voller Hirngespinste ist sie jetzt, das siehst du doch selbst!«

Die Mutter blickt ratlos in Elses Richtung, und Else blickt zurück, doch sie sieht sie nicht, sieht gar nichts mehr. Else sitzt da und ist eine Wunde. Sie ist ein Riss zwischen Vater und Mutter, ist zwischen sie gekommen wie ein Blitz und hat sie, die sich einmal geliebt haben, getrennt. Die Schuld, die sie sich dadurch aufgebürdet hat, ist namenlos. Nie, denkt Else, nie wird sie es wert sein, dass die Engel sie beschützen.

»Ständig ist sie auf ihr Aussehen bedacht – vom Haar bis zu den Sohlen!«, ruft der Vater. »Ist das vielleicht Demut? Und dann erst diese lächerlichen Stoffflügel, die sie immer tragen will!«

Da hebt Else den Kopf und blickt den Vater an. Wie eine rote Farbe hängt ihr Ich im Raum, verletzt und blutig. Die Zunge liegt ihr schwer im Mund, als sie sagt: »Du hast recht, Vater.« Und dann: »Ich will gewiss demütiger sein, wie es sich für Frauen gehört.«

OSCAR BREITENSEE

DAS SCHLOSS

Salzburg, 1937

Oscar Breitensees Herz klopft, sein Kopf ist voll bis zum Rand, als er, geschützt von einem Baldachin, den roten Teppich hinauf zum Eingang des Schlosses geht. Max Reinhardt hat ihn nach dem etwas seltsamen Gespräch auf dem Domplatz zu einer Feier eingeladen, die er sich nicht entgehen lassen will: Im Schloss Leopoldskron, der sogenannten Künstlerresidenz, die der Theaterregisseur vor beinahe zwanzig Jahren gekauft und eigens umgebaut hat, soll das Fest stattfinden; eine Art Trauerfeier zu Ehren des Ermordeten.

Zwei seitliche Voluten flankieren das Tor, durch das Breitensee nun ins Innere des Schlosses tritt, Wutz an seiner Seite. Darüber ist eine stuckverzierte Kartusche mit Wappen und Metallkrone angebracht, die wohl an die früheren Besitzer Leopoldskrons erinnern soll. Breitensee seufzt. Fast kommt er sich vor, als beträte er soeben das Innere einer überteuerten und viel zu süßen Marzipantorte.

Während er die Treppen hochgeht, lässt er seinen Blick aus einem der Fenster wandern, hinter dem, majestätisch und eigentümlich lebendig anmutend, der Untersberg zu sehen ist. Der Raum, den er und Wutz schließlich erreichen, ist riesig – und zweistöckig obendrein. Kristallene Lüster hängen von der Decke; schöne Frauen mit rauschenden Kleidern, bunten Fächern und samtenen Handschuhen stehen neben elegant gekleideten Männern, und hier und da ertönt ein spitzes, gekünsteltes Lachen.

Breitensee betrachtet einen Augenblick lang seinen Kollegen, der neben ihm hergeht und ein bisschen verloren wirkt. Zuversichtlich zwinkert er Wutz zu. Wutz grinst schief zurück und richtet sich ein Stück auf.

Die Menschen um sie herum kommen in Bewegung. Die Gäste strömen zum Buffet, das den Abend eröffnen soll – der ideale Zeitpunkt, eine Befragung zu beginnen. Breitensees Blick sucht, flirrt umher – und findet bald schon ein bekanntes Gesicht.

»Herr Reinhardt!«

Max Reinhardt hat ihn gesehen und nähert sich ihm mit raschen Schritten. Er trägt einen glänzenden Frack, schwarz und hochgeschlossen, der das Dunkel seiner Augen noch verstärkt. Etwas heiß, so ein Kleidungsstück für den Sommer, denkt Breitensee.

»Wie schön, dass Sie gekommen sind!«, sagt Max Reinhardt und lächelt. Seltsamerweise wird die Falte zwischen seinen Augenbrauen dadurch jedoch nicht geglättet, sondern im Gegenteil noch tiefer.

»Danke für die Einladung«, beeilt Wutz sich zu sagen.

Reinhardt nickt nur. »Hatten Sie bereits etwas vom Buffet?«, fragt er, die Augen schon wieder abgewandt.

Breitensee weiß Bescheid: Der Regisseur sucht nach den Wichtigen, nach den Protagonisten des Abends – und das sind die Schauspieler und Politiker. Er will schon etwas Ironisches sagen, da fällt ihm eine blonde Frau auf, die eben den Saal betreten hat.

»Wer ist das?«, fragt er. Die Frau mit dem wachen, resoluten Auftreten wirkt um einiges selbstbewusster als die anderen Damen im Saal. Sie trägt einen schlichten Hosenanzug; das helle, gewellte Haar umrahmt kinnlang ihr Gesicht, was ihr ein recht jungenhaftes Auftreten verleiht.

»Das ist Anna Novotna«, antwortet Reinhardt. »Eine unserer besonders begnadeten Sängerinnen. Dieses Jahr ist sie als

Cherubino in ›Die Hochzeit des Figaro‹ zu sehen, aber auch als Pamina in der ›Zauberflöte‹. Sie ist überaus wandlungsfähig.«

Breitensee nickt und mustert die Frau mit dem besonderen Ausdruck im Gesicht. Der Cherubino, eine Hosenrolle also, denkt er, sich an einen Opernbesuch in seiner Jugend erinnernd. Deshalb wohl dieser burschikose Kleidungsstil. In dem Moment wendet Anna Novotna, die eben mit einem jüngeren Mann gesprochen hat, ihnen das Gesicht zu und sieht Breitensee an. In seinem Herzen bewegt sich etwas. Wie eine Rose, die zum ersten Mal ihre Blätter entfaltet, fühlt sich das an. Doch der Blick bleibt leider nicht lange an ihm hängen, er wandert weiter zu Max Reinhardt.

»Guten Abend, Max«, sagt Anna Novotna.

»Guten Abend.« Reinhardt schüttelt Anna Novotna die Hand und begrüßt dann ihren Begleiter, einen zarten jungen Mann mit rötlichem, fedrigem Haarflaum, dessen blasses Gesicht von Sommersprossen übersät ist.

»Das sind Anna Novotna, meine wunderbare Sopranistin, und André Reichsmann, Komponist«, stellt er die beiden vor.

»Und Schauspieler«, fügt Reichsmann mit hoher, flattriger Stimme hinzu, während er zuerst Breitensee und dann Wutz die Hand reicht.

Breitensee nickt nur. Einen Moment lang denkt er, dass ihm die Augen des jungen Mannes irgendwie bekannt vorkommen. Er möchte auch Anna Novotna begrüßen, die sich ihnen aber schon wieder abgewandt hat und weiter durch die Menge geht, jedoch nicht schwebend wie die anderen Frauen, sondern scharf und mit geraden Schritten.

»Sie ist eine spannende Person«, sagt Max Reinhardt da, als würde er Breitensees Gedanken lesen.

Breitensee blickt auf. So viel Geistesgegenwart hat er dem Regisseur gar nicht zugetraut; er hätte nicht gedacht, dass irgendjemandem seine Begeisterung für Anna Novotna auffallen würde, schon gar nicht Max Reinhardt, der so wirkt, als wäre er nur mit sich selbst beschäftigt. Reinhardt grinst schelmisch. Doch dann hebt er den Zeigefinger und macht eine Bewegung, als würde er Breitensee schelten.

»Aber Vorsicht: Sie ordnet ihr Leben der Musik unter, und das kriegen alle zu spüren – auch André Reichsmann, der wahnsinnig unglücklich in sie verliebt ist«, sagt er, doch Breitensee hört ihn schon gar nicht mehr. Er hat nur noch Augen für Anna.

Inzwischen beginnt es im Raum zu rumoren. Die Lesung scheint in Bälde anzufangen. Breitensee nickt Max Reinhardt zu, schiebt sich durch die zu den Sitzplätzen hinströmende Menge und versucht, einen Randplatz zu ergattern. Es gelingt: Am Ende der letzten Reihe ist noch etwas frei. Breitensee fühlt sich erleichtert. Von einem Randplatz aus lässt es sich besser den Überblick bewahren, und das ist in dieser Situation das Wichtigste. Er setzt sich, Wutz nimmt neben ihm Platz.

Max Reinhardt macht inzwischen weiter die Runde und begrüßt die letzten eintrudelnden Gäste. Breitensee blickt ihm kurz nach und sucht dann wieder nach Anna Novotna. Da ist sie, denkt er, und eine Welle warmen Gefühls breitet sich in seinem Bauch aus. Das Gesicht der blonden Frau leuchtet nur so im Schein der Lüster, während sie von Besucher zu Besucher geht und ihnen freundlich zunickt. Breitensee wundert sich über sich selbst, denn er kann seinen Blick nicht von ihr lösen. Auf einmal hat Anna ihn bemerkt und sieht ihn an. Wach und klar. Breitensee lächelt.

ELSE

EINE NEUE FREUNDSCHAFT

Berlin, 1887

Früh lernt Else also, dass sie aufpassen muss. Sie versucht, Demut zu üben, versucht, ein braves Mädchen zu sein. Sie isst wie die Eltern koscher und gibt viel auf Reinlichkeit. Morgens wäscht sie sich erst einmal die Hände, denn Reinheit muss sein, so hat ihr der Vater eingebläut. Danach zündet Else gemeinsam mit der Mutter die Wachskerzen an, die am Frühstückstisch brennen.

»Licht ist wichtig! Es ist ein Symbol des Lebens«, murmelt der Vater dabei oft in seinen Bart hinein. Else nickt bloß.

Ein weißes, lang gezogenes und hohes Gebäude ist Elses Schule, und in den weiten Gängen hallt jeder Schritt, wird so laut, dass man Angst vor dem eigenen Gehen bekommt. Ein großer Schulhof mit einem Springbrunnen in der Mitte darf in den Pausen besucht werden. Ansonsten gilt es, still und aufrecht am Pult zu sitzen. Eine besondere Freude hat Else an der großen Schulbibliothek mit ihren Regalen, die ihr geheimnisvoll erscheint wie der besondere Schrank der Eltern. Die Bücher sind angefüllt mit inneren Welten, warten nur darauf, aufgeschlagen zu werden und Else mitzunehmen. Jedes Wort steckt voller Bilder und Zeichen, hat einen eigenen Geschmack und Geruch.

Weniger erfreut ist Else über die Mathematik; die Rechenaufgaben wollen ihr einfach nicht gelingen, auch wenn sie nachts lange wach liegt und über Lösungen nachdenkt. Dann starrt sie in die Dunkelheit ihres Zimmers hinein, sieht die Schatten an den Wänden entlangwandern und kann nicht schlafen. Hier ertönt ein Schnarchen des Vaters, dort ein Husten der Mutter, gedämpft dringt es durch die Wände zu ihr hindurch, dann dreht sich jemand im Bett um – nie ist es wirklich still. Else hält die Augen offen und wartet auf die Müdigkeit, die nicht kommen will.

Am schlimmsten aber ist der Turnunterricht. Da muss man sich zunächst in einer streng nach Schweiß riechenden Kammer mit den anderen Mädchen umziehen, die giggeln und gackern. Else merkt, wie klein sie im Vergleich zu den Mitschülerinnen ist und wie schmal ihre Glieder aussehen. Die eigenen Beine kommen ihr vor wie die eines Huhns, wenn sie an sich herabsieht. Dürr wirken sie, wie sie so aus dem Unterhöschen herausstaksen, und ihre Hände sind ihr plötzlich viel zu groß und baumeln fremd an ihr herunter.

Auch wenn man den großen Saal mit dem Parkettboden betritt, in dem allerlei Gerätschaften zu sehen sind, wird es nicht besser. Im Gegenteil: Nun muss Else einen Strick erklimmen, und das mit bloßen Händen. Wie ein nasser Sack hängt sie in den Kletterseilen, und das Schlimmste dabei ist, dass die anderen Mädchen sie noch dazu auslachen.

»Guck, die sieht aus wie ein Frosch!«, sagt eine.

»Ja, aber ein Frosch mit Spinnenbeinen!«, gickst eine andere.

Else zieht den Kopf ein.

»Wir mögen dich trotzdem«, tönt es dann. »Weil du so schön auswendig Gedichte aufsagen kannst!« Aber das hört Else schon gar nicht mehr.

Wenn Else von der Schule heimkommt, hilft sie der Mutter. Sie fegt die Stube, reinigt die Töpfe, die Wasserkannen und die Krüge. Sie versucht, ihrer Mutter alles nachzumachen und wenig zu sprechen. Inzwischen weiß sie es ja: Sie ist ein Mädchen, und sie darf nichts. Genauso wie die Frauen. Deswegen muss sie auch in der Synagoge immer hinten sitzen.

Heiraten, das lernt Else früh, dazu sind Frauen bestimmt. Else nickt immer, wenn man ihr das erklärt, doch sie weiß nicht recht, was es in Wahrheit bedeutet. Sie findet Jungs und Männer langweilig – die meisten zumindest. Bücher findet sie viel besser. Bloß die Mönche, die im Stadtkloster neben der neuen Wohnung – die Eltern sind nach einer Beförderung des Vaters umgezogen – hausen, haben es ihr irgendwie angetan. Manchmal geht Else ihnen heimlich nach und imitiert ihre Bewegungen: den gesenkten Kopf, die niedergeschlagenen Augen, die vor der Brust gefalteten Arme, ja, auch die gefassten Schritte kopiert sie und versucht, sich ganz in einen der Mönche zu verwandeln. Einmal, als sie gerade so in ihr Spiel, das für sie von großem Ernst ist, vertieft ist, reißt eine Stimme sie aus ihren Gedanken.

»He, Judenkind!«, tönt es.

Else dreht den Kopf und blickt in das Gesicht eines kleinen, etwas dicklichen Jungen mit großen Kulleraugen. Sie seufzt, denn der Junge neben ihr ist zweifellos ein Christ. Er hat blondes Haar, das wie ein Strahlenkranz sein Gesicht umrahmt. Nicht alle Christen hassen uns, versucht Else sich zu sagen, während sie den blonden Jungen skeptisch betrachtet, doch sie glaubt sich selbst nicht wirklich.

»Selber Kind!«, entgegnet sie dann und verkneift die Lippen zu einem Strich. Aber der Junge scheint sie gar nicht zu hören.

»Hau ab und hör auf so zu gehen, das dürfen nur Mönche!«, sagt er.

Else betrachtet ihn und findet, dass seine Augen irgendwie traurig aussehen. Die schnelle Bewegung der Mönche ist gar nicht so viel anders als der chassidische Tanz ihres Großonkels, den er manchmal bei den Familienfeiern tanzt, denkt Else, aber sie schweigt. Der Junge kommt inzwischen ein wenig näher an sie heran.

»Wenn ich groß bin«, sagt er dann leise und etwas keuchend, »dann werd ich wie die. Ein Gottesmann. Ein mächtiger Mann!«

Else weiß nicht, wieso – doch auf einmal tut ihr der Junge leid. »Und was machst du dann?«, fragt sie.

»Wie?«

»Na, wenn du mächtig bist?«

Der Junge schaut sie verwirrt an. »Nichts ... mächtig sein ...«, murmelt er.

Else zuckt mit den Schultern. »Ist das nicht langweilig?«, fragt sie nach.

Der Junge schnappt kurz nach Luft und sieht dabei aus wie ein frisch gefangener Fisch. Else lächelt befriedigt und fühlt sich auf einmal überlegen. Endlich darf sie sie selbst sein, muss sich nicht unterordnen – schließlich gehört sie zum auserwählten Volk und er nicht. Else genießt einen Moment der Stärke, kostet ihn mehrere Atemzüge lang aus, während sie den Jungen weiter betrachtet.

»Ich bin übrigens Else«, sagt sie dann.

Der Junge verdreht die Augen. »Und ich dachte, alle jüdischen Mädchen heißen Sara«, meint er verächtlich. Und nach kurzer Stille: »Ich bin Wilhelm!«

Else nickt und lässt ihren Blick an dem Jungen auf und ab gleiten. Herablassend betrachtet sie das Holzkreuz, das er an einer Kette um den Hals trägt. Als Jüdin versucht sie, alle Zeichen, die an das Leid Christi erinnern, zu vermeiden, und so wendet sie angewidert ihren Blick ab.

»Und alle Christen hängen sich Tote um den Hals«, sagt sie bitter. Da geschieht etwas Seltsames. Wilhelm fängt an zu lachen. So beginnt die Freundschaft zwischen der kleinen Jüdin und dem Christenjungen, der, wie sie erfährt, eine Mutter aus Wien hat, die wegen der Liebe nach Berlin gezogen ist. Wilhelm kommt bald schon mit Sara und Else mit, wenn sie gemeinsam spielen. Else und Sara sind nicht immer nur nett zu Wilhelm.

»Du watschelst!«, necken sie ihn. Und: »Du hast einen Bauch wie eine Ente! Quakquak!«

Sie wissen, dass Wilhelm ein gutes Opfer ist. Seine Mutter

hat ihn gelehrt, jedes Leiden still zu ertragen, wie es bei frommen Christen so üblich ist. Einmal, als er sich weigert, in Elses Kostüm mit den Engelsflügeln zu schlüpfen, bekommt er einen Schlag ins Gesicht. Else hat ein schlechtes Gewissen, als sie ihn schlägt, ihr zittern die Knie, doch sie lässt sich nichts anmerken.

»Ich leide, weil Christus gelitten hat!«, sagt Wilhelm zum Glück nur und sieht sie mit glasklarem Blick an. Dann geschieht es: Mit einem Mal kann Else den toten Jesus vor sich sehen, wie er am Kreuz hängt. Christus stirbt, denkt sie, er stirbt mit Wilhelm. Da gerät die Erde ins Wanken. Sie dröhnt, dröhnt. Else fühlt namenlose Verzweiflung und tiefe Schuld in sich aufsteigen.

»Willst du noch einen Schlag ins Gesicht?«, fragt Sara da, um Else zu Hilfe zu kommen, doch Else hält sie zurück.

»Lass«, sagt sie. »Wilhelm ist doch unser Freund.«

»Stimmt«, grinst Wilhelm, und Else seufzt erleichtert.

OSCAR BREITENSEE

DER HEIMLICHE BESUCH

Salzburg, 1937

Trotz des bunten, lauten Publikums fällt die Lesung recht besinnlich aus. Max Reinhardt selbst, der ja früher einmal Schauspieler war, trägt mit melodischer Stimme einige Gedichte vor, die Vergänglichkeit thematisieren, und Breitensee versucht, sich wieder auf seinen Fall zu konzentrieren und die Anwesenheit der entzückenden Anna Novotna zu vergessen. Als Reinhardt geendet hat, ertönt das Geräusch von Stühlen, die nach hinten geschoben werden, gefolgt von einem leisen Gemurmel, das nach und nach anschwillt. Breitensee steht auf.

»Und nun?«, will Wutz wissen.

»Du beginnst damit, einige der Schauspieler zu befragen«, sagt Breitensee. »Ich werde inzwischen noch einmal kurz Max Reinhardt ansprechen und versuchen, mehr über Hans Pöcksteiners Privatleben zu erfahren. Seine Mutter meinte, er habe keines gehabt und sich nur für seine Kunst interessiert.«

»In Ordnung.«

Gemeinsam gehen die beiden zu einer riesigen weiß gedeckten Tafel am Ende des Saales. Mit festen Schritten schiebt Breitensee sich an einer schlanken Frau vorbei, die einen Hut mit einer Pfauenfeder trägt. Max Reinhardt, der gerade dabei ist, sich ein Glas Sekt von der Bar zu holen, lächelt, doch es sieht ein wenig müde aus. Auch Breitensee kräuselt die Lippen zu einem erzwungenen Lächeln.

»Schön haben Sie gelesen«, sagt er. Und dann, ohne Umschweife und noch ehe Max Reinhardt etwas erwidern kann:

»Sie haben mir noch nicht erzählt, was Sie über Pöcksteiners Privatleben wissen.«

Der Regisseur nimmt hastig einen Schluck aus dem Glas und wischt sich über die Lippen. »Da gibt's nicht viel zu erzählen«, sagt er. »Den Frauen gegenüber war er eher schüchtern und verschlossen. Am besten verstand er sich wahrscheinlich mit Gustav Engbert, unserem Mammon.« Reinhardt deutet auf einen kleinen, gedrungenen Mann mit Spiegelglatze und weit abstehenden Ohren, der hinter ihm an der Bar steht.

Breitensee horcht auf. »Tatsächlich?«

»Ja, die beiden sind abends öfters ins ›Goldene Gansl‹, das Lokal hinterm Domplatz, und haben was getrunken.«

»Ich kenne das ›Goldene Gansl‹.« Breitensee nickt. »Schräg gegenüber fand auch der Mord statt. Und sonst? Wer stand Hans Pöcksteiner noch nahe?«

Um Reinhardts Augen bildet sich einen Moment lang ein nachdenklicher Zug. »Niemand«, sagt er dann. »Sein Vater ist lange tot, und mit seiner Mutter hat er sich vor etwa einem Monat zerstritten. Trotzdem kam sie zu mir und bat mich, bei einer der Proben zuhören zu dürfen, heimlich, was ich sehr rührend fand. Ich habe sie zur Souffleuse gesetzt; sie tat mir leid.«

Breitensee, der gerade nach einem Glas Sekt gegriffen und zu trinken begonnen hat, verschluckt sich fast. Rasch stellt er das Glas auf der Theke ab und fixiert Max Reinhardt mit scharfem Blick.

»Frau Pöcksteiner kam nach Salzburg zu einer Probe? Wann war das?«, fragt er.

Der sanfte Mund des Regisseurs zuckt. »Vorgestern Abend«, sagt er. »Sie hat danach wohl in Salzburg genächtigt; hat einen alten Freund getroffen, wie sie mir erzählt hat …«

Breitensee hält einen Augenblick den Atem an. »Als der Mord geschah«, sagt er dann mehr zu sich selbst.

»Ja.«

Während Max Reinhardt sich einem seiner Kollegen zuwendet, überschlagen sich in Oscar Breitensees Kopf die Gedanken. Hat Barbara Pöcksteiner nicht bei seinem Treffen mit ihr behauptet, sie sei zum Zeitpunkt der Tat zu Hause gewesen? War am Ende sie es, die ihren Sohn getötet hat? Aber warum? Um ihn dafür zu bestrafen, dass er den väterlichen Hof nicht übernehmen wollte? Gleich morgen werde ich sie noch einmal befragen, sagt er sich. Und jetzt?

Breitensees Augen tasten den Saal ab. Die Gesellschaft hier feiert sich selbst, denkt er, während er versucht, das illustre Publikum zu analysieren. Eine gefährliche Hoffart liegt in der Lebensauffassung der Leute, die sich im Schlosssaal versammelt haben, begreift er. Dieses Vertrauen, das Leben mit der eigenen Kunst bis auf die letzte Lücke schützen zu können gegen jeden Einbruch des Schicksals, denkt Breitensee, wie anmaßend das ist! Man ist von der Kunst überzeugt, ist auf dem geraden Weg zur besten Welt. Was für ein eitler Schwachsinn.

Breitensee wendet sich dem Darsteller des Mammon zu, der, gleich breit wie hoch, immer noch an der Theke lehnt und an einem Weinglas nippt.

»Gustav Engbert?«, fragt er und betrachtet die wulstigen Lippen, betrachtet das leicht gerötete Gesicht vor sich.

»Der bin ich«, entgegnet der Schauspieler nickend, und sein Doppelkinn wippt dabei ein wenig auf und ab.

»Kommissar Breitensee«, stellt Breitensee sich vor, während er Engbert die Hand gibt. Der Händedruck ist ein bisschen schweißig; etwas bleibt an Breitensees Fingern kleben, als er sie dem Schauspieler wieder entzieht.

»Entschuldigen Sie, wenn ich ganz einfach zum Wesentlichen übergehe«, sagt er, sich die Hand verstohlen an der Hose abwischend, »wo waren Sie in der Nacht, als Hans Pöcksteiner starb?«

In den dunklen Augen Gustav Engberts liegt mit einem Mal ein feuchter Glanz. »Wir … waren Freunde!«, sagt er heiser und nimmt einen Schluck aus seinem Glas.

»Das beantwortet meine Frage nicht.«

Der Schauspieler atmet schwer. Breitensee sieht seinen Kehlkopf unter der Fettschicht zucken.

»Jaja. In Ordnung. Soweit ich weiß, ging Hans an dem Abend allein ins ›Gansl‹; ich selbst war müde von den Proben und habe mich schlafen gelegt«, antwortet Gustav Engbert.

»War jemand bei Ihnen?«, fragt Breitensee.

»Ja, meine Frau.«

Breitensee nickt. »Das werden wir prüfen, ich danke Ihnen«, sagt er und wendet sich ab. Er wandert durch den Raum und blickt gedankenverloren aus dem Fenster, betrachtet nachdenklich den prunkvollen Baldachin, der von der Straße her den Gehweg kreuzt und bis zum Entree überdacht. Dann betritt er den Balkon. Er braucht frische Luft, um seine Gedanken zu ordnen.

Breitensee sieht hinab auf den Schlosshof, während er an seinem Sektglas nippt. Zugegeben: Er mag diesen Anblick. Vor ihm ist der Untersberg zu sehen, der wie ein schlafendes Tier wirkt; sein Bergmassiv wird von einem Weiher gespiegelt, sanft vom Licht zweier elektrischer Lampen erleuchtet. Breitensee dreht sich um und blickt in den Salon. Und plötzlich kommt es ihm so vor, als würde er ins Helle schauen. Und schaut man aus der Nacht ins Helle, dann sieht man intensiver, sieht weiter, so, als betrachte man die Welt aus der Nahaufnahme.

Ich muss einfach nur alles beobachten, denkt Breitensee, so wie ich es immer getan habe. Auf einmal wird ihm bewusst, dass er lange nicht mehr an das tote Kind gedacht hat. Endlich ist es geschehen: Die neuen Ermittlungen haben ihn wieder zu dem gemacht, der er ist. Breitensee leert das Sektglas. Dann geht er mit sicheren Schritten in den Salon zurück.

»Schlechte Nachrichten«, sagt Wutz. »Alle haben sie irgendein Alibi. Einige der Leute waren noch im ›Goldenen Gansl‹ feiern, als der Mord geschah. Und Max Reinhardt befand sich offenbar mit seinem Sohn Gottfried und André Reichsmann hier auf Schloss Leopoldskron. Er selbst kann sich zwar nicht erinnern, weil er zu betrunken war, aber André Reichsmann hat es bestätigt.«

Doch Breitensee lässt sich seine gute Laune nicht verderben. »Komm, wir trinken noch was«, sagt er und klopft Wutz auf die Schulter.

ELSE

DAS THEATER

Berlin, 1888

In der Kindheit kommt das Licht nahe, und die Tage sind dicht und laut. Alles ist Überfluss und zu viel, und nur weil sie Kind ist, kann Else es ertragen. Später, als Frau, wird sie das Theater brauchen, um das Leben auszuhalten, doch bis dahin hat es noch Zeit. Zwar ist Else noch nicht erwachsen, aber langsam bröckelt die Helligkeit ihrer ersten Jahre; die Sicherheit gerät ins Wanken. Else wird groß und größer, und etwas in ihrem Leben verändert sich. Inzwischen sind es nicht mehr die Mönche, die sie faszinieren, und auch die Engel aus den Erzählungen der Mutter hat sie fast vergessen. Denn es gibt eine andere Welt, eine, die noch viel spannender ist: die Welt des Theaters.

Immer wenn das Jahr zu Ende geht, darf Else mit den Eltern in eine Vorstellung im Residenztheater gehen. Sie ist berauscht von den samtenen Sitzen, der Welt auf der Bühne, die stets in ein eigentümliches Licht getaucht ist, und auch wenn sie die Handlung nicht immer ganz versteht, so weiß Else bald schon eines: Zu diesem Leben da oben auf den Brettern zieht es sie hin.

Einmal, in einer Schulstunde, darf Else einen Text vorlesen. Er ist aus der Bibel, doch das ist egal; Else legt all ihr inneres Feuer in die Worte:

»Alles hat seine Stunde. Für jedes Geschehen unter dem Himmel gibt es eine bestimmte Zeit«, beginnt sie und lässt ihren Blick von einer Mitschülerin zur nächsten wandern. »Eine Zeit zum Gebären und eine Zeit zum Sterben, eine Zeit zum Pflanzen und eine Zeit zum Abernten der Pflanzen, eine Zeit zum

Töten und eine Zeit zum Heilen«, liest Else weiter und merkt, wie der Fluss der Sprache sie erfasst, wie die Sätze nur so aus ihr herauszusprudeln beginnen, »eine Zeit zum Niederreißen und eine Zeit zum Bauen, eine Zeit zum Weinen und eine Zeit zum Lachen, eine Zeit für die Klage und eine Zeit für den Tanz.«

Die Sprache ist ein Sog, während Else Wort für Wort den Text spricht, an ihm kaut wie an einem Stück Brot und ihn sich genüsslich im Mund zergehen lässt, »eine Zeit zum Steinewerfen und eine Zeit zum Steinesammeln, eine Zeit zum Umarmen und eine Zeit, die Umarmung zu lösen, eine Zeit zum Suchen und eine Zeit zum Verlieren, eine Zeit zum Behalten und eine Zeit zum Wegwerfen, eine Zeit zum Zerreißen und eine Zeit zum Zusammennähen«.

Else blickt auf, sieht Sara an, deren Ausdruck etwas Feierliches angenommen hat, und dann die Lehrerin, die sie mit offenem Mund anstarrt, doch sie kann nicht lange innehalten, der Text ruft sie, will von ihr gelesen werden, durch sie hindurch tönen, und so fährt Else fort: »Eine Zeit zum Schweigen und eine Zeit zum Reden.«

Ein letztes Mal nimmt sie Atem, um die noch übrigen Zeilen mit besonders viel Würde in der Stimme aussprechen zu können, »eine Zeit zum Lieben und eine Zeit zum Hassen, eine Zeit für den Krieg und eine Zeit für den Frieden«.

Else schmeckt die Macht der Worte, die in ihrem Mund aufspringen, als wären sie Blüten. Wie der Rabbi selbst fast kommt sie sich vor, während sie so dasteht und erhobenen Hauptes ihren Blick schweifen lässt. Die Stille im Raum ist groß, als sie das Buch zuklappt; zum ersten Mal in ihrem Leben für einige Sekunden zu etwas Göttlichem erhöht. Noch einen Moment lang herrscht ehrfürchtiges Schweigen. Dann klatschen die Mitschülerinnen. Else merkt, dass sie rot wird, knickst rasch und setzt sich wieder. Die Lehrerin ist offensichtlich sehr stolz auf sie.

»Ist es nicht wunderbar, wie Else lesen kann?«, fragt sie mit glänzenden Augen in die Runde.

Nur Sara schüttelt den roten Lockenkopf. »Nein«, sagt sie bestimmt.

Die Lehrerin weicht erstaunt zurück. »Warum nicht?«, fragt sie und sieht Sara ratlos an.

»Weil Else nicht bloß liest«, sagt Sara.

»Was sonst?« Die Stimme der Lehrerin ruckelt ein wenig bei dieser Frage, und auch Else ist irritiert.

»Weil sie nicht bloß liest«, wiederholt Sara, »sondern weil sie das *ist*, was sie liest! Das ist gruselig!«

»Weil sie *ist*, was sie liest!« Die Worte schwirren in Elses Kopf herum, als sie wie betrunken den Heimweg antritt.

»Nanu, was guckst du denn so?«, sagt Wilhelm, der auch eben aus der Schule gekommen ist und bereits auf sie wartet.

Else sieht ihn herablassend an. »Etwas Süßes hat mich ergriffen!«, entgegnet sie dann voll Pathos.

Wilhelm stößt einen prustenden Lacher aus. »Ach ja? Ist dein jüdischer Gott vom Himmel herabgekommen?«, fragt er höhnisch.

Doch Else ignoriert ihn; sie will sich das Blühen der Bilder nicht wegnehmen lassen, will die Erinnerung an die Worte, die in ihrem Mund zum Leben erwachten, ganz für sich behalten, als wären sie ein großes Geheimnis.

»Du hast keine Ahnung«, sagt sie nur.

Die Gegend, in der Else wohnt, ist perfekt dazu geeignet, das Theater zu entdecken. Hier bündelt sich der Verkehr der ganzen Stadt; das Eisenbahnliniennetz aller möglichen Länder läuft nahe der Friedrichstraße zusammen, und darum gibt es hier viele Spielstätten, in denen man Stücke ansehen kann. Das Circus-Gebäude, das Berliner Theater und das Concordia-Theater zum Beispiel – aber auch im Wintergarten des Central-Hotel finden jeden Tag Aufführungen statt. Heimlich träumt Else davon, doch einmal ohne die Eltern ins Theater gehen zu dürfen, und nach einiger Zeit des Hoffens und Bangens geschieht es. Zu ihrem zwölften Geburtstag schenkt der Vater Else zwei Karten für eine Vorstellung im Berliner Theater, und Else darf das erste Mal nur mit Sara allein ins Theater gehen.

Sie ist berauscht von all dem, was sie umgibt. Kutschen kommen angefahren, denen prunkvolle Damen in schillerndem Pelz und feine Herren mit Zylinder oder Melone entsteigen. Schön und stolz wirken sie in ihren Abendmänteln; doch ihre Welt ist eine, die Else und Sara, die das Ärmliche gewöhnt sind, eher amüsiert als beeindruckt.

»Na, da haben wir einige Giraffen!«, sagt Sara mit einem Seitenblick auf die Damen, als die beiden die Treppen zum Theater hochgehen. Else betrachtet die Frauen mit ihren stark geschminkten Gesichtern und dem hoch aufgetürmten Haar, wie sie am Arm ihrer Kavaliere durch den Raum schweben.

»So einen will ich auch!«, scherzt Sara, auf einen der Männer deutend. Aber Else hört ihr gar nicht zu; sie interessiert sich für ganz andere Dinge. Ihr Herz hämmert, denn sie kann es kaum erwarten, in die Welt des Stückes, das sie gleich sehen werden, einzutauchen.

Else liebt diese seltsame Fremdheit des Geschehens auf der Bühne, die sie von ihren wenigen Theaterabenden kennt; liebt dieses andere und magische Leben, das wie durch einen Vorhang von ihrem getrennt ist. Längst kann sie sämtliche Theatertexte, die sie sich in der Schulbücherei ausgeliehen hat, auswendig aufsagen; sie lernt leicht und schnell, und sie vergisst wenig von dem, was sie einmal gelesen hat.

Da ertönt die Glocke, und es gilt, rasch die Plätze zu finden. Rot gepolstert sind die Sessel, und das Licht der Kristalllüster erlischt langsam. Else atmet tief ein und aus, während sie im Halbdunkel neben Sara Platz nimmt. Ihr Herz beginnt, schneller zu schlagen. Der Vorhang geht auf, und ein Ruck durchläuft Elses Körper. Und mit einem Mal weiß sie, weiß es sicher: Sie möchte, sie muss – schauspielen.

OSCAR BREITENSEE

EINE VERDÄCHTIGE

Salzburg, 1937

Als Oscar Breitensee am nächsten Morgen erneut zu Barbara Pöcksteiner aufbricht, sirrt es ihm an den Schläfen. Gestern noch hat er sich stark und sicher gefühlt, hat gemeint, endlich der Alte zu sein, doch heute sieht das ganz anders aus. In seinem Kopf sind Geister. Viele Geister. Und sie verschwinden nicht. Nur die Sterne verschwinden und treten erneut hervor, denkt Breitensee, während er sein Auto parkt und aussteigt. Leise raschelt der Wind in den Bäumen, die die Landstraße säumen, und die Schwere der Hitze hat sich auf die Dächer der einfachen Häuser gesenkt. Hier, während er sich dem Haus der Pöcksteiners nähert, holt die Vergangenheit Breitensee wieder ein, die er am Vortag hinter sich gelassen zu haben meinte, und er sieht das Gesicht des toten Mädchens vor sich.

Wie viel ist seitdem geschehen und wie lange her kommt ihm jetzt dieser Morgen vor. Dennoch bestimmt er auf seltsame Art und Weise all seine Handlungen. Breitensee betrachtet die Landschaft, während er zu Barbara Pöcksteiners Hof geht. Die Gegend um ihn herum ist dieselbe, wirkt immer noch ähnlich ausgestorben wie bei seinem letzten Besuch: Zu beiden Seiten nur Felder und Weite. Die als Windschutz dienenden alten Eichen rund um das Bauernhaus der Pöcksteiners wiegen sich leicht in der Sommerbrise, als Breitensee durch das Hoftor tritt. Barbara Pöcksteiner, bei der er sich bereits angekündigt hat, kommt ihm entgegen. Sie geht mit festen Schritten, setzt betont die Fersen auf.

»Was kann ich für Sie tun?«, fragt sie.

»Ich würde Sie gern noch einmal zu Ihrem Sohn befragen«, antwortet Breitensee. Kurz kann er sehen, wie in dem undurchdringlichen, seltsam leeren Blick der Frau etwas auseinanderbricht. Dann jedoch wird ihr Gesicht ausdruckslos wie zuvor. Barbara Pöcksteiner deutet ihm, ihr hineinzufolgen. Breitensee setzt sich an den Küchentisch und starrt einen Augenblick lang in den Kamin in der Ecke, in dem ein kleines Feuer flackert. Seltsam, jetzt im Sommer zu heizen, denkt er.

»Sie haben mir nicht die Wahrheit gesagt«, sagt er dann. »Sie waren nicht hier, als Ihr Sohn starb. Sie haben sich eine Probe angesehen, und dann sind Sie in Salzburg geblieben, wie Herr Reinhardt mir erzählt hat.«

Barbara Pöcksteiners Augen irrlichtern haltlos umher, betrachten die Bäume hinterm Fenster, dann ihn. Sie scheinen durch alles hindurchzusehen, so als wäre kein Gefühl, kein Leben in ihnen. Sie schweigt lange.

»Die Toten soll man ruhen lassen«, sagt sie irgendwann matt.

Breitensee überlegt. Was, wenn Barbara Pöcksteiner doch einfach nur aus Sehnsucht nach ihrem Sohn nach Salzburg gekommen ist und mit dem Mord nichts zu tun hat? Aber warum hat sie dann behauptet, zum Zeitpunkt der Tat alleine daheim gewesen zu sein? Er betrachtet das faltige Gesicht, sieht die eingefallenen Wangen und die dünnen Lippen. Auch wenn sie still und verschlossen ist, sie hat einen großen Verlust erlitten, denkt er dann. Und mit einem Mal tut ihm die Frau leid. Einen geliebten Menschen zu verlieren ist, wie er weiß, schrecklich – aber ein eigenes Kind zu verlieren grenzt an Unmenschlichkeit.

»Was wollten Sie an diesem Tag, als Sie zur Probe kamen?«, fragt er etwas freundlicher.

Schweigen.

»Dass mein Sohn glücklich ist«, sagt Barbara Pöcksteiner irgendwann.

»Und für sich selbst?«

Barbara Pöcksteiner seufzt. »Ich wollte freilich selbst auch teilhaben an diesem Glück …«

Breitensee blickt einige Zeit ins Feuer, das knackt und knistert. Scheit um Scheit frisst das flackernde Rot das Holz auf. Er merkt, wie sich eine Schicht aus Schweißperlen auf seiner Stirn bildet.

»Warum zur Hölle heizen Sie im Sommer?«, fragt er etwas unbeherrscht.

Barbara Pöcksteiner zuckt mit den Schultern. »Ich verbrenne alte Erinnerungen«, sagt sie.

»Alte Erinnerungen?«

Sie steht auf und geht zum Kamin, neben dem, wie Breitensee jetzt sieht, eine alte Zeichnung liegt. Dann kommt sie zurück, schiebt sie Breitensee hin und setzt sich wieder. Breitensee betrachtet das ausgeblichene Blatt, auf dem ein Mann, groß und hager, eine zarte Frau im Arm hält. Er begreift.

»Hans' Vater und Sie.«

»Ja. Ein Bekannter hat es für uns gemalt, als wir noch ganz jung waren.«

Breitensee schluckt, in seinem Kopf ist ein vieltöniges Durcheinander.

»Warum verbrennen Sie die Bilder Ihres Mannes?«, fragt er dann.

Barbara Pöcksteiner sieht ihn an. Durchdringend ist der Blick, und kurz scheint es, als lodere etwas Dämonisches, Fremdes in ihm auf. Auf einmal schaudert es Breitensee. Er hat das Gefühl, dass im Raum etwas anderes ist. Kaum merklich, nicht sichtbar, aber bedrohlich wie ein fremder Schatten in der Nacht. Plötzlich tapst die Katze Perchta zu ihnen herein – und Breitensee atmet erleichtert aus. Maunzend blickt Perchta zuerst Barbara Pöcksteiner, dann ihn an und streift schließlich mit geschmeidigen Schritten auf den Tisch zu. Barbara Pöcksteiner bückt sich, streichelt sie.

»Ich habe Hans nicht getötet«, sagt sie dann.

»Sie haben mir die Frage nicht beantwortet«, entgegnet Breitensee kühl. »Warum verbrennen Sie die Fotos Ihres Mannes?«

Barbara Pöcksteiner schließt die Augen und holt tief Luft. »Weil er nicht gut zu meinem Sohn war«, sagt sie dann tonlos.

Breitensee nickt. »Und Sie? Waren Sie immer gut zu Ihrem Sohn?«

Stille. Nur das Knacken der Scheite im Kamin ist zu hören. Barbara Pöcksteiner senkt den Kopf. Dann wischt sie sich mit einer flattrigen Geste über die Augen, und Breitensee kann sehen, dass ihre Finger zittern. Er beugt sich ein Stück vor und fasst sie am Unterarm.

»Frau Pöcksteiner«, sagt er eindringlich, »wo waren Sie nach der Probe, als der Mord geschah?«

Barbara Pöcksteiner hebt den Kopf und sieht ihn mit ausdruckslosen Augen an. »Ich war noch in Salzburg«, sagt sie und klingt dabei wie ein Ballon, dem Luft entweicht.

Breitensee merkt, wie etwas in ihm aufatmet. »Und was haben Sie getan?«

Barbara Pöcksteiners Mund rollt sich zusammen und ähnelt dabei wieder einem halb vertrockneten Laubblatt.

»Nach der Probe bin ich zu meinem alten Bekannten, dem Pfarrer Braun, gegangen, der mir einen Schlafplatz im Kloster St. Peter gewährt hat.«

»Sie haben also ein Alibi«, sagt Breitensee.

Barbara Pöcksteiner nickt und spielt ratlos mit dem Bild, das zwischen ihr und Breitensee auf dem Tisch liegt. Kurz überlegt Breitensee, ob er die Frau hier alleine lassen kann und einfach ihre Aussage überprüfen soll – doch sicher ist sicher. Sie hat ihn schließlich schon einmal belogen – warum soll er ihr also jetzt vertrauen?

»Es tut mir leid, Frau Pöcksteiner, ich muss Sie bitten, mit mir zu kommen«, sagt er mit kalter Klarheit in der Stimme und steht auf. »Aber vorher«, fügt er, sich an die Tatwaffe erinnernd, die noch immer im Besitz des Mörders sein muss, hinzu,

»werde ich alle Messer, die es im Haus gibt, beschlagnahmen.« Er wendet sich der Anrichte zu, zieht eine Schublade heraus und nimmt sämtliches Besteck in die Hand. Hauptsächlich sind da Löffel und Gabeln, doch auch vier Messer, davon ein etwas schärferes, sind zu finden.

»Haben Sie noch mehr Messer?«, fragt er, während er das Messer in seiner Aktentasche verstaut.

Barbara Pöcksteiner schüttelt den Kopf.

»Gut. Mein Kollege wird Ihre Wohnung ohnehin noch genauer untersuchen. Wir werden Sie inzwischen bei uns im Kommissariat behalten, bis Ihre Aussage überprüft ist. Also, kommen Sie.«

Barbara Pöcksteiner steht mit eingezogenem Kopf auf und verlässt die Küche. Breitensee will ihr schon folgen, da hält er inne. Hinter seinem Rücken ist ein leises Miauen zu hören. Er dreht sich um. Aus wachen, fast menschlichen Augen sieht ihn die Katze an und maunzt zweimal kläglich. Breitensee bückt sich. Mit einer vorsichtigen Bewegung hebt er das Tier hoch und nimmt es mit sich. Perchta murrt ein wenig, während er sie an seine Brust presst, aber Breitensee merkt, wie sie langsam ruhiger wird. Schließlich wird das Murren zu einem Schnurren, und das erste Mal seit sehr langer Zeit ist Breitensee wieder glücklich. Er lächelt sogar. Doch er muss Perchta auch gleich wieder absetzen.

»Ich bin bald zurück!«, sagt Barbara Pöcksteiner leise.

Als Breitensee gemeinsam mit ihr den Hof verlässt, sieht sie aus, als wäre sie um zehn Jahre gealtert. Breitensee aber registriert es kaum, denn er ist innerlich noch beschäftigt mit der Erinnerung an das Glück, das er eben empfunden hat. Und auf einmal taucht ein Gesicht in seinem Kopf auf, hell und leuchtend. Anna, denkt er.

ELSE

ERWACHSEN WERDEN

Berlin, 1892

So wird Else größer, und ihr Körper verändert sich. Die früher so dünnen Beine bekommen Fleisch, auch der Busen formt sich aus; das Haar, immer noch dunkel, trägt Else jetzt in einer Art Bubikopf, ansonsten aber wirkt sie brav und sittsam. Leider, denkt Else. Denn sie wäre lieber eine der blonden Schauspielerinnen, die sie neulich im Berliner Theater auf der Bühne gesehen hat. Heimlich beneidet Else die Frauen mit den hohen Absätzen, die sie immer wieder die Friedrichstraße entlanggehen sieht. Sie selbst darf selten ausgehen – und wenn, dann nur zu einem der jüdischen Tanzabende, die einmal im Monat stattfinden. Die Tanzabende sind langweilig, das erkennt Else schnell, auch wenn sie sich dafür schön machen darf. Normalerweise trägt sie bloß ein sackartiges Kleid, das ihr bis zu den Beinen herabfällt – doch an den Tanzabenden erlaubt man ihr, in ein Kleid zu schlüpfen, dessen Puffärmel von leuchtender Farbe sind und dessen Rock sich – wie bei der Mutter – in der Bewegung entfaltet wie eine Blüte in der Sonne.

So kommt Else auch an diesem Tag in den großen Saal, wo bereits einiges an Gesellschaft wartet. Sie sieht sich um – und ist plötzlich doch ein wenig berauscht von der leuchtenden Welt, die ihr da entgegenschwappt. Zwar sehen die Männer alle gleich aus mit ihren brav gewellten Haaren, die die Ohren bedecken, und ihren kurzen Locken auf der Stirn. Dass man an der Länge ihres Bartes ihr Alter und ihren Stand erkennen kann, weiß Else – doch es ist ihr egal, denn ihr bedeuten die Männer nichts. Unentschlossen wandelt sie zwischen den Leuten, ein halbes Kind noch, und weiß nicht recht, was sie tun soll. Als man zu tanzen anfängt, schießt sie wie ein Pfeil hin und her, begrüßt hier einen Verwandten, da eine Bekannte. Einerseits will Else, dass man sie zum Tanz auffordert, weil sie weiß, es gehört zum guten Ton – andererseits will sie es nicht. Aber schon hat ein Junge sie entdeckt und mustert sie neugierig.

»Wer bist du?«, will er wissen. Doch noch bevor Elses Mund sich öffnet, antwortet jemand für sie.

»Das ist meine beste Freundin«, erklärt Sara, die strahlend wie eine Heldin neben Else erscheint. »Und wir wollen gern für uns sein!«

Else atmet erleichtert aus, während Sara sie aufs Tanzparkett zieht und ihr Freunde ihrer Familie vorstellt. Sie versucht, einnehmend zu nicken, doch ihr Lächeln erstarrt, zieht sich in sich zurück, noch bevor es sich geformt hat. Else versucht zu reden, zu lachen, aber ihre Augen suchen schon nach etwas anderem, sehnen sich fort in andere Welten. Am liebsten wäre sie jetzt eine Figur in Shakespeares »Sommernachtstraum« – ein Stück, das sie eben in der Schulbibliothek entdeckt hat und das ihr nicht mehr aus dem Kopf geht. Wie gern würde sie die Theaterwelt nicht nur vor, sondern auch hinter der Bühne kennenlernen und sich als Schauspielerin in etwas ganz anderes verwandeln, so wie sie es als Kind immer beim Spielen mit den Kleidern der Mutter getan hat. Aber sie ist nur Else. Leider. Für einen Moment betrachtet Else sich selbstvergessen in einem der Spiegel, die an den Wänden hängen. Da erschrickt sie. Wie ihr Mund sich traurig zusammenzieht, als wäre er ein welkes Blatt! Else findet, dass sie trotz ihrer Jugend hässlich aussieht. Hässlich und alt. Ein uraltes Kind.

Sie dreht sich um, will zu Sara zurückgehen, doch die hat sich längst anderen zugewandt. So zieht Else den Kopf ein und geht zwischen den Leuten umher, aber die Dinge fliehen, die Menschen fliehen, ihr Tanz flieht und ihre Gespräche. Vorübergehend sind alle, wie der Regen, denkt Else, und sie wird immer traurigér, während einer der Jungen aus Saras Bekanntenkreis sie am Arm nimmt und mit ihr zu tanzen beginnt. Die Bewegungen sind einfach, und Else ist eine gute Tänzerin, doch sie würde lieber alleine tanzen. Gelangweilt lässt sie ihren Blick durch den Raum gleiten. Hin und wieder geht das Gesicht einer Frau oder eines Mannes um Else herum auf wie eine Schleife, aber das ist schnell vorbei, dann sieht alles wieder stumpf und fern aus. Else gibt sich Mühe. Doch sie merkt, wie sie müde wird, und will schon aussetzen. In dem Moment wird sie von einer knorrigen Hand berührt. Sie wendet den Kopf zur Seite und sieht in das Gesicht einer alten Frau mit stechendem Blick.

»Dich kenn ich doch, du bist das Mädel der Heims«, sagt sie. »Bist du denn schon vergeben?«

Else zuckt zurück. Sie weiß, sie sollte einen möglichst guten Eindruck machen, um rasch einen Mann zu finden. Aber anstatt einfach nur mit »Nein« zu antworten, sagt sie: »Ja. Ich bin vergeben! Und zwar an das Theater!« Dann dreht sie sich um und geht.

Jeden Nachmittag, wenn ein kurzer Leerlauf in der Zeit entsteht und jeder mit sich selbst beschäftigt ist, verschwindet Else in dieser Nische des Tags und träumt. Träumt, dass sie wieder auf einem der samtenen Theatersessel sitzt und sich ein Stück ansieht. Was auf sie wartet, weiß sie nicht; aber hin und wieder hofft sie heimlich, dass all ihre Träume nur das Vorspiel sind für einen noch größeren, noch schöneren Traum.

Doch die Welt, in der Else wohnt, bekommt immer mehr Risse. Der Vater will ihr nicht nur den Umgang mit Wilhelm verbieten, er hält auch nichts von Elses Idee, auf die Bühne zu gehen.

»Wenn du schon nicht heiraten willst, dann arbeite zumindest was Anständiges nach der Schule«, sagt er. Und so muss Else, die kurz vor dem Schulabschluss steht, mit dem Vater gemeinsam einen reichen Bekannten besuchen; einen Kaufmann, der Unterstützung bei sich im Büro sucht.

Es ist ein schummriger Winterabend, als Else, das dunkle Haar unter einer Wollmütze verborgen, neben dem Vater her den Weg zu dem Verwandten antritt, der am Rande der Stadt wohnt. Vor ihr breitet sich ein dunkles, unbekanntes Berlin aus, das im düsteren Gaslicht des Abends noch fremder wirkt: Die langen Fassadenreihen, die Querhäuser mit ihren Erkern und Innenhöfen, auch die kahlen Bäume, die die Alleen säumen – alles sieht aus, als wäre es aus einer anderen Welt.

»Jonathan Adler«, liest Else schließlich auf einem goldenen Schild, während der Vater sie an der Hand nimmt und in einen Häusereingang hineinzieht, wo der Schnee sie nicht erreichen kann. Rasch läutet er die Glocke, und die Tür öffnet sich.

Endlos lang kommt der Gang Else vor, den sie und der Vater entlanggehen; fast wie eine Grotte, ein großer magischer Schlauch, durch den sie in den Bauch des Hauses gelangt. Doch mit der Magie hat es schnell ein Ende: Der Kollege des Vaters ist ein untersetzter, rotwangiger Mann mit Fingern, die speckig aussehen wie die eines Kleinkindes.

»Guten Tag!«, sagt er grinsend, als er die Tür öffnet, und würgt zuerst Elses Vater und danach sie in eine Umarmung. Und dann, nachdem er Else mit einer raschen Geste, die etwas Scherzendes haben soll, die Mütze abgenommen hat: »Ich sehe, du und ich, wir werden schon gut miteinander arbeiten, was, Else? Kommt doch herein!«

OSCAR BREITENSEE

EIN ZWEITER TOTER TOD

Salzburg, 1937

So schnell, wie die großen Gefühle des Glücks beim Streicheln der Katze gekommen sind, so schnell sind sie auch wieder verschwunden. Oscar Breitensee ist nachdenklich. Er setzt sich in sein Automobil, startet den Motor, fährt los. Schweigend sitzt Barbara Pöcksteiner auf dem Rücksitz, und nur hin und wieder wirft er ihr im Rückspiegel einen Blick zu. Eine sanfte, dicht bewaldete Hügelkette erscheint links von ihnen; ein kleiner Wald schmiegt sich zu ihrer Rechten an den Weg. Breitensee spürt, dass er dringend ein wenig frische Luft braucht. Er kurbelt das Fenster ein Stück hinunter und meint, helles Kinderlachen zu hören. Es ist seltsam: Ihm ist, als fahre er nicht nach Hause zurück, sondern immer tiefer in den dichten Urwald seiner eigenen Gedanken hinein.

Als er an der Inspektion parkt, merkt er, dass sein Mund staubtrocken ist. Er führt Barbara Pöcksteiner die Treppen hinauf in die Polizeiinspektion, schließt die Tür zu seinem Büro auf und deutet ihr, auf einem Stuhl in der Ecke des Raums Platz zu nehmen. Doch noch bevor er in die Kantine aufbrechen kann, um zwei Gläser Wasser zu holen, geht mit einem Ruck die Tür auf, und Wutz steht da, die Haare wirr, das Gesicht verschwitzt.

»Guten Morgen, Kollege, heiß, was?«, versucht Breitensee es scherzend, aber Wutz hört ihn gar nicht.

»Er ist tot«, sagt er.

Breitensee runzelt die Stirn. »Wer jetzt?«

Wutz wischt sich über die Nase und sagt dann sehr ernst: »Der Tod.«

Breitensee versteht nicht ganz. »Das wissen wir doch«, versucht er seinen Kollegen, der etwas aufgebracht wirkt, zu beruhigen.

Doch Wutz schüttelt den Kopf. »Nein, der andere. Der andere Darsteller ist tot. Gabriel Braun, die Zweitbesetzung, ist erstochen in seiner Garderobe aufgefunden worden. Die Sängerin Anna Novotna, die mit ihm eine Verabredung hatte, hat ihn gefunden.«

In Breitensees Kopf beginnt es zu rattern. Sein Blick flattert von der erstaunt aufblickenden Barbara Pöcksteiner zurück zu seinem Kollegen, und einen Moment lang ärgert er sich. Offenbar bin ich einer falschen Fährte gefolgt, denkt er. Und: Das darf mir nicht noch einmal passieren.

»Kannst du dich um Frau Pöcksteiner und ihr Alibi kümmern? Sie behauptet, am Abend des Mordes mit Pfarrer Braun zusammen gewesen zu sein und dann im Kloster St. Peter geschlafen zu haben, kannst du das prüfen?«, sagt Breitensee rasch und bemüht gelassen, seinen Ärger über sich selbst verbergend.

»In Ordnung.« Wutz nickt. »Und du befragst inzwischen Anna Novotna«, fügt er dann hinzu, und es klingt eher wie eine Feststellung als wie eine Frage.

Anna … Wieder sieht Breitensee sie vor sich, die Frau mit dem festen Gang und den hellen, kurzen Haaren, und in seinem Bauch wird es seltsam warm, so, als scheine eine kleine leuchtende Sonne von innen gegen seinen Nabel.

»Wo kann ich sie finden?«, will er wissen.

»Ich habe anordnen lassen, dass keiner den Domplatz verlässt, bis die Leiche geborgen ist«, antwortet Wutz, und er klingt wie ein braver Volksschüler dabei. Breitensee merkt, dass er lächeln muss.

»Gut so«, sagt er und verlässt sein Büro.

Wenig später betritt Breitensee die Schauspielgarderoben, die sich in einem schlauchartigen Zelt befinden, das hinter dem Domplatz aufgebaut ist. Sein Blick tastet umher. Schlicht wirkt dieser Raum, der von einer Spiegelwand beherrscht wird, unter der ein langer Tisch steht. In einer Ecke kann Breitensee zwei Gestalten erkennen; während er auf sie zugeht, wird ihm klar, dass es sich um den Gerichtsmediziner Friedhelm handelt, der sich mit einem Kollegen unterhält. Und daneben, wie Breitensee aus den Augenwinkeln erkennen kann, liegt etwas auf dem Boden. Etwas, das zunächst wie ein Gegenstand wirkt – oder wie ein achtlos liegen gelassenes schmutziges Kleid. Doch als er sich nähert, kann er erkennen: Hier liegt ein Toter.

»Grüß euch.« Breitensee wendet sich an Friedhelm, der sich gerade hinabbeugt, um ein Tuch über dem Toten zu fixieren. »Irgendwelche Hinweise darauf, wie er starb?«

»Dasselbe wie bei Hans Pöcksteiner«, sagt Friedhelm, während er das Tuch feststeckt. »Stiche mit einem Messer.«

Verdammt, denkt Breitensee, hätte ich das womöglich verhindern können?

»Wo ist die Zeugin?«, fragt er laut und etwas schroff, weil er sich über sich selbst ärgert.

»Die Sängerin? Sie wartet im ›Goldenen Gansl‹, steht allerdings unter Schock«, entgegnet August Friedhelm, nachdem er sich aufgerichtet hat.

»Danke«, sagt Breitensee und verlässt das Zelt.

Als er in das alte Wirtshaus kommt, sieht er eine blonde Frau an einem der hinteren Tische sitzen. Für einen Moment muss er sich sammeln, denn eine große Schwäche überkommt ihn. Breitensee atmet langsam und bemüht gleichmäßig ein und aus. Dann geht er, den Kopf gebeutelt von einem Übermaß an Gedanken und Bildern, die Hand in Hand mit seinem Gefühl der Schwäche gehen, auf den Tisch mit den roten Häkeldeckchen darauf zu. Ihn schaudert, als er sich nähert. Anna Novotna ist nur mehr ein Schatten ihrer selbst und kaum zu vergleichen mit der Frau, die er auf der Feier gesehen hat. Bleich sitzt sie da, die Lippen angestrengt aufeinandergepresst, und starrt ins Leere. Breitensee räuspert sich, und sie fährt mit einer hektischen Bewegung hoch.

»Kommissar Breitensee«, sagt Breitensee schnell und hält ihr die Hand hin, »wir haben uns gestern im Schloss Leopoldskron kennengelernt.«

Anna Novotna blickt ihn an, und einen Augenblick ist es, als stünde die Zeit still. Kurz zittert ein Lächeln über ihren Mund, als sie Breitensees Hand ergreift.

»Ich erinnere mich«, sagt sie, und es klingt, als müsse sie sehr viel Kraft für diesen Satz aufwenden. Eine Stimme wie zerbrochenes Glas hat sie, ganz ohne Wärme.

»Wollen Sie etwas trinken?«, fragt Breitensee. Er setzt sich und lässt den Blick kurz über die Holzwände mit den Geweihen schweifen. Anna Novotna verneint.

»Ich weiß, dass Sie geschockt sein müssen«, sagt er und überlegt, seine Hand tröstend auf Anna Novotnas Unterarm zu legen, doch er lässt es bleiben. »Aber es ist sehr wichtig, dass Sie mir alles ganz genau erzählen: Was ist eben in der Garderobe geschehen?«

Annas große runde Augen starren Breitensee an. Kurz erinnern sie an einen stillen, tiefen See, blau und ruhig, aber dann läuft ein Zittern durch den Blick. Sie fährt sich ruckartig durchs Haar.

»Ich ... *wir* ... Gabriel und ich wollten uns auf einen Nachmittagskaffee treffen, nach der Probe.« Sie spricht nicht weiter.

Breitensee nickt, will etwas sagen, doch das Bild ihres Gesichtes wandert durch ihn hindurch, immer wieder. Ein Bild wie hinter einem Spiegel – unberührbar und nicht zu erreichen. Wie schön sie ist.

»Kannten Sie ihn gut?«, fragt er schließlich. Bei dem Wort »kannten« zuckt Anna Novotna zusammen.

»Es geht«, sagt sie mit rauer Stimme, »wir haben uns hin und wieder getroffen und miteinander philosophiert – ein netter Kollege eben.«

»Und was genau geschah heute?«, fragt Breitensee.

»Gegen fünf bin ich zur Garderobe gekommen, wie es ausgemacht war«, sagt Anna.

»Waren Sie alleine?«

»Ja.«

»War Gabriel Braun alleine?«

»Ja – nein, warten Sie.« Etwas Helles huscht über Anna Novotnas Züge, so, als würde sie sich erinnern. »Ich habe jemanden aus der Garderobe kommen sehen, einen Mann, er trug einen schwarzen Mantel mit einer Kapuze, was mich zuerst verwundert hat, doch dann dachte ich, es ist eben ein Schauspieler in einem Kostüm.«

Breitensee merkt, wie ihm heiß wird. Hat ihn nicht an dem Abend, nachdem er mit Max Reinhardt gesprochen hat, auch eine Gestalt in schwarzem Mantel verfolgt?

»Beschreiben Sie den Mann. War er groß, klein? Blond, dunkel?«, fragt er.

»Es ging so schnell …«, murmelt Anna. »Eher klein wahrscheinlich. Aber ich habe ihn nur kurz gesehen, er ist an mir vorbeigehastet …«

»Gut, und dann?«

Mit einer raschen Geste streicht Anna sich eine Strähne aus der Stirn. »Dann kam ich in die Garderobe – und Gabriel lag am Boden und …« Sie gerät ins Stottern, rückt ein wenig vom Tisch ab, umschlingt ihren Oberkörper, wohl um sich zu beruhigen.

»War er noch am Leben?«, will Breitensee wissen.

Anna schüttelt den Kopf. »Nein«, sagt sie leise. Plötzlich sieht sie auf. »An eines kann ich mich aber erinnern«, sagt sie.

»Ja?«

»Der Mann im schwarzen Mantel … er hat gesummt …« Annas Stimme erstirbt langsam.

»Gesummt?«, fragt Breitensee irritiert.

»Ja, eine Melodie ...« Anna sieht ihn an und beginnt ebenfalls zu summen, während ihre Augen sich mit Tränen füllen. Hauchig und rau klingen die Töne und fern, ein wenig so, als singe jemand hinter einem Vorhang.

INTERMEZZO 1

Die Geschichte eines neugeborenen Menschen ist von jeher auch die des ersten Lichts. Ein jeder hat zwei Lichter: das des Anfangs und das des Endes. Die beiden Lichter sind im Grunde eins; so wie Tod und Leben eins sind. Aber das haben die Menschen leider vergessen, denkt er, während er aus dem schwarzen Mantel schlüpft und ihn in seiner Tasche verstaut; hier, fernab des Domplatzes, braucht er sich nicht mehr zu tarnen.

Wie schnell so ein Leben aufhören kann, sagt er sich, und: armer Gabriel. Aber so ist es nun einmal: Die Zeit ist wie Kreise, die sich in der Luft auflösen. Das Alte muss weichen, dem Neuen Platz zu machen. Er seufzt, während er durch die Stadt geht; Menschen strömen an ihm vorbei, und er mustert sie alle sehr genau, fragt sich, welche Melodien ihnen wohl im Augenblick des Todes entweichen werden. Plötzlich nimmt er einen besonderen Duft wahr und folgt ihm. Stimmen dringen an sein Ohr, ein hitziger Dunst weht ihm entgegen, als er, dem Geruch nachspürend, das St.-Johanns-Spital betritt. Ja, denkt er, hier riecht es nach Sterben. Hier muss Inspiration zu finden sein.

Er geht, vielmehr weht den Gang entlang und sieht sich um. Manche Menschen hängen an Kathetern; andere werden auf Liegen herumgeschoben. Er kann sie sehen, kann sie erkennen, die Verstrickungen dieser traurigen Seelen mit ihren kaputten Körpern. Wie gestrandete Formen betrachtet er die lädierten Menschen, die der See des Todes bald verschlingen wird.

Ach, Körper, denkt er verächtlich. Sie sind nichts – und dennoch hängen die Menschen so an ihnen! Er versteht es einfach nicht und wundert sich einmal mehr darüber, als er die Kranken betrachtet, die an ihm vorbeiziehen oder vorbeigeschoben werden. Ein dumpfer Ausdruck liegt in ihren Augen. Der Schmerz macht Menschen gleichgültig, stumpft sie ab, denkt er. Die Zeit nagt an ihnen und erweckt dabei brutale Monster der Angst. Und sie sind so schwach, dass sie nichts anderes können, als vor ihrer Angst vor dem Tod wegzulaufen.

Er folgt dem Geruch, der aus einem der Zimmer kommen muss. Herb ist er, traurig und süß, riecht nach Schweiß und ein wenig auch nach Karamell, wie der Hinterkopf eines Säuglings – denn Tod und Leben liegen eng beieinander. Der Geruch wird stärker, und seine Hände beginnen, vor Erregung zu zittern. Gierig saugt er die Luft ein. Er atmet so tief, dass seine Rippen zu vibrieren beginnen.

»Kann ich Ihnen helfen?«, ertönt es da scharf hinter ihm.

Ruckartig fährt er herum und blickt in das Gesicht einer Krankenschwester. Sie hat helles Haar und blaue, blitzende Augen, und sie sieht nicht besonders erfreut aus, ihn hier zu sehen.

»Zu dieser Abteilung hat niemand Zutritt«, sagt sie, als er nicht antwortet.

»Verzeihung«, beeilt er sich zu sagen und verlässt das Spital mit eiligen Schritten, entflieht ihrem stechenden Blick.

Zum Ufer der Salzach zieht es ihn hin – denn Flüsse haben ähnlich viel mit dem Tod zu tun wie Spitäler. Aus heiterem Himmel fällt ihm der Vater ein; er erinnert sich, wie er in der Ecke der Küche saß, völlig betrunken, und ihn anstarrte.

»Ich hab sie getötet«, sagte er.

»Wen?«

»Sie getötet … nichts der Mutter sagen …«

Er erinnert sich: Zum ersten Mal hat er den Vater weinen gesehen; hat gesehen, wie er die Hände vors Gesicht schlug und ein Zittern durch seinen ganzen Leib ging.

»Es tut mir leid …« Dann erst, dann sah er sie: die tote Schwester. Sie lag am Boden, die Augen starr aufgerissen, die Glieder seltsam verrenkt wie die einer Puppe, in einer Lache aus Blut. Mehr weiß er nicht. Rasch versucht er, die Gedanken wegzuschieben. Das war vor seiner Verwandlung; vor der Zeit, in der er zwei wurde, in der der Tod aus ihm herauskam und ihm zu helfen begann; und es ist zu lange her, als dass er sich darüber Gedanken machen sollte.

ELSE

DIE SEKRETÄRIN

Berlin, 1893

Nachdem Else die Schule beendet hat, fängt sie also an, bei Jonathan Adler im Büro zu arbeiten.

An einem kalten Herbstmorgen stolpert sie hinter Jonathan Adler her und in einen Schreibsaal hinein, der von einem regen Klacken und Klickern erfüllt ist. An Tischen sitzen, die Augen starr auf ein weißes Blatt Papier gerichtet, das in den Schreibmaschinen eingeklemmt ist, jüngere und ältere Frauen mit ausdruckslosen Gesichtern und verrichten ihre Arbeit.

»Willkommen! Ich hoffe, wir werden eine angenehme Zeit miteinander verbringen«, sagt Jonathan Adler, während Else hinter ihm her in den lichten Raum geht, und deutet auf einen noch freien Platz im hintersten Drittel des Raumes.

»Vielen Dank«, sagt sie tonlos und sieht sich um. Eine verstellbare Lampe ist auf jedem der Tische angebracht, und an den Wänden reihen sich normierte Regale; leider ohne Bücher. Kalt und lieblos, denkt Else.

Alles hier steht für eine neue Ära der Ordnung, Sauberkeit und Produktivität; für eine Welt der Energie, der Kraft, der Leistung. Kein Hauch von Magie oder Zauber ist hier zu spüren; nichts von dem, wonach Else sich seit ihrer frühen Kindheit sehnt.

»Gefällt es dir?«, fragt Jonathan Adler und runzelt einen Moment lang die Stirn über den buschigen Augenbrauen.

»Freilich«, beeilt sich Else zu sagen.

Der kleine Mann mit dem rotwangigen Gesicht reibt sich

befriedigt die Hände. »Wunderbar«, sagt er und lächelt, doch die Augen lächeln nicht mit.

Traurig schält Else sich aus ihrem Mantel heraus und wendet sich dann der Schreibmaschine zu. Doch sie schafft es nicht, sich zu konzentrieren; wie Regen prasselt das Geräusch hämmernden Getippes auf sie ein, das von allen Seiten kommt, sodass sie ihre Mütze wieder aufsetzen und über die Ohren ziehen muss. Und jetzt? Else ist ratlos. Aber dann weiß sie, was sie tun muss: Spielen. Spielen, das ist es doch, was das Leben am Laufen hält, oder?, denkt Else, während sie die Unterlagen, die Adler ihr an den Platz gelegt hat, sorgsam betrachtet. Sie alle spielen sich selbst, immerzu: die Lehrerin mit ihrer gekünstelt süßen Stimme, der Vater mit seinem ewigen Befehlston, die Mutter mit ihren hellen Kleidern, der Rabbi, Jonathan Adler, ja alle, auch Wilhelm, Sara, die Marktfrauen …

Spielen, das kann ich auch, sagt Else sich und überlegt, ob sie sich eine Brille zulegen soll, damit man ihr die Sekretärin auch wirklich glaubt. Währenddessen beginnt sie, Jonathan Adlers krakelige Schrift zu entziffern und die Worte abzutippen. Und Else merkt schnell: Sie kann gut mit der Schreibmaschine umgehen; das Tippen geht ihr leicht von der Hand, so wie alles, was mit Worten zu tun hat. Und das ist wichtig. All die Utensilien, das Wissen und die Gesten, die mit der Arbeit mit Stift und Feder verbunden gewesen sind, sind nämlich längst obsolet, und nur wer flinke Finger hat und mit einer Tastatur umgehen kann, wird angestellt.

Das repetitive Klacken und Klicken der Schreibmaschinen will ihr nicht aus dem Sinn gehen, als sie an diesem Abend nach Hause geht, es rotiert in ihrem Kopf und schraubt sich durchs Denken in den ganzen Körper hinein.

Die Eltern schlafen bereits, als Else die Tür aufschließt und auf leisen Sohlen in ihr Zimmer geht. Was nun? Längst kennt sie alle Bücher im Schrank der Eltern, der früher einmal geheimnisvoll war, in- und auswendig; und dass der Engel, den sie als Kind hin und wieder in ihrem Zimmer gesehen hat, so schnell nicht wiederkommt, ist ihr klar.

An dem Abend geschieht es: Else begräbt sich. Sie hat begriffen, dass sie bis jetzt nicht mehr als eine Puppe gewesen ist. Nicht mehr als die Erfindung ihrer Eltern. Und diese Erkenntnis tut weh. Else will atmen, doch es hakt, die Luft fließt nicht mehr. Sie umarmt sich selbst, weil sie die Einzige ist, die da ist, und wiegt ratlos den Oberkörper hin und her. In ihr liegt plötzlich eine Ruhe, die tief ist. Es ist die Ruhe eines Menschen, der sich selbst zu Grabe trägt. Ich muss eine andere werden, denkt Else.

Und plötzlich weiß sie, dass ab jetzt der Tod immer ihr Begleiter sein wird. Denn wer einen Teil von sich innerlich verabschieden musste, der lernt, mit dem Tod zu leben, lernt, dass er nur durch ihn neu werden kann.

Als Else am nächsten Morgen wieder zu ihrem Arbeitsplatz aufbricht, kommt die Welt ihr seltsam fremd vor. Von Aufschwung und Bewegung erzählen die Straßen Berlins, alles ist voller Lärm und Licht. Für Else aber ist die Welt wie verwandelt, denn sie ist in der letzten Nacht innerlich einen Tod gestorben. Mit einem Mal sieht sie sie, wie sie wirklich ist: ohne Zauber und Geheimnis. Sie sieht die ranzigen, stinkigen Straßen, die grauen, traurigen Menschen, die rasch an ihr vorbeieilen, und den verhangenen Himmel, und zittert innerlich. Alles verfault in der Stadt, zwischen hässlichen, verrotteten Menschen, denkt Else wütend. Lügnerisch sind sie und innerlich schmutzig. Schönheit ist nichts als eine Maske.

»Du siehst nicht gut aus, bist du krank?«, möchte Adler wissen, der sie kurz darauf lächelnd empfängt.

»Ich habe Durst ...«, murmelt Else jedoch nur.

Irritiert blickt Adler sie an, lacht dann aber laut auf. »Das sollte kein Problem sein«, sagt er und reicht Else ein Wasserglas.

Else weiß nicht, wieso, doch sie muss trinken, trinken. Alles in der Welt, zu dem ihr Herz einmal hinaufsang, ist verschwunden: die Träume, die Engel, die Bücher, das Theater. Jetzt gibt es nur noch das Trinken als letzte Rettung. Wenn man trinkt, dann muss man nicht reden. Else schüttet also Wasser in sich hinein, wie um einen großen Schmerz wegzuspülen.

Adler greift nach ihrer Stirn und sieht sie nachdenklich an.

»Ich glaube, du hast Fieber«, sagt er dann.

Else beginnt zu zittern und stolpert ein Stück weit nach hinten, wie um ihm zu beweisen, dass er recht hat. Ihr ist, als hätte sie Tausende kleine Schmetterlinge im Kopf, die mit flatternden, flirrenden Flügeln immer wieder gegen ihre Stirn prallen.

»Du solltest dich schlafen legen«, sagt Jonathan Adler und fährt Else übers Haar. Da ist Else glücklich, für einen Moment, denn sie darf ganz rasch verschwinden, darf nach Hause gehen und alleine sein. Kurz darauf schläft Else erschöpft ein.

Am nächsten Morgen stellt ein Arzt die Diagnose: Nervenzusammenbruch. Sofort gibt der Vater seine Einwilligung – und Else wird aus dem Bürodienst entlassen und ins Sanatorium Fichtenhof gebracht. Mitten im Wald gelegen bietet es den idealen Raum, um seelisch zu gesunden, wie man Else erklärt; doch ihr ist die Lage egal. Else will und fühlt im Moment nichts. Langsam verstreichen die Tage; alles geschieht wie hinter einer Glaswand. Else fühlt nichts, Else will nichts. Erst nach einigen Wochen, die sie mit zusammengepresstem Mund in einem weißen Bett neben einem kleinen Fenster verbracht hat, kommt sie wieder zu sich. In dieser Zeit findet Else einen großen Trost für ihr Herz: das Spazierengehen. Oft zieht sie stundenlang ihre Kreise im Park des Sanatoriums, der weit und grün ist und voll bunter Blumen. Einen Wunsch nach näherer Bekanntschaft hat sie nicht. Sie mag weder die Menschen noch die Räume, die sie umgeben. Blutunterlaufen sind die Augen der Insassen von Schlafmangel, Krankheit oder Wahnsinn. Und ähnlich wahnsinnig wirken die Räumlichkeiten; obwohl sie schön und groß sind, sehen sie unpersönlich und unbewohnt aus.

Else ist die meiste Zeit müde und flieht in den Schlaf. Wie ein Schleier ist er, der sich über ihre Traurigkeit, ihre Verzweiflung schiebt und alle Gefühle in dumpfen Traum und Nichts auflöst. Irgendetwas stimmt nicht mit meinem Leben, denkt Else. Und Else weiß: Sie muss etwas ändern.

OSCAR BREITENSEE

DAS BEGRÄBNIS

Salzburg, 1937

Als Hans Pöcksteiner am nächsten Morgen bestattet wird – er hat von der Gemeinde ein Ehrengrab in Salzburg erhalten, wie Wutz Breitensee mitteilte –, regnet es in Strömen. Es ist einer jener Salzburger Sommerregen, die alles mit sich hinfortzuschwemmen scheinen.

Nachdenklich betrachtet Breitensee die Blumen in der Mitte des Friedhofsareals, die von der Wucht der Tropfen zerquetscht werden, dann sieht er sich um. Die Gräberreihen liegen verlassen da, und in den Bäumen hängt diesiges Licht. In wenigen Tagen wird hier eine weitere Beerdigung eines Schauspielers aus dem »Jedermann« stattfinden; und ein ungutes Gefühl sagt Breitensee, dass Gabriel Braun vielleicht nicht das letzte Opfer aus dem Ensemble der Festspiele gewesen ist.

Plötzlich fällt sein Blick auf ein vertrautes Gesicht. Sinnliche Lippen, hohe Wangenknochen, die Augen von dichten Wimpern umgeben: Es ist Anna Novotna, die da, das Haar unter einem adretten Hut, in der Menge steht. Sie wirkt fahl, fahrig und nervös; ihr Blick zuckt immer wieder auf, stammelt gleichsam herum, kann nicht an einer Stelle verweilen. Als er seinen trifft, lächelt sie kurz. Doch dann bröckelt, zerfällt der Ausdruck in ihrem Gesicht wieder.

Wir sind uns ähnlich, denkt Breitensee; genauso nervös ist er gewesen, damals, in den ersten Wochen nach dem Vorfall mit der Mädchenleiche. Breitensee sammelt sich, versucht, sich ein Bild von der Szenerie zu machen. Er nickt Max Reinhardt zu, der gerade erscheint, hebt die Hand, um Wutz zu winken – doch da spricht ihn eine leise, fast traurige Stimme von der Seite an. Es ist Barbara Pöcksteiner.

»Ich habe gehört, der Kollege meines Sohnes wurde ebenfalls ermordet?«, sagt sie leise.

Breitensee merkt, dass er sich schuldig fühlt. Wutz hatte gestern noch Barbara Pöcksteiners Alibi geprüft; sie war tatsächlich im Kloster untergebracht und hatte laut einem der Brüder, der die Nachtwache hielt, ihr Zimmer nach einundzwanzig Uhr nicht mehr verlassen. Und auch Gustav Engbert, der Mammon, hatte die Wahrheit gesagt und war zum Zeitpunkt des Mordes an Hans Pöcksteiner mit seiner Frau zusammen gewesen.

»Ja«, sagt er. »Es tut mir leid, dass ich Sie verdächtigt habe und mitnehmen musste. Aber in meiner Arbeit kann man niemandem vertrauen; ich hoffe, das verstehen Sie?«

Barbara Pöcksteiner nickt, und ihr zartes, faltiges Gesicht bekommt einen Augenblick lang einen schmerzhaften Zug.

»Mein Kollege hat Sie hoffentlich gut behandelt?«, fügt Breitensee hinzu.

»Natürlich. Wir waren noch bei meinem alten Schulfreund, Pfarrer Braun, der ihm bestätigt hat, dass ich in der Nacht des Mordes bei den Klosterbrüdern im Pilgerzimmer geschlafen habe«, sagt Frau Pöcksteiner.

»Verstehe. Falls Ihnen noch irgendetwas zu der Sache einfallen sollte – etwas, das Ihr Sohn Ihnen erzählt hat …« Breitensee ärgert sich darüber, dass er ein wenig verzweifelt klingt.

Barbara Pöcksteiner legt die Stirn in Falten. »Wissen Sie«, sagt sie leise, »ich denke auch immer wieder nach, ob der Hans Feinde hatte. Ich weiß nur, dass es noch jemand anderen gab, der sich für die Rolle des Todes interessierte, jedoch dann nicht genommen wurde, weil er keine klassische Ausbildung hatte … Das hat er mir erzählt, als er die Sachen gepackt hat. Aber ich kann mich nicht mehr erinnern, wie der Mann geheißen hat …«

Dann dreht sie sich um und folgt der Menge in Richtung Franziskanerkirche.

Im Leib des Kirchenhauses erschallen monumentale Klänge, als Breitensee der Menschenmenge hineinfolgt. Gebannt sieht er sich um. Was für ein Spektakel so ein Begräbnis ist – ähnlich wie bei einem Theaterstück, denkt er. Fast so, als gäbe es in Salzburg noch immer keine Straßenbahnen, Automobile oder andere technische Errungenschaften, und man müsste sich mit Ritualen unterhalten.

Vor ihm, in engen Sitzreihen stehend, entdeckt Breitensee einige bekannte Gesichter, hauptsächlich Schauspieler aus dem »Jedermann«-Ensemble. Wie es nun weitergehen wird? Eigentlich sollte der »Jedermann« ja in weniger als einer Woche Premiere haben – aber ohne einen Darsteller für den Tod?

Breitensee legt den Kopf in den Nacken. Das Licht, das durch die verglasten Fenster zu ihm hereindringt, kommt ihm so vor, als leuchtete es aus einer längst vergangenen Zeit herüber. In dem Moment erscheint der Pfarrer hinter einem golden verzierten Altarbild und segnet die Menge. Es ist, wie Breitensee von Wutz erfahren hat, Pfarrer Braun.

Plötzlich muss Breitensee schlucken. Der hohe helle Raum mit dem schwebenden Licht, die dröhnende Orgelmusik, der Ministrant, der die Leute mit Weihrauch besprengt; alles erscheint ihm mit einem Mal unwirklich. Er schüttelt sich, benommen von dem Geruch der Blumen auf dem Sarg. Er versucht, Haltung zu bewahren, steht da, die Brust herausgestreckt, die Zähne zusammengepresst, doch es geht nicht, etwas in ihm ist erschöpft und müde. Breitensee betrachtet Pfarrer Braun, einen kleinen, dicken Mann, der mit massigen Fingern in der Luft herumfuchtelt und eine Predigt über die Liebe hält, und atmet schwer. Hoffentlich ist das Ganze bald zu Ende, denkt er.

»Kommst du mit zum Leichenschmaus?«, fragt Wutz, als die Menge nach der Totenmesse in Richtung Ausgang rauscht.

»Leichenschmaus.« Breitensee schüttelt sich. Ihm graust vor dem Wort, denn er muss an die vielen Toten denken, die er in seinem Leben gesehen hat. »Ich glaube nicht«, sagt er, »ich brauche etwas Zeit für mich.«

»Das verstehe ich.« Wutz nickt freundlich, wendet sich dann ab und bewegt sich auf das eiserne Friedhofstor zu.

Breitensee will ihm schon folgen, hält jedoch einen Augenblick inne und eilt dann zurück zu den Holzbänken, weil er seinen Regenschirm vergessen hat.

Er will die Kirche wieder verlassen, doch da hört er Schritte in seinem Rücken.

»Gott zum Gruße!«, tönt es.

Breitensee dreht sich um, nachdem er nach dem Schirm gegriffen hat. »Gott zum Gruße«, gibt er zurück.

Pfarrer Braun ist es, der sich vor ihm aufgebaut hat und ihn aus kleinen Augen, die zwischen wulstigen Wangenbergen verborgen sind, ansieht.

»Ich bin froh, Sie zu treffen«, fährt er fort, ohne dass Breitensee etwas entgegnen kann, und kommt mit seinem schwammigen Gesicht nahe an Breitensee heran. Er hat getrunken, denkt Breitensee, als der Gottesmann ihn anatmet. Er würde am liebsten zurückweichen. Doch er bemüht sich, seinen Ekel zu verbergen.

»Sind Sie das?«, fragt er knapp.

»Ja. Ich höre, Sie hatten Barbara Pöcksteiner, eine alte liebe Bekannte von mir, in Gewahrsam genommen?«, sagt Braun, und es klingt ein wenig so, als wolle er Breitensee ein schlechtes Gewissen machen.

»Ja. Sie hat ein falsches Alibi angegeben; danke für Ihre Klarstellung gegenüber meinem Kollegen«, entgegnet Breitensee kühl.

»Es gibt zwischen Himmel und Erd' sehr viel, was wir nicht wissen«, sagt Pater Braun, völlig aus dem Zusammenhang gerissen.

Breitensee zieht eine Augenbraue in die Höhe. »Zum Beispiel?«

Es folgt ein Moment der Stille.

»Wer ist denn Ihrer Meinung nach der Täter der beiden Morde?«, fragt er schließlich.

»Was weiß denn ich ... es geht immer noch die Rede unterm Volk, wilde Geister würden gern die Wäsche von draußen mitnehmen«, sagt Pfarrer Braun schulterzuckend und lacht.

Breitensee merkt, dass er wütend wird. Was soll dieses Gefasel? »Und was denken Sie darüber?«, fragt er bemüht gelassen. »Welche Geister töten im Augenblick am Domplatz?«

Der Pfarrer wiegt den Kopf hin und her. »Ich weiß es nicht. Ich weiß nur, dass der Jude Unruhe zwischen uns gebracht hat, und das ist mir nicht recht, wenn ich ehrlich sein darf.« Er wischt sich mit einer Hand über den Mund und schweigt kurz. »Und nicht nur mir – offenbar auch dämonischen Kräften ...«

Breitensee kann sich ein schnaubendes Lachen nicht verkneifen. »Dämonischen Kräfte?«

Braun nickt. »Ja. Soweit ich weiß, hat man eine Gestalt in schwarzem, wallendem Gewand bei dem zweiten Ermordeten gesehen?« Er verengt den Blick, sodass die kleinen Äuglein fast vollständig hinter den Fettwulsten verschwinden.

Breitensee zuckt zurück. Woher zur Hölle kann Braun wissen, was Anna Novotna ihm erzählt hat?, denkt er, versucht aber rasch, sein Erstaunen zu überspielen.

»Sie kennen das ja«, sagt er gleichmütig. »Der eine erzählt wem ein Märchen auf der Straße, der andere geht ins nächste Wirtshaus und erzählt als Wahrheit, was er mitgehört hat – aber man hört ja nur, was man hören will. Sie verstehen?«

»Ich weiß bloß eines«, kommt es zur Antwort. »Der Jude bringt Unruhe in unsere schöne Stadt. Wenn wir dem Leben etwas entnehmen und es in unserer Kunst nützen, so müssen wir uns vor Habgier hüten. Der Jude will Gott spielen; er ist nicht bescheiden.«

»Der Jude«, entgegnet Breitensee scharf, »hat einen Namen. Und seine Festspiele finden seit über einem Jahrzehnt hier statt.«

»Dann wird es Zeit, dass sich das ändert«, sagt Braun. »Gott sei mit Ihnen.« Damit wendet er sich, das Gesicht zu einem Grinsen verzerrt, von Breitensee ab.

Breitensee verlässt die Kirche und will zu seinem Automobil zurückgehen, da spricht ihn erneut jemand von hinten an.

»Ich hab da was gefunden, was Sie interessieren könnte!«

Breitensee dreht sich um. »Frau Novotna!« Er spürt, wie warme Wellen sich in seinem Bauch ausbreiten, als er in das blasse Gesicht der Sängerin blickt, und lächelt dämlich.

»Es geht um die Melodie, die der Mann im schwarzen Mantel gesummt hat«, sagt Anna, und einen Moment lang werden ihre Wangen etwas rosiger. »Ich glaube, ich weiß, woher sie stammt.«

Sie drückt Breitensee ein Notenbüchlein in die Hände. »Es war ein Lied von Bach – ›Komm, o Tod, du Schlafes Bruder‹. In diesem Büchlein, das André Reichsmann mir einmal gegeben hat, finden Sie es. Er hat es mir geschenkt, weil er … verliebt in mich war. Aber er ist ja viel zu jung für mich! Nehmen Sie es.«

Breitensee kann sehen, wie sie rot wird, und lächelt.

»Darf ich das wirklich mitnehmen?« fragt er, das Büchlein in die Hand nehmend.

Auch Anna lächelt.

»Ja.«

ELSE SPIELT

Berlin, 1894–1897

Wie wiedergeboren kommt Else sich vor, als sie, kaum aus dem Sanatorium zurück, beschließt, von dem Geld, das sie als Sekretärin verdient, eine Schauspielausbildung zu bezahlen. Doch dazu muss sie erst einmal üben. Und weil Else keinen Lehrer hat, versucht sie, ihr eigener Lehrer zu sein. Sie geht oft ins Theater, versucht, die Gesten der Schauspielerinnen zu imitieren, ihre Stimmlagen, ihre Schritte, die Art, wie sich ihre Gesichter bewegen, als wären sie aufgesetzte Masken.

Gleichzeitig sucht sie sich eine erste Rolle. Ein Shakespeare muss es sein, weiß Else sofort, denn seine Stücke sind verspielt und blumig, voller Phantasie, und wenn sie »Ein Sommernachtstraum« liest, kommt sie sich dabei wieder vor wie ein kleines Kind, das der Mutter beim Erzählen zuhört. Und dann gibt es da Hermia – die genauso ist wie sie, wie Else selbst. Ihrem strengen Vater Egeus unterworfen, wird sie von ihm behandelt, als sei sie sein Besitz. Doch Hermia rebelliert; sie kämpft für den, den sie liebt – nämlich Lysander –, und weigert sich, den Mann zu heiraten, den das Elternhaus für sie vorsieht, nämlich Demetrius. Genau das, denkt Else, ist ihre Rolle. Mit heißer Stirn wiederholt sie in jedem freien Moment sämtliche Verse des Stückes, kann sie bald schon auswendig, überlegt sich Handbewegungen, Stimmfärbung, Mimik dazu.

»O hilf, Lysander, hilf mir! Siehst du nicht die Schlange, die den Busen mir umflicht?«, ruft Else, die sich in Hermia verwandelt hat, aus und denkt dabei an Jonathan Adler, den sie als überaus schleimig und glitschig empfindet; immer sind seine speckigen Hände verschwitzt und klebrig, wenn er sie begrüßt, wie ein roher Fisch kommt er ihr vor.

»O hilf, Lysander, hilf mir!«, wiederholt Else und gerät in Erregung; wie im Nebel schreitet sie in ihrem Zimmer umher und spricht Worte, Worte, die sie liebt, seit sie ein kleines Kind ist, und die sie nun in- und auswendig kann. Ihr Herz klopft, ihr Kopf ist voll bis zum Rand. Geschafft!, denkt sie, atmet auf und gleitet wie im Rausch von der improvisierten Bühne, die sich neben ihrem Bett befindet und aus einem alten Schal auf dem Boden, der die Grenze zum Publikum markiert, und einem Stuhl besteht. Else setzt sich aufs Bett und lächelt erschöpft. Nun hat sie den ganzen ersten Akt auswendig gespielt, sich selbst alle Stichworte zugerufen und sich alle anderen Rollen im Kopf vorgestellt. Sie will sich schon nach hinten und ins Bett fallen lassen, da klopft es an der Tür.

»Else?«

Wie aus einer anderen Welt dringt die Stimme der Mutter zu ihr herein. »Else!«

Else verdreht die Augen. »Ja?«

»Wilhelm ist da. Er sagt, du wolltest mit ihm ins Theater!«

Dass dies der letzte Theaterabend mit Wilhelm ist, wird Else erst später bewusst. Denn der Freund geht, da sein Vater gestorben ist, mit seiner Mutter zurück in ihr Heimatland Österreich und will dort in einem Kloster Mönch werden. Hin und wieder bekommt Else Karten aus Wien und später, da er in ein anderes Kloster verlegt wurde, aus Salzburg, die Sonnenaufgänge und schroffe Felsen, Almhütten und Ziegenherden zeigen; das ist alles. Auch Sara entfernt sich nach und nach von Else; sie heiratet einen jüdischen Kaufmann, von dem sie bald schon schwanger wird, und Else ist nun die meiste Zeit mit sich allein. Immer wieder sieht sie in diesen Tagen aus dem Fenster, lässt den Blick in die Ferne gleiten und träumt. Zur Welt des

Theaters zieht es sie hin, doch sie muss sich gedulden, denn nur einmal alle zwei Monate kann sie sich eine Karte für eine Inszenierung leisten.

Nach einer Aufführung schließlich wagt Else es und spricht ihren Lieblingsschauspieler Gustav Kober an. Klein und gedrungen ist er, mit einer tiefen Denkerfalte auf der Stirn und einem weißen Rauschebart, der ihm fast bis zum Nabel reicht.

»Ich bewundere Ihre Arbeit«, sagt Else und stellt sich vor ihn, als er nach der Vorstellung von »Die Räuber« aus dem Residenztheater kommt. Ob Gustav Kober mit den Lippen lächelt, kann Else nicht erkennen, weil zu viele Haare im Weg sind, doch mit den Augen scheint er es zu tun.

»Danke«, sagt er freundlich, aber distanziert, und will sich schon abwenden.

»Weh mir, Erbarmen! – Welch ein Traum, mein Lieber? Noch schüttelt mich das Schrecken wie ein Fieber. Mir schien es, eine Schlange fräß' mein Herz. Und lächelnd sähst du meinen Todesschmerz!«, deklamiert Else da und ringt die Hände.

Gustav Kober runzelt die Stirn, hält einen Moment inne – und beginnt dann, schallend zu lachen. »Hermia«, sagt er, sich den Bart kratzend, »hab ich recht? Hermia aus Shakespeares ›Sommernachtstraum‹!«

Else lacht erleichtert mit. »Ja!«, ruft sie. Und dann fügt sie mit etwas wackeliger Stimme hinzu: »Ich will Schauspielerin werden. Bitte geben Sie mir Unterricht!«

So geschieht es: Else wird Gustav Kobers Schülerin. Er ist streng mit ihr, lässt sie mit Büchern auf dem Kopf umhergehen, um ihre Körperhaltung zu verbessern, Texte mit zugehaltener Nase sprechen und in Männerkleidern auftreten; aber immer wenn es ums Geld geht, ist er nachsichtig, denn er weiß, Else spart sich die Stunden mühsam von ihrem knappen Lohn ab, den sie als Sekretärin verdient.

Nach einem Jahr intensiver Arbeit ist es so weit: Else spricht am Deutschen Theater für die Rolle der Miriam in dem Stück »Johannes« vor – und wird genommen. Doch die Arbeit im Theater ist ganz anders, als sie es sich vorgestellt hat. Die Frauen reden nur von ihren Diäten und von schönen Kleidern, und die meisten Männer spielen entweder die großen Helden oder gebärden sich selbst wie Frauen. Eine Station, die Else besonders anwidert, ist die Kostümprobe. Eine schnatternde Herde junger Mädels und Männer läuft aufgeregt durch die riesigen Reihen, in denen Kleider aufgehängt sind. Else sieht sie an, und es fällt ihr schwer, sich zu begeistern. Nichts von der Intimität, mit der sie einst die Kleider der Mutter anprobiert hat, kann sie hier empfinden, alles wirkt schrill und exaltiert. Die Schauspielerinnen kichern hoch und spitz, gehen mit wippenden Hüften und geraden Oberkörpern umher, und die Männer strecken mit betulichen Mienen die Brust heraus.

»Was wollen Sie denn, eher Barock, Rokoko oder was aus der Romantik?«, fragt eine zierliche bebrillte Frau den Regisseur Otto Brahm.

»Haben Sie noch diese weiße Tunika?«, will er wissen.

»Die blau-silberne?«, fragt die Frau.

»Ja.«

Die Frau greift nach einer Stange und teilt damit einzelne Kleider auseinander. Am liebsten hätte Else sich ganz klein gemacht, sich zusammengefaltet und zwischen die Stoffe geschmiegt. Wäre für immer dageblieben, zwischen diesen Gewändern, die nach Leben riechen, nach Spannung, Kunst, Theater und Freude. Die Frau schiebt den Haken ein Stück zur Seite und zieht ein helles Kostüm heraus.

»Wunderbar«, sagt Otto Brahm.

Die Kostüme werden anprobiert. Max Reinhardt, ein Kollege, steht daneben und sieht dabei zu.

»Und, was hältst du von den Kostümen?«, fragt Else, weil sie freundlich sein will.

Max zuckt mit den Schultern. »Mir ist das zu viel Illusion«, meint er. »Theater muss uns aufrauen! Es muss eine Axt sein, die uns den Schädel spaltet.«

Für einen Moment weicht Else irritiert zurück. Dann stößt sie einen Pfiff aus. »Alle Achtung, ein Mann mit Visionen!«, sagt sie und lacht.

Einige Wochen später findet die Premiere von »Johannes« statt, und zum ersten Mal in ihrem Leben darf Else dahin, wo sie immer sein wollte: auf die andere Seite der Bühne.

Else atmet noch einmal tief ein und aus und geht dann mit pochenden Schläfen vor den Vorhang. Die Menschenmasse rauscht, das Licht der Scheinwerfer blendet. Else zittert. Jetzt ist sie nicht im Publikum; sie ist auf den erhöhten Brettern und schaut auf die Zuschauer herab. Einen Augenblick lang kommt sie sich klein vor. Winzig klein. Ein glitzernder Stern will sie sein, aber jetzt fühlt sie sich einfach nur nutzlos und wäre am liebsten weit fort, hoch oben in den Wolken, wie ein Vogel oder ein Engel. Da fällt das Licht des Scheinwerfers auf sie. Schneidend und hell ist er, und die Helligkeit holt Else in die Gegenwart zurück. Sie öffnet den Mund, setzt sich in Bewegung, läuft. Ihr Haar fliegt. Und Else verwandelt sich. Mit einem Mal ist sie wieder das Kind, das spielt, das mit großen, staunenden Augen die Kleider der Mutter anprobiert, sich in ihnen dreht und nach und nach selbst ganz zur Mutter wird. Ist das Mädchen, das heimlich hinter den Mönchen herläuft, um ihren Gang zu imitieren, und mit tragender Stimme vorliest, sodass die Lehrerin in erstauntes Schweigen verfällt. Alle Menschen, in die Else sich einmal verwandelt hat, laufen im Sekundenbruchteil eines Augenblicks durch sie hindurch; und dann alle einstudierten Rollen. Als sie die Rampe erreicht hat, ist die Figur der Miriam in Else angekommen, und sie wird zu Else. Und Else wird zu Miriam.

Ihre Stimme schmettert, breitet sich aus. Der Schall bringt den Saal zum Schwingen, das Licht zuckt auf den Wänden, zuckt auf dem Bühnenboden und wird auf die Gesichter der Zuschauer geworfen, wird reflektiert, kehrt zu ihr zurück. Das Haar trägt Else offen, wie eine Art Vorhang, und das Kleid rauscht um ihre Füße, während sie sich bewegt, genau so, wie damals das Kleid der Mutter rauschte.

Als das Stück vorbei ist, braucht Else ein wenig Zeit, um sich zu fassen. Vor sich, hinter einem Vorhang aus grellem Licht, kann sie eine Menge an Menschen, die tost und brodelt, erkennen. Wie eine Welle schwappt der Applaus über Else; sie sieht ins Publikum hinunter, sieht im stechenden Licht die Gesichter begeisterter und ergriffener Zuschauer; ein Anblick von fast grausamer Schönheit.

Else verneigt sich, verneigt sich noch einmal, schält ihr Ich langsam aus dem ihrer Rolle heraus, atmet tief ein und aus und sucht nach dem Vater, der in der ersten Reihe sitzen sollte. Ob er wohl stolz ist? Da, jetzt hat sie ihn entdeckt. Else leuchtet den Vater mit ihren Augen an, möchte aufatmen, als das Publikum sich begeistert erhebt, aber da ist keine Erleichterung. Else versteht nicht. Jetzt müsste doch alles gut sein, oder? Ihr Blick gleitet über die Menge und flirrt wieder zum Vater, dessen Gesicht sie im Schein der Lampen nur mit zusammengekniffenen Augen erkennen kann. Er lächelt – doch seltsamerweise scheint das Lächeln an Else vorbeizugehen, ins Leere hin. Genau wie damals, als Kind, als sie sich so seine Aufmerksamkeit gewünscht hat!

Nein, nichts ist gut, denkt Else. Sie fühlt sich plötzlich, als hätte sie Fieber. Denn in dem Moment weiß sie: Sie hat den Vater enttäuscht. Die Ansprüche werden nicht ausgesprochen, aber sie sind da, und sie lasten schwer auf Else. Die Eltern sehen es nur ungern, dass ihre Tochter Schauspielerin geworden ist; es gefällt ihnen nicht, dass Else nicht mehr in die klackende Welt der Büroangestellten zurückkehren wird, egal, wie stark man ihr auch applaudiert.

OSCAR BREITENSEE

EIN NEUER TOD

Salzburg, 1937

Oscar Breitensee ist nachdenklich, als er am nächsten Tag zum Domplatz spaziert. In der Tasche hat er das Liederbuch mit kirchlichen Gesängen, das Anna ihm auf dem Begräbnis in die Hand gedrückt hat; darin ein Choral von Bach, der aus der Matthäuspassion stammt: »Ich bin's, ich sollte büßen, an Händen und an Füßen.« Offenbar hat der Mann im schwarzen Mantel dieses Lied vor sich hingesummt, als er die Garderobe verlassen hat; doch Breitensee ist sich nicht sicher, was er mit dieser Information anfangen soll. Hatte er nicht auch vor Kurzem das Gefühl gehabt, ein Mann mit schwarzem Mantel sei ihm gefolgt?

Unsinn, denkt Breitensee. Es gibt viele schwarze Mäntel auf der Welt. Auf jeden Fall scheint Anna sich an keine weiteren Details erinnern zu können.

Breitensee nähert sich erneut der zweigeteilten Tribüne, auf der inzwischen die Proben stattfinden – denn Max Reinhardt hat es sich trotz aller Widerstände nicht nehmen lassen, den »Jedermann« aufzuführen. Breitensee erinnert sich an die seltsamen Aussagen von Pfarrer Braun, während er zu den Sitzplätzen geht. Dämonische Kräfte – was er wohl damit gemeint haben mag? Dass der Regisseur nicht nur Freunde in Salzburg hat, ist ihm klar. Will ihn jemand aus der Stadt verjagen? Und wenn ja: warum?

Breitensee beschließt, sich zu setzen und dem Stück eine Weile zuzusehen, um seine Gedanken zu ordnen. In dem Moment kommt eine Gestalt in schwarzem Mantel mit weiß geschminktem Gesicht auf die Bühne – ohne Zweifel die Figur des Todes – und beginnt, in altertümlichen Versen zu sprechen. Gereimt und klug ausgedrückt sind die Worte, und einen Augenblick lang erinnert Breitensee das Stück an ein etwas dunkel geratenes Krippenspiel.

»Ich liebe diese Rolle … den Totenkopf, die völlige Ausdruckslosigkeit schwarzer Augenhöhlen«, sagt da eine hohe Stimme in seinem Nacken. Breitensee dreht den Kopf. Ein zarter Mann mit rötlichem Haar und blasser Haut sitzt schräg hinter ihm, die feingliedrigen Finger ineinander verschränkt, und lächelt. Es dauert einen Moment, bis Breitensee sich erinnert, woher ihm die Züge vertraut vorkommen.

»Sie sind der Komponist …« Er versucht, sich an den Namen zu erinnern, doch der Mann kommt ihm zuvor.

»André Reichsmann«, sagt er. »Ich durfte die Bühnenmusik zum ›Jedermann‹ mitgestalten.«

Breitensee nickt und wendet sich dann wieder dem Spiel auf der Bühne zu. Allegorische Wesen wechseln einander ab, und auch wenn es um die wichtigsten Themen des Lebens, um Liebe, Tod und Abschied geht, wird er nicht so recht berührt von dem Bühnengeschehen. Alles kommt ihm literarisch vor, will eine echte Kuriosität sein und wirkt dabei nur gekünstelt.

»Wie gefällt es Ihnen, Herr Breitensee?«, wispert Reichsmann von hinten.

Breitensee dreht erneut den Kopf. »Ich weiß nicht … Ich empfinde nicht wirklich etwas«, murmelt er.

André Reichsmann nickt. »Es ist weniger ein Sagen und ein Wecken von Empfindungen als ein Empfindungsbetrachten in Reinhardts Werken«, erklärt er.

»Verstehe.« Breitensee versucht, sich auf das Stück zu konzentrieren, doch er sieht nur Puder, Schminke und grelles Rampenlicht. Weich und einschmeichelnd sind die Töne der Kompositionen von Reichsmann, die Max Reinhardt an ausgewählten Stellen einsetzt, alle spielen sie feierliche Eleganz und wandeln mit einem somnambulen Lächeln umher. Die Musik soll dem Stück akustischen Halt geben – und das tut sie überaus begeistert, wie Breitensee findet. Zu begeistert. Nichts wird hier hinterfragt, die Kunst feiert sich selbst ohne Brüche oder Fragen. Vor allem die Schauspieler scheinen von ihrer Aufführung begeistert zu sein: Sie lächeln, auch wenn sie schon abgegangen sind, als wirke ein Weltwunder in ihnen nach.

Nichts als Eitelkeit, denkt Breitensee, als er aufsteht und zum Garderobenzelt geht, um nach Max Reinhardt zu suchen. Da fällt sein Blick auf die Person im schwarzen Mantel, die eben als Tod auf der Bühne stand – und er weicht irritiert zurück. Denn es ist kein Mann, der sich da aus dem dunklen Kostüm schält, sondern eine Frau. Breitensee will etwas sagen, doch da taucht auch schon Max Reinhardt auf und begrüßt ihn freundlich.

»Darf ich vorstellen«, sagt er, auf die Schauspielerin deutend, »das ist unsere neue Erstbesetzung des Todes: Else Heims. Mutter meiner beiden Kinder.«

Breitensee greift nach der Hand der etwas älteren Dame mit dem langen schwarzen Haar, das sie wie ein Mantel umhüllt.

»Bewundernswert, dass Sie so schnell eingesprungen sind«, sagt er. »Wie konnten Sie die Rolle nur so schnell auswendig lernen?«

Der weiche Mund der Frau verformt sich kurz zu einem Lächeln. »Ich kenne den Text ja«, sagt sie schulterzuckend.

»Und Sie haben keine Angst, nachdem beide Ihrer Vorgänger ermordet worden sind?«, will Breitensee vorsichtig wissen.

Else Heims wiegt den Kopf hin und her. »Nein«, sagt sie dann, und ein Leuchten geht über ihre Züge. »Ich habe einen Schutzengel!«

Nach einem kurzen Gespräch mit Max Reinhardt, in dem Breitensee wissen will, wer außer Hans Pöcksteiner noch für den Tod vorgesprochen habe, und eine Liste an Namen bekommt, begibt er sich in sein Büro.

Er arbeitet die Liste durch. Zwei der Männer stehen unter einer Hoteladresse darauf, waren offenbar nur für das Vorsprechen in der Stadt – und beide sind nicht mehr in Salzburg, wie er telefonisch erfährt. Zu den anderen drei Adressen wird er Wutz schicken müssen.

Seufzend lehnt er sich in seinem Stuhl zurück und lässt die Ereignisse der letzten Tage noch einmal vor seinem inneren Auge vorbeiziehen. Dabei verfällt er in einen leichten Schlummer, eine Art Dahindösen, das ans Träumen erinnert, aber doch noch wach ist.

»Na, Kommissar Siebenschläfer?«, reißt Wutz' Stimme ihn abrupt aus der Entspannung. Er hebt den Kopf und kann sehen, dass sein Kollege einen Umschlag vor seiner Nase hin- und herschwingt. »Du hast Post bekommen«, sagt er lächelnd.

»Post?« Verwirrt zieht Breitensee eine Augenbraue in die Höhe. Wer schreibt ihm – und warum ausgerechnet hierher?, denkt er und nimmt den Umschlag an sich. Seine Hände erscheinen ihm fremd und seltsam riesig, als er das Kuvert öffnet. Er reibt sich die Lider, liest und liest dann noch einmal. Doch, tatsächlich: In krakeliger schwarzer Schrift steht es da, auf einen weißen Zettel gekritzelt: »Komen sie morgen abend um zweiundzwanzig Uhr zum Marienmarterl auf dem Mönchsberg, wenn sie mer über die zwei Morde erfaren wollen!«

Zuerst muss Breitensee schmunzeln. Alles kommt ihm seltsam und kindisch vor – die verstellte Schrift, die Schreibfehler und die schwarze Tinte, die wohl bedrohlich wirken soll, aber eigentlich nur lächerlich aussieht, und dann auch noch Zeitpunkt und Ort des Treffens. Er stößt ein amüsiertes Prusten aus und zeigt den Brief seinem Kollegen. Der liest rasch. Dann hält er einen Moment inne und fährt sich nachdenklich durchs Haar. »Was wirst du tun?«

»Was weiß ich«, sagt Breitensee. »Ich weiß aber, was *du* tun wirst. Die Leute durchgehen, die sich außer Hans Pöcksteiner noch für die Rolle des Todes beworben haben.«

An diesem Abend findet Breitensee keine Ruhe. Er hält zwar die Augen geschlossen, aber das ist nur ein unwirksamer Trick, das wusste er schon als Kind. Der Trick hilft nicht beim Einschlafen und beim Verschwinden auch nicht. Leider. Ob er tun soll, was man ihm im Brief aufgetragen hat? Ja, entscheidet Breitensee schließlich. Vielleicht ist es die einzige Möglichkeit, um Neues über die Morde zu erfahren – und wenn nicht, dann hat er auch nicht mehr als ein paar Stunden Lebenszeit verloren.

MAX REINHARDT

Berlin, 1897

Im Ensemble, in dem Else nun spielt, gibt es einen Schauspieler, den sie inzwischen besonders gernhat: Max Reinhardt, den sie bei der Kostümprobe von »Johannes« zum ersten Mal getroffen hat. Otto Brahm, der Direktor des Theaters, hat den jüdischen Österreicher entdeckt und ins Ensemble geholt. Er ist nicht annähernd so bekannt wie Else, die sich inzwischen in die Herzen des Berliner Publikums gespielt hat. Meist stellt er alte Männer mit Bärten dar, die gebückt über die Bühne schlurfen und sich durch linkische Bewegungen auszeichnen; schalkhaft und teuflisch in einem wirkt er, wenn er spielt. Eine exotische Aura umgibt ihn, denn er spricht mit einem leichten Akzent, und wenn er einen ansieht, wirkt es immer so, als sähe er durch einen hindurch. Außerdem ist er nicht so forsch wie die anderen Männer im Theater. Im Gegenteil: Sein Gang ist langsam und bedacht, als ginge er immer über Trümmer. Bewegt er sich aber in einer Rolle, so kann er schreien und toben und dem Teufel gleichen, wenn er will.

Else hat nicht nach ihm gerufen, sich nicht nach ihm gesehnt und kaum an ihn gedacht. Doch nach einer der Vorstellungen, als sie gerade in ihre Schuhe schlüpft, wird ihr seltsam warm, als Max sich an sie wendet.

»Du bist viel allein?«, fragt er.

Else betrachtet Max, während er sich vor ihr zu voller Größe strafft. Trotzdem ist er etwas kleiner als sie und außerdem recht wohlbeleibt; er wirkt unsicher, ja scheu, doch in seinen großen

Augen liegt ein Leuchten, das sie bis jetzt nicht wahrgenommen hat. Mit einem Mal fällt ihr auf, dass sie sein Gesicht schön findet. Hauptsächlich wegen seiner Blässe. Vielleicht ist es deshalb so, weil die bleiche Farbe sie an sie selbst erinnert?

»Geh mit mir aus«, sagt Max, als sie ihn irritiert betrachtet. »Das ist besser, als mich die ganze Zeit nur anzustarren, als wär ich ein Geist.«

Immer noch erstaunt sieht Else ihn an. Sie ist noch halb im Rausch der Vorstellung, noch halb in der Rolle des Luftgeistes Ariel aus Shakespeares »Sturm«, der kein Geschlecht hat und von Verabredungen nichts versteht.

»Du hast es wohl privat nicht mit den Worten«, sagt Max, und es klingt nicht unfreundlich. »Das sieht man deinen seelenvollen Augen an.«

Else senkt beschämt den Blick, doch da lacht Max herzlich und legt seine Hand auf ihre Schulter. Der Schwung reißt Else hin und her; sie weiß nicht recht, wie ihr geschieht.

»Wann wollen wir uns also zum Tee treffen?«, fragt Max.

Else gerät ins Stottern. »Ich … ich muss mich auf das neue Stück vorbereiten und …«

Max wischt mit der Hand durch die Luft. »Kinder sparen keine Blumen auf! Sie werfen sie in die Luft! Na?«

Else nimmt kurz ein Strahlen wahr, das durch seine Züge steigt. Und sie weiß nicht, wie: doch Max hat sie gewonnen. »In Ordnung«, sagt sie.

»Gut! Also, wir sehen uns morgen. Im Café Kranzler, um siebzehn Uhr.« Mit diesen Worten dreht Max sich um und verlässt die Garderobe.

Else folgt ihm ein paar Schritte über die Treppen hinab, begleitet ihn bis zum Portier und blickt ihm nach, wie er in die Nacht hinauseilt. Er geht – und sein Gang unterbricht die Stadt. Auf einmal hält alles inne, und das Leben dreht sich um. Else sieht zum Himmel. Im Abendblass schwimmt trübe der Mond. Sie wendet ihren Blick wieder dem Körper dieses Mannes zu, der vor ihr immer kleiner wird, und denkt, dass sie ihn nicht begreifen kann. Er ist wie ein Wald. Wie hat sie diesen Wald nur so lange übersehen können?

»Max.« Leise sagt Else seinen Namen. Wie der Wald. Groß und geheimnisvoll und da. In Else lösen sich alle Fäden. Sie merkt, dass sie tausend Tiefen hat, in denen Gefühle lauern, und dass sie kinderweiß sein kann, mit einem verschmitzten Lachen, leicht und kitzelig. Else ist über sich selbst erstaunt. Denn eigentlich liebt sie nur eines: das Theaterspielen. Bis jetzt hat sie sich mit Szenen und Wörtern zufriedengegeben – alles Trugbilder, Träume, die nicht aus Fleisch und Blut sind und sich nicht anfassen lassen, und das war gut so, denn dabei fühlte sie sich sicher.

Als Else und Max am nächsten Abend im Café Kranzler sitzen, weiß sie nicht recht, was sie sagen soll. Doch zum Glück ist es nicht notwendig, etwas zu sagen, Max Reinhardt, den sie eigentlich für viel schüchterner gehalten hat, spricht nämlich selbst die meiste Zeit. Er klagt über seine Arbeit als Schauspieler, die ihn im Augenblick nicht inspiriere.

»Ich komme in meinem Beruf nicht voran. Ich bilde, ich vervollkommne mich, mein Gesichtskreis wird von Tag zu Tag weiter gerissen, aber das quälende Unterbewusstsein, in meinem Beruf stehen zu bleiben und nicht weiterzukommen, macht mich kaputt«, jammert er.

Else nickt.

»Und was soll ich mit der brennenden Schaffenslust, die bei jedem Anlass hellauf lodert? Sie auf andere Gebiete lenken?«, fährt er fort.

Else hört zu, beugt sich weit nach vorne, versinkt fast in ihrem Teller und will rasch essen, denn wer isst, muss nicht reden. Auch Max neigt sich ein wenig in ihre Richtung; ungewollt berühren sich ihre Haare, ihre Stirnen.

»Entschuldigung, ich rede wie aufgezogen«, sagt er und

greift nach ihrer Hand. Einen Augenblick denkt sie, dass es ein Engel ist, der sie da berührt. Um sich der Illusion hinzugeben, schließt sie die Augen, hört die Worte, die Max spricht, lauscht dem Klang seiner Stimme. Ein Klang, der dem Leben zum Verwechseln ähnlich ist.

Was sie nun tun soll? Spielen, ja, wie sie es immer gemacht hat, in der Schule, als Sekretärin, auf der Bühne. Aber wen soll sie spielen? Welche Rolle ist es, die Max Reinhardt ihr in seinem Leben geben will? Else kann ihre vielen Ichs einen Moment lang nicht zu einem Wesen zusammenfügen, sie ist ohne Ränder, sie strömt aus, zerfließt ins Nichts.

»Warum bist du so distanziert?«, fragt Max, als sie die Augen wieder aufmacht.

Else möchte etwas sagen, doch ihre Stimme springt nicht an.

»Else?« Max' Stimme ist wie schwingende Glocken, aber mit einem Mal so leise, dass es klingt, als würde er aus weiter Ferne zu ihr sprechen.

»Ja«, sagt Else schließlich, »ich bin da. Ich möchte mich nur bemühen, einen guten Eindruck zu machen.«

Da lacht Max. Es klingt leise und ein bisschen glücklich. »Du musst dich nicht anstrengen«, meint er und streicht ihr über den Handrücken, der wie eine fremde Ebene vor ihr auf dem Tisch liegt. Weich fühlt es sich an. In Else zerrinnt etwas. Die Kindheit kommt wieder, mit ihren magischen Kleidern, den wundersamen Geschichten der Mutter, mit all ihren Engeln und Hayyot. Kann es sein, dass sie glücklich ist?

»Die Körper«, sagt Max, »sind sich selbst genug!«

Else betrachtet ihn. Wie hat sie nur so lang seine Schönheit übersehen können?, denkt sie plötzlich. Und Else will. Will ihn küssen, will sich ihm öffnen wie eine Blume.

»Du bist wunderschön«, sagt Max, während er sich noch weiter nach vorne beugt.

Else lächelt.

Später, als die beiden gemeinsam die Straße entlanggehen, hält Max abrupt inne und zieht Else an sich. Im Dunkeln spürt sie, wie sein Atem ihr ins Gesicht steigt. Und dann geschieht es: Mund presst sich an Mund. Es ist Elses erster Kuss, und im ersten Augenblick kommt es ihr fast so vor, als presse sie ihre Lippen gegen eine Flasche. Doch dann schiebt seine Zunge sich in sie hinein, beginnt, sich in ihrem Mund zu bewegen, und es schmeckt gut, irgendwie betörend. Else drückt ihre Lippen fester an seine, lässt die Schlange, die sich da in ihr windet, gewähren.

»Du weißt, dass ich ein Kind von einer anderen Frau habe?«, fragt Max, nachdem er seine Lippen von ihren gelöst hat.

»Liebst du sie?«, fragt Else.

»Nein.«

Langsam sinkt die Nacht hinab, und sie gehen in sie hinein, Hand in Hand, zwei, die verloren in ihrer neuen Liebe schwimmen. Im Gehen betrachtet Else Max' Ohr, sieht, wie sich das Muster seiner leicht lockigen Haare darüberschlängelt, und sie möchte sein Rätsel lösen. Wer ist er wirklich? Was will er von ihr?, überlegt sie, als sie ihm in seine Wohnung folgt.

Max sieht Else an, während sie sich aus dem Mantel schält, und ihr wird eigenartig zumute. Er betrachtet ihren Körper wie eine Beute, so, wie wenn sie schon tot wäre. Im Zimmer ist es still, als wären sie unter Wasser, und Else zittert wie ein See, in den jemand einen Stein geworfen hat, langsam, in sich ausbreitenden, bebenden Wellen. Sie weiß nicht, was sie tun soll, doch sie hat auch keine Zeit, nachzudenken, denn Max drückt seine Lippen wieder gegen ihre. Einen Moment lang verharrt Else reglos, atmet seinen Atem ein, gemeinsam mit einem Geschmack von Alkohol und etwas Süßem, das sie so nicht kennt. Dann beißt sie leicht in seinen süßen Mund. Max knipst das Licht aus, und im Dunkeln kommt es Else komischerweise vor, als sähe sie jetzt erst sein wahres Gesicht. Dann zieht er sie an sich heran, ganz.

Die Zeit verstreicht, die Nacht löst sich langsam in Tag auf. Sie sagen sich schöne Lügen, geben sich gierige Küsse, und die Grenze zwischen ihren Körpern geht verloren. Als es zu dämmern beginnt, öffnet Max das Fenster, und Staubkörner treiben aus dem Zimmer. Er kommt zurück, schmiegt sich an Else und schließt grunzend die Augen. Es ist ein zauberhaftes Grunzen, so zauberhaft, dass sie lächeln muss. Sie sieht seinen Hals an, weiß und nackt, und in ihr ist ein starkes Gefühl, eines, das schon lange da sein muss, aber nie an die Oberfläche gekommen ist. Else möchte das Gefühl zu seinem Ursprung zurückverfolgen, doch es gelingt nicht. Was genau ist gestern Nacht geschehen? Mit einem Mal wirkt das Leben so dicht, die Gefühle schieben sich auf seltsame Art und Weise ineinander. Elses Vergangenheit beginnt sich aufzulösen wie ein Morgentraum. Plötzlich fühlt sie sich unendlich klein. Und dann, auf einmal, ist da ein Wind in ihr, so stark, dass er sie ganz einnimmt.

Else und Max werden ein Paar, und Max ist der Erste, der Elses Körper lesen kann. Jede Kurve an ihr ist ihm bald schon vertraut, er streicht mit seinen Fingern über sie, Nacht für Nacht, und es entsteht Gleichklang. Wie eine Glocke tönt Else durch ihn, und sie kann nicht anders, als immer wieder seinen Fingern nachzugeben. Else hilft Max nun auch beim Einstudieren seiner Rollen – denn sie lernt schnell auswendig, und so ist es ihr ein Leichtes, die anderen Figuren einzuüben und ihm Stichworte zu geben; während Max sich noch mit seinen Sätzen plagt, hat sie schon drei Rollen im Kopf und muss gar nicht mehr in den Text schauen.

»Wie machst du das bloß?«, fragt Max immer wieder und schüttelt den Kopf.

Else zuckt mit den Schultern. »Ich liebe nun mal, was ich tu.«

OSCAR BREITENSEE

DIE PERCHT

Salzburg, 1937

Abends geht Breitensee noch kurz spazieren, um seine Gedanken zu ordnen, bevor er sich auf den Weg zum Mönchsberg macht. Auf der Brücke, die über die Salzach führt, hält er inne und blickt in den Strom. Kurz betrachtet er sein eigenes Gesicht in der mondhellen Spiegelung – und erschrickt, denn es sieht alt und müde aus. Schnell wendet er sich ab, doch das Bild bleibt wach in ihm. Er ist so sehr damit beschäftigt, dass er die blonde, schlanke Gestalt zunächst gar nicht wahrnimmt, die ihm vom anderen Ende der Brücke entgegenkommt. Fast wäre er in Anna hineingelaufen.

»Guten Abend, Herr Kommissar«, sagt sie, und Breitensee wird durch ihre Worte in die Gegenwart gerissen. »So spät noch unterwegs?«

»Schön, Sie zu sehen«, sagt er, den Schritt kurz verlangsamend. »Wohin des Weges?«

»Zum ›Goldenen Gansl‹«, sagt Anna. »Und Sie?«

»Ich habe eine Verabredung.« Breitensee betrachtet Anna und ist erleichtert. Im fahlen Licht der Laterne sieht ihr Gesicht um einiges erholter aus als noch vor zwei Tagen.

»Mit einer Frau?«, will sie wissen.

»Nein, mit dem Marienmarterl auf dem Mönchsberg«, antwortet Breitensee dämlich grinsend. Einen Moment lang ist er unsicher, ob er noch stehen bleiben oder weitergehen soll, doch dann entscheidet er sich fürs Weitergehen.

»Auf bald«, ruft Anna ihm nach. Breitensee lächelt. Mit

elastischen Schritten geht er, schwebt förmlich, denn in seinem Inneren fühlt es sich weich an. »Auf bald!«, hat Anna gesagt!, denkt er glücklich.

Schließlich erreicht Breitensee, verträumt nach innen lächelnd, den Fuß des Berges. Er nimmt die direkte Route, die zum Marienmarterl führt. Gespenstisch und windig ist die Stimmung auf dem Weg. Bereits nach kurzer Zeit kommt Breitensee auf ein Plateau. Einen Augenblick lang bleibt er stehen und betrachtet die verschlungenen Äste, die sich grottenartig über ihm zusammenwölben. Fast wie eine Kathedrale kommt ihm dieser Platz vor. Wild und fremdartig wirkt die Welt um ihn herum; wie eine, in der man sich verlaufen kann. Eigenartig, dass er diesen Eindruck bei Tag nie hat, wenn er auf dem Mönchsberg spazieren geht. Breitensee blinzelt, denn es kommt ihm kurz so vor, als hätten die Bäume Gesichter.

Er geht weiter, bewegt sich rascher und tritt versehentlich auf einen heruntergefallenen Zweig, der ein seltsam hohles Geräusch unter seinen Füßen macht. Endlich: Da ist sie, die Anhöhe, auf der, schlicht und schlank, das Marterl steht. Mit einem Mal ist es kalt geworden. Fröstelnd zieht Breitensee den Kragen seines Mantels enger, doch es hilft nichts: Die Luft sticht wie Nadeln, während er auf die kleine Säule mit dem Marienbild, das von einer einfachen Wachskerze erhellt ist, zugeht.

Er legt den Kopf in den Nacken. Krähenschwärme sind am Dunkel des Himmels zu erkennen, ihre Rufe klingen wie ein Knarren. Und dann – verdammt, was war das? Ruckartig dreht er sich um. Hinter sich erkennt er einen Schatten, der sich den gewundenen Weg emporbewegt und nach und nach größer wird. Breitensee kneift die Augen zusammen. Ist das Einbildung, eine Chimäre – oder hat diese Figur Hörner und ein Fell? Nein, deutlich sieht er sie vor sich: eine dunkle Gestalt mit in der Dämmerung nicht klar auszumachendem zotteligen Rand und einer Art Geweih auf dem Kopf, die immer weiter auf ihn zukommt. Breitensee überlegt nicht lange; er beginnt zu laufen. Über die Schulter kann er erkennen, wie der Schatten ihm nachfolgt. Plötzlich schießt ein Gegenstand durch die Luft und schnellt an seinem linken Ohr vorbei. Dann ertönt ein dröhnend lautes Krachen. Breitensee kippt nach hinten und prallt rücklings hart auf dem Boden auf. Als er sich mühsam hochrappelt und aufstehen will, erstarrt er in der Bewegung. Vor ihm hat sich die schauerlichste Kreatur aufgebaut, die er jemals erblickt hat. Es ist ein Wesen mit Hörnern, das sich da über ihn beugt, während er, verwundet durch den Gegenstand, auf dem Boden liegt. Rasch rollt er sich zur Seite und kommt gleichzeitig auf die Füße. Das Ungeheuer zögert zum Glück für einen Moment, und das ist Breitensees Gelegenheit. Er streckt die Hand nach dem Gegenstand aus – wer weiß, ob der nicht noch als Waffe dienen kann – und läuft los, hastet über den harten Weg. Seine Füße berühren kaum den Boden. Aus den Augenwinkeln nimmt er wahr, dass es sich bei dem Gegenstand, den er aufgehoben hat, um einen spitzen Stein handelt. Doch er hat keine Zeit, darüber nachzudenken, denn die Kreatur ist schnell. Breitensee fühlt hinter sich einen leichten Luftzug. Das Wesen kommt immer näher, scheint fast zu fliegen.

Breitensee beschleunigt das Tempo, doch der Abstand zwischen ihm und dem Angreifer verringert sich mehr und mehr. Bald schon fehlen dem Ungeheuer nur noch einige Meter, um ihn zu schnappen – und Breitensee merkt, wie ihm die Kraft ausgeht. Er keucht, läuft und läuft, spürt, wie eine Kralle ihn am Mantel packt. Da fährt er ruckartig herum und stößt dem Angreifer mit voller Wucht den spitzen Stein ins Gesicht. Dann dreht er sich um und rennt rasch weiter. Hinter seinem Rücken ertönt ein Schmerzensschrei, dann dringt ein lautes Krachen an sein Ohr. Breitensee schnappt nach Luft und verlangsamt seine Schritte, während er sich noch einmal umdreht und die Gestalt anstarrt, die hinter ihm hertorkelt. Als würde das fellige Ungeheuer seine letzte Kraft zusammennehmen, hastet es auf ihn zu und versetzt ihm einen Stoß, sodass er nach hinten kippt. Breitensee strauchelt, hält sich am Kragen des Tieres fest, reißt ein Stück Fell aus – und fällt. Plötzlich ist da ein entsetzlicher Kopfschmerz und einen Moment lang das Gefühl, unter Wasser zu sein. Dann: nichts mehr. Dunkel.

»Herr Breitensee!« Eine Stimme. Leise, behutsam. Sie erinnert an den Wind, der durch die Blätter eines Baumes fährt. Oder ist das vielleicht nur Wind?

»Herr Breitensee!«

Breitensee kennt diese Stimme, aber er hat kein Gesicht dazu. Wo bin ich denn überhaupt?, denkt er. Ist es Morgen? Ist es Nacht? Es muss spät sein oder sehr früh, überlegt er weiter. Auf jeden Fall umgibt ihn Dunkelheit. Warum macht keiner das Licht an? Er blinzelt. Seine Augenlider sind schwer, in seinen Fingern kein Gefühl.

»Herr Breitensee!«

Breitensee möchte antworten, möchte sagen, dass er da ist, aber sein Hals fühlt sich trocken an, und die Zunge kommt ihm groß und fremd vor. Er gibt sich einen Ruck. Endlich gehorchen die Lider. Er sieht. Ein Gesicht hat sich über ihn gebeugt.

»Können Sie mich hören?«

Er möchte nicken, aber sein Kopf fühlt sich an wie eingemauert. Was ist geschehen? Wo liege ich?, denkt er. Das Gesicht über ihm gibt Worte von sich, die sich leise und dumpf anhören. Breitensee kann Blätterwerk erkennen, spürt, dass jemand ihn berührt.

»Nicht einschlafen!« Ein sanfter, fast tätschelnder Schlag trifft ihn im Gesicht, und Breitensee öffnet die Augen, plötzlich wach geworden, und blickt in die Züge von Anna.

»Wo … bin ich?«, fragt er.

»Ich bin Ihnen gefolgt«, sagt Anna, »weil ich ein komisches Gefühl hatte.« Sie lacht, aber es klingt eher wie ein Schluchzen. »Sie sind auf dem Mönchsberg.«

Breitensee richtet sich auf, reibt sich die Stirn. Mit einem Mal kehrt die Erinnerung zurück.

»Jemand hat mich angegriffen«, haucht er.

»Können Sie gehen?«, will Anna wissen.

Breitensee sieht sie an und denkt, nie so zarte Lippen gesehen zu haben. Die obere ist etwas aufgeschwungen, und wenn Anna lächelt, bildet sich in ihrer Wange ein Grübchen, das ihr einen neckischen Ausdruck verleiht.

»Sie sind wunderschön!«, flüstert er.

Annas Lächeln vertieft sich. »Können Sie gehen?«, wiederholt sie.

Doch Breitensee hört kaum die Worte, die sie spricht, denn in seinem Hirn setzt ein Summen ein, wird lauter, sirrt ihm an den Schläfen. In dem Moment nähert sich ein ratterndes Geräusch, und dann wird es hell. Mit blendenden Scheinwerfern biegt ein Wagen um die Ecke, kommt auf sie zu. Ein Rettungswagen, denkt er. Breitensee ist unfähig, sich zu bewegen. Er sieht alles, und doch ist es, als läge die Welt, als läge sein ganzes Leben hinter einer Wand. Verzweifelt betrachtet er Anna.

»Das ist die Rettung«, sagt sie. »Gleich wird alles gut, ja?«

Breitensee sieht sie einfach nur an. Er nickt, schüttelt den Kopf, nickt wieder. Die Zunge klebt am Gaumen, das Gewand am Oberkörper, die Gedanken im Kopf. Er überlegt. Irgendwo in der Vergangenheit muss eine falsche Kreuzung, eine wichtige Weiche übersehen worden sein, das ist alles, was er im Moment weiß. Genau da steigt ein Mann in weißem Kittel aus dem Automobil, der Breitensee ein wenig an eine Karikatur erinnert. Er möchte lachen, aber als er einatmet, spürt er einen stechenden Schmerz in der Leiste.

»Er wurde angegriffen«, erklärt Anna dem Mann.

»Von einem Tier mit Hörnern«, will Breitensee hinzufügen, doch seine Zunge gehorcht ihm nicht.

»Wir nehmen Sie jetzt mit ins Krankenhaus«, sagt der Mann. Da gelingt es wieder: Die Sprache funktioniert.

»Ja«, sagt Breitensee. »Aber vorher …« Sein Blick gleitet zu dem Stück Fell, das er dem Wesen ausgerissen hat. Im Mondlicht schimmernd liegt es neben ihm. »Vorher nehmen Sie bitte das Fell mit, es ist ein wichtiges Indiz.« Seine Stimme erscheint ihm dröhnend und beängstigend, wie ein Donner, aber so, als käme sie von weit her.

»Das mache ich«, bietet Anna an.

Die breiten Hände des Mannes greifen nach Breitensee. Das Stechen in der Leiste schwillt an. Breitensee richtet sich auf, langsam. Was ist nur geschehen? Er sucht weiter nach Bildern in seinem Kopf, doch jede klare Erinnerung scheint zerschlagen.

»Geht es?«, will Anna wissen.

Erschöpft und verwüstet fühlt Breitensee sich, als er zur Antwort ansetzt. »Ich weiß nicht«, murmelt er. Aber es geht. Vielmehr: Er geht. Doch er spürt den Boden durch den Fuß bis hinauf in sein Herz, das hämmert, als wäre es eine Trommel. Sein Vorwärtskommen ist ein Schieben und Schleifen voller Mühe: rechter Fuß: schieben, schleifen, warten. Atmen. Linker Fuß: schieben, schleifen, warten. Atmen. Der Weg zum Rettungsauto ist lang, und Breitensee fühlt sich, als hätte er Gewichte an den Sohlen. Erschöpft sinkt er auf die Bahre, die aus dem Auto gerollt wurde. Endlich. Man verfrachtet ihn ins Innere des Wagens, der sich in Bewegung setzt; Anna nimmt seine Hand. Jetzt ist es besser, denkt Breitensee.

ELSE

EINE GROßE LIEBE

Berlin, 1901–1905

Tatsächlich liebt Else, was sie tut. Bei der Eröffnung des Kabaretts »Schall und Rauch« am 23. Januar 1901 darf sie zum ersten Mal Lieder singen, und Else liebt es. Sie liebt die schummrige Atmosphäre dieses Künstlerhauses in der Bellevuestraße, dessen Name einem Goethe-Zitat entsprungen ist, die schweren roten Vorhänge aus Samt und das prickelnde Gefühl, wenn sie nach ihrem Auftritt, der hauptsächlich aus kleinen Chansons und Liedern besteht, an die Bar kommt und man ihr applaudiert. Hin und wieder besucht sie hier mit Max auch das Programm der Kollegen und ist immer recht amüsiert, denn hier wird alles parodiert, was man nur parodieren kann – von Klassikern wie »Don Carlos« bis hin zu moderneren Arbeiten, in etwa im Stil von Hauptmann oder Maeterlinck. Und auch im Deutschen Theater werden ihr immer wieder die Hauptrollen angeboten, leuchtet, strahlt sie auf der Bühne, während Max sich vorerst im Hintergrund hält. Mit jungen Kollegen gründet er eine Kabarettgruppe, die sich »Die Brille« nennt und Satiren und Parodien aufführt, doch der große Erfolg bleibt aus. Neben den kleinen Auftritten als Sonderling darf er nur ab und zu Hauptrollen spielen; immer wieder bekommt er dabei schlechte Kritiken, und als die Kollegen erfahren, dass Else und Max ein Paar sind, ist man eher irritiert als erfreut.

»Was wollen Sie denn mit dem kleinen Juden?«, meint Otto Brahm eines Nachmittags nach den Proben zu Else. »Der Max füllt doch große Rollen gar nicht aus! Wie soll er Ihnen bitte das Wasser reichen? Und außerdem überragen Sie ihn um fast einen Kopf.«

Else zuckt mit den Schultern; liebt man jemanden, so sieht man ihn überall und immer nur in seinem hellsten Licht.

»Er interessiert sich eben mehr für Regie«, erklärt sie. »Und die Größe ist wirklich nicht das Wichtigste.«

Dass Max eine Vision hat, in die sie längst eingeweiht ist, behält Else für sich. Sie hütet diese ihre erste Liebe wie einen kostbaren Schatz, und auch all die Geheimnisse, die Max mit ihr teilt, verrät sie niemandem. Else weiß: Sein Ziel ist es, für das europäische Theater eine eigene neue Sprache zu schaffen, die aus der Enge des Wortes ausbricht. Sein Theater soll sich extremer optischer und akustischer Effekte bedienen, um so beim Zuschauer intensive Gefühlszustände hervorzurufen, soll große Massenszenen integrieren, exakt durchgetaktet sein und dennoch Raum für die Phantasie des Betrachters lassen.

»In meiner Idee des Theaters als Gesamtkunstwerk sind alle Ebenen gleichberechtigt«, erklärt Max Else eines Abends, als sie Hand in Hand durchs dunkle Berlin schlendern.

Else betrachtet sein inzwischen vertrautes Gesicht, auf dem die Lichter der Gaslaternen sich zitternd bewegen: sinnliche Lippen, die Augen dunkle Seen, ein seelenvoller Ausdruck in ihnen. Dass sie sich wohlfühlt, hier, neben Max, im Herzen der Stadt, denkt Else. Nichts als Schönheit umgibt sie: Jeder freie Platz und jede Grünfläche ist mit Skulpturen versehen; die gewaltigen Repräsentationsbauten des Stadtzentrums schwelgen in ihrem Prunk, imponieren in ihrem herrschaftlichen Gestus; jetzt, da das Nachtlicht sie erhellt, wirken sie verheißungsvoll und voller Geheimnis. Max und Else teilen die Liebe zum Ornament; immer wieder besuchen sie zwischen ihren Proben gemeinsam die Markthallen und Kaufhäuser; die neuen technischen Bauten, die währenddessen am Rande der Stadt aus dem Boden schießen und von Macht und Einfluss erzählen sollen, betrachten sie mit Verachtung.

»Die Beleuchtung ist nicht zum Erhellen da!«, sagt Max, immer noch ganz in seine Visionen versponnen, und packt Else, deren Blick sich in den geschmückten Häuserfassaden verloren hat, fest an der Hand. »Da ist die Farbe und die Dichte des Lichts, die es zu verteilen und zu streuen gilt; aber vor allem von falscher, naturalistischer Beleuchtung will ich nichts hören! Text, Geste, Ton, Beleuchtung haben für mich dieselbe Bedeutung.«

Die Worte fließen nur so aus ihm heraus, denkt Else, während sie zuhört. Als wäre er ein Strom, der überschwappt, oder ein Wirbelwind, der durch Berlin fegt.

»Und die Musik?«, fragt sie, während sie Max mit großen, neugierigen Augen ansieht. Es sind die durchdringenden Augen einer Liebenden, für die alles leuchtet, was vom Geliebten kommt.

Max ist dankbar für diese Frage und nimmt sie als Stichwort, um seinen Monolog fortführen zu können.

»Ich werde jemanden beauftragen, neue Musikstücke zu komponieren!«, sagt er stolz und macht sich bewusst noch etwas größer neben Else, die heute höhere Absätze trägt und ihn ein wenig überragt. Else nickt und zieht rasch den Kopf ein. Während sie nachdenklich auf das Straßenpflaster blickt, beginnen Max' Visionen wie Blumen vor ihrem geistigen Auge zu blühen; sie sieht Drehbühnen, tanzende Ensembles, papierene Kulissen und wehende Tücher, verwoben zu einem gigantischen Mosaik aus Bildern.

»Weißt du, wen ich spielen will?«, fragt sie plötzlich und bleibt schelmisch lächelnd stehen, noch bevor sie den Bahnhof gekreuzt haben, hinter dem Max seine Wohnung hat. Max, der sie inzwischen ein wenig kennt, nickt grinsend.

»Hermia. Hermia in ›Der Sommernachtstraum‹«, sagt er und küsst sie schnalzend.

»Genau!«

Schließlich kann Max Otto Brahm von der gemeinsamen Idee überzeugen – und darf seine erste Regiearbeit gestalten: Shakespeares »Sommernachtstraum«. Max hat exakte Vorstellungen von dem, was er auf der Bühne sehen will. Nur die besten Komiker dürfen in seiner Inszenierung als Rüpel, nur die graziösesten Tänzerinnen als Elfen eingesetzt werden; und für die Rolle der Hermia gibt es nur eine: Else. Die schlüpft in ihre Rolle und lebt in ihr ein zweites Leben. Im antiken Hofe Athens rauscht sie durch die Gärten, trifft sich heimlich mit ihrem Geliebten Lysander und wird schließlich von einem Zauber befallen. Die literarische Vorlage von Shakespeare ist für Max jedoch nur Mittel zum Zweck; üppige Dekors und imposante Musik sollen dabei helfen, das Stück zu einem Gesamtkunstwerk zu machen, wie es noch nie jemand gesehen hat.

Max probt mit Else auch noch, als die beiden längst zu Hause sind.

»Weh mir, Erbarmen! – Welch ein Traum, mein Lieber? Noch schüttelt mich das Schrecken wie ein Fieber. Mir schien es, eine Schlange fräß' mein Herz. Und lächelnd sähst du meinen Todesschmerz!«, flüstert Else zitternd, während Max sie in die Arme nimmt. Noch tiefer versteht sie jetzt den Sinn dieser Sätze, noch demütiger liebt sie ihre Rolle als vor Kurzem, als sie diesen Text alleine in ihrem Zimmer sprach.

Und Else ist nicht nur in Max' Armen eine fulminante Hermia: Ihr ist es ein Leichtes, sich in der Welt gemalter Kulissen und Soffitten, der Glaswände und Schleier zu bewegen. Als sie barfuß über den echten, auf der Bühne ausgerollten Moosteppich läuft, bewegt sie sich nicht nur in ihrer Phantasie, sondern tatsächlich in der Natur; ein knorriger Wald umgibt sie, wird Sinnbild für das Labyrinth der Liebe, in dem sie auch im wahren Leben mit Max gefangen ist. Sogar Glühwürmchen hat Max für diese Inszenierung entworfen. In Wahrheit sind es zwar nur an Zwirnsfäden befestigte kleine Lampen, doch das ist egal; Else tanzt, jagt ihnen nach und verliert sich im malerischen Dunkel. Erst als das Publikum zu applaudieren beginnt, fällt sie in die Realität zurück wie jemand, der aus einem magischen Traum aufwacht.

OSCAR BREITENSEE

MOZARTKUGELN

Salzburg, 1937

Als Breitensee erwacht, findet er sich im weißen Zimmer eines Spitals wieder. Er liegt in einem Bett mit Metallgitter; neben ihm stehen zwei weitere Betten, Menschen darin, so fest eingewickelt in ihre Decken, dass Breitensee ihre Gesichter nicht erkennen kann. Blinzelnd sieht er aus dem Fenster. Es dämmert. Vor ihm erstreckt sich das Land, steigt im morgendlichen Licht allmählich zu einer Bergkette heran. Die Gipfel liegen über den Wolken und zacken scharf und schneeig in den Himmel hinein. Breitensees Blick verliert sich. Wie bin ich hierhergekommen?, denkt er. Im Moment weiß er nur eines: dass er müde ist – aber dringend auf die Toilette muss.

Ächzend erhebt er sich, setzt langsam einen Fuß vor den anderen und schiebt seinen Körper über den Gang in einen kleinen sterilen Raum hinein. Als er sich im Spiegel betrachtet, erschrickt er, denn er sieht ganz schön lädiert aus. Seine linke Wange ist blau und geschwollen, und sein Blick glänzt vor Schmerz. Er ächzt, kneift die Augen zusammen. Was ist nur geschehen? Als er von der Toilette zurückkommt, steht Anna im Zimmer. Sie sieht ihn mit flatternden Lidern an.

»Es tut mir leid«, sagt sie und setzt sich auf das Bett. »Ich bin zu spät gekommen …«

Breitensee, peinlich berührt, tut dasselbe und blickt zu Boden, während sich das Kaleidoskop aus Bildern in seinem Kopf langsam zu einer umfassenden Erinnerung zusammenfügt. An den Brief erinnert er sich, an die Gestalt mit dem Fell und den

Hörnern, die ihn knapp vor dem Marienmarterl des Mönchsberges angegriffen hat, und schließlich auch an das Rettungsauto.

»Ich hätte eher da sein sollen«, sagt Anna leise, wohl um die anderen Patienten nicht zu wecken. »Als ich Sie an der Brücke sah, wusste ich aus irgendeinem Grund, dass etwas Schreckliches geschehen würde. Also habe ich auf halbem Weg kehrtgemacht und bin Ihnen gefolgt.«

Noch ehe Breitensee, völlig erschlagen von der Schönheit ihrer Züge, etwas sagen kann, kramt sie in ihrer ledernen Handtasche und holt ein Säckchen heraus, das sie ihm hinhält. Kleine Kügelchen, liebevoll in Stanniolpapier verpackt, sind darin zu finden.

Breitensee lacht. »Salzburger Mozartkugeln?« Er nimmt das Säckchen an sich, das unter seinen Händen verheißungsvoll raschelt und knistert. Anna läuft rot an. Seltsam, denkt Breitensee. Im Schloss Leopoldskron hat sie so forsch und selbstsicher gewirkt – und nun sieht sie aus, als wäre sie aus Glas.

»Ich weiß, ich bin eine klassische Touristin«, sagt Anna, »aber ich dachte, Schokolade kann nie falsch sein.«

Breitensee nickt, weil er nicht weiß, was er sonst tun soll, schält eine der Kugeln aus der silbernen Hülle und steckt sie sich in den Mund. Seine Lippen fühlen sich geschwollen an, das Kauen schmerzt ihn, doch immerhin ist der Geschmack der Schokolade, die ihm langsam auf der Zunge zergeht, und des Marzipans süß. Er betrachtet Anna, während er vergebens versucht zu schlucken, und weiß nicht, wie ihm geschieht. Sie wendet sich verlegen ab und sieht aus dem Fenster, und Breitensee folgt ihrem Blick. Draußen steigt langsam eine helle Sommersonne in die Höhe. Ihr Widerschein sieht aus wie ein Feuer in der Ferne; ein blassroter Fleck am Ende des Horizontes. Breitensee rutscht etwas näher an Anna heran, will ihre Hand in seine nehmen – doch in dem Moment geht die Tür auf, und Wutz steht vor ihnen. Als er Anna erkennt, ist er kurz verwirrt.

»Stör ich?«

Ja, will Breitensee schon sagen, aber er versucht, seinen Ärger zu unterdrücken, und sieht Wutz bloß grimmig an. Anna presst die Lippen aufeinander; dann öffnet sich ihr Mund. Sie sieht aus wie eine blutrote Rose, als sie sagt: »Aber nein, wir sind schon fertig.«

Breitensee spürt, wie etwas von seiner Lebenskraft zurückkehrt, während er eine Mozartkugel nach der anderen isst.

»Wie geht es dir?«, will Wutz wissen. »Wie lang musst du im Spital bleiben?«

Breitensee grinst bemüht locker. »Gar nicht mehr!«, sagt er, steht auf und beginnt sich anzuziehen.

Der Oberarzt kommt herein. Als er sieht, wie Breitensee in seine Hose schlüpft, huscht ein irritierter Ausdruck über sein Gesicht.

»Sind Sie sicher, dass Sie schon gehen wollen? Sie haben Prellungen und eine leichte Amnesie, Herr Kommissar, vermutlich von einer Gehirnerschütterung!«, meint er, und eine tiefe Falte bildet sich zwischen seinen Augenbrauen.

»Ja«, entgegnet Breitensee nur, während er sich bückt, um seine Schuhe zuzubinden.

»Leidenschaft ist Leidenschaft!«, sagt Wutz zwinkernd, und so zuckt der Arzt mit den Schultern und schweigt.

»Die Sängerin hat uns das Fell übergeben, das dein Angreifer am Tatort liegen gelassen hat«, sagt Wutz, als Breitensee ihm aus dem Krankenhaus folgt. »Wir sind dabei, es genauer zu untersuchen. Der Mensch, der dich bedroht hat, steckte also in einem Kostüm?«

Breitensee nickt. »Wir müssen uns die Notiz, die er mir geschickt hat, noch einmal genau ansehen. Vielleicht gibt sie uns einen Hinweis.«

Wutz sieht ihn an. »Wie kam es eigentlich, dass die Sängerin so schnell bei dir war? Macht sie das nicht verdächtig?«

Anna? Niemals kann sie etwas damit zu tun haben, denkt Breitensee. »Ich werde das prüfen«, sagt er jedoch nur laut. »Und nun?«, will er wissen, als Wutz die Autotür aufschließt.

»Ich würde vorschlagen, wir reden noch einmal mit Max Reinhardt«, sagt Wutz. »Ich halte es für keine gute Idee, dass unter diesen Umständen eine Premiere stattfindet.«

Breitensee stimmt zu. »Hast du die Liste mit den Namen der anderen Bewerber abgeklappert, die den Tod spielen wollten?«, fragt er.

»Ja«, sagt Wutz. »Der eine war der Komponist der Bühnenmusik und dann noch zwei junge Schauspielstudenten. Sie haben alle ein Alibi.«

Die Proben auf dem Domplatz sind in vollem Gange, auf der Bühne geht es turbulent zu. Frauen und Männer in bunter Bauernkleidung flattern über die Bühne, und laute Musik spielt dazu, als Wutz und Breitensee die Spielstätte erreichen.

Wieder eine von Reinhardts Massenszenen, die liebt er ja so, denkt Breitensee, während er sich dem Regisseur nähert.

Reinhardt steht, sich das Kinn reibend, vor den Zuschauerbänken und betrachtet die Szenerie. Breitensee begreift, während er dem Treiben zusieht, das teilweise im Dom selbst, teilweise ganz nahe am Publikum stattfindet: Die gesamte Inszenierung ringt um die Wiedergewinnung der Totalität des Theaters. Das Trennende zwischen Bühne und Welt scheint tatsächlich einen Moment lang gar nicht mehr zu existieren. Jede Distanz ist aufgehoben, so mächtig sind die Massenszenen. Natur, Architektur, Dichtung und Schauspiel – alles verschmilzt zu einem Gesamtkunstwerk, einem Mosaik, in dem sich die einzelnen Teile nicht mehr voneinander trennen lassen. Jetzt, da die Proben voranschreiten, beginnt Breitensee, den Geist von Max Reinhardts Vision zu spüren: Die Schauspieler sind gleichzeitig Artisten, Tänzer und Pantomimen, und er, der Teile des Stückes bereits gesehen hat, ist wieder wirklich berührt. Doch er schüttelt seine Gefühle ab, als Reinhardt die Probe unterbricht, und wendet sich an ihn, der ihn gar nicht wahrzunehmen scheint.

»Grüß Gott, lieber Herr Reinhardt!«, sagt Breitensee laut.

Max Reinhardt schreckt, wie aus einem tiefen Traum geweckt, auf und dreht sich zu ihm.

»Ja, ich wurde zusammengeschlagen«, sagt Breitensee rasch, ehe Reinhardt sich zu seiner geschwollenen Wange äußern kann, und fährt resolut fort: »Sie sehen, der Fall nimmt gewisse Ausmaße an. Meines Erachtens sollte keine Premiere stattfinden. Vielmehr sollte man die Proben einstellen – zu Ihrem Schutz und auch zum Schutz Ihrer Ex-Frau.«

Reinhardt wischt sich über die Stirn und betrachtet Breitensee mit Augen, die so unschuldig glänzen wie die eines Kindes. Mit einem Mal steht wieder ein Gesicht vor Breitensee, klein und blass, die Augen starr aufgerissen … blaue Augen … Das tote Mädchen, denkt Breitensee und schluckt schwer. Hört das denn nie auf?

»Else will unbedingt den Tod spielen«, reißt Max Reinhardts Stimme ihn aus seinen Gedanken.

»Und was wollen Sie?«

»Ich glaube an das Gute in der Kunst – und dass sie den Menschen heilt. Gerade jetzt, nach zwei so schweren Verlusten, müssen wir spielen.«

»Was bringt Heilung, wenn dabei Leute getötet werden?«, schnaubt Breitensee.

Max Reinhardt macht eine wegwischende Handbewegung. »Egal, wie viel Grausamkeit und Not – mit der Kunst kann man dem Menschen eine Chance geben«, ruft er leidenschaftlich aus.

»Sie sind ein Träumer«, sagt Breitensee verärgert.

Reinhardt aber nickt nur lächelnd. »Stimmt. Spiel, Phantasie, Theater, alles andere interessiert mich nicht. Und Alltag am allerwenigsten.«

Breitensee merkt, wie er mit jedem Atemzug ärgerlicher

wird. Er ist genial, dieser Reinhardt, aber er ist ein Manipulator, denkt er.

»Sie sind eitel«, wirft nun auch Wutz, der die ganze Zeit schweigend neben ihnen gestanden hat, aufgebracht ein, doch das Lächeln des Regisseurs vertieft sich bloß.

»Nein. Ich habe eine Vision. Und das weiß jeder in Salzburg«, entgegnet er. »Man kann den ›Jedermann‹ nicht absagen: Alles pilgert hierher, um ihm zu huldigen.«

ELSE

DAS KIND

Berlin, 1905–1908

Am späten Nachmittag des Tages nach der »Sommernachtstraum«-Premiere machen Else und Max einen Spaziergang. Wind und Sonne werfen unruhige Reflexe, während sie nebeneinanderhergehen, die Welt kommt von allen Seiten auf sie zu, und Else ist es, als schwebe sie. Sie sieht Max verstohlen an, betrachtet ihn. Sein lockiges dunkelbraunes Haar hat bereits einige graue Strähnen bekommen, obwohl er keine dreißig ist, und um seinen großen Mund liegt ein verträumter Zug. Das ist er, denkt sie, der Mann ihres Lebens.

Max nimmt ihre Hand. An den Handrücken ist seine Haut weich wie die eines Säuglings. Einen Augenblick lang scheint es, als stehe das Leben still zwischen Himmel und Erde. Else ist, als sähe sie alles wie durch ein Kaleidoskop; Vergangenheit, Gegenwart und Zukunft sind auf seltsame Art und Weise ineinandergeschoben. Sie lässt den Blick schweifen. Dunkles Abendrot hängt am Himmel. Es wirkt, als fröre es und gehöre nicht hierher.

»Fremd sieht das Abendrot heute aus«, sagt sie.

Max zuckt mit den Schultern. »Zum Glück kümmert es sich nicht um uns. Das Abendrot kümmert sich um nichts Belangloses. Und wir Menschen sind belanglos«, sagt er gleichgültig. Auf einmal ist es, als lege sich ein Schleier vor seine Züge, und für einen Moment sieht Else in ihm ein neues Gesicht. Ein Gesicht, das plötzlich weit weg von ihr ist.

»Willst du wieder zu mir nach Hause kommen?«, fragt Max. »Ich langweile mich nicht gern.«

Else schluckt. Wie immer, wenn Max diesen Vorschlag macht, ist sie erregt. Ihr Atem verändert sich, wird dunkler und tiefer. Else weiß nicht, was sie sagen soll, ist zu verliebt in den Augenblick, um ihn mit Worten wegzujagen.

»Ja«, kommt es irgendwann aus ihr. Doch was da spricht, ist die Stimme einer Unbekannten.

Die Nacht vergeht wie im Flug. Sie lesen einander vor. Sie schweigen. Sie erzählen einander aus ihrem Leben. Sie schweigen wieder. Und sie reden erneut. Sie nehmen einander alle Vergangenheiten und Namen ab, leise, wie man einen Ohrring abnimmt. Und reden immer noch, als hätten sie nie aufgehört. Die Worte lösen sich von ihren Lippen wie Schmetterlinge, zittern leicht und flattern zwischen ihnen hin und her. Irgendwann werden ihre Worte Küsse.

»Ich liebe dich«, sagt Else.

Und Max sagt: nichts.

Der »Sommernachtstraum« wird von den Zeitungen in höchsten Tönen gelobt, doch so strahlend die Öffentlichkeit Else auch feiert, Max bleibt ihr gegenüber liebevoll – aber distanziert. Mit ihr zusammenziehen will er nicht; und abgesehen von ein paar Liebesnächten in der Woche scheint er sich auch nicht allzu sehr um ihr Leben zu kümmern. Seine ganze Kraft steckt er nun in seine Karriere; denn man hat ihn inzwischen zum Hausregisseur des Deutschen Theaters ernannt. Und das ist erst der Anfang. Keine dreißig Jahre alt, wird Max sogar zum Theaterleiter, und seine Visionen sind klarer denn je: Er will keine nüchterne Realität, sondern das Mystische auf der Bühne, will raumgreifendes Schauspiel, will Theater als Gesamtkunstwerk: Raum, Farbe, Licht, Bild und Ton sollen ineinander verwoben, untrennbar miteinander verbunden werden – und auch die Architektur der Gebäude, in denen die Stücke aufgeführt werden, muss in dieses Gesamtbild passen.

Bald schon plant er begeistert einige technische Neuerungen, was die Räumlichkeiten betrifft: Ein Orchestergraben soll im Deutschen Theater errichtet und das Parkett erneuert werden; außerdem lässt er das andere auf dem Grundstück gelegene Gebäude umbauen und in eine zweite, kleine, aber feine Spielstätte verwandeln. Ganz und gar geht Max auf in der Rolle des Bauherren, doch wer keinen Platz in seiner neuen, leuchtenden Welt hat, das ist Else. Nur wenn sie alleine sind, finden die Körper in einer lautlosen Wahrheit zueinander; überschwemmen einander mit ihrer Lust.

Doch Else will mehr. Jetzt, da sie liebt, zum ersten Mal liebt, will sie Sicherheit; will ein gemeinsames Zuhause, ein Leben Seite an Seite – und vor allem will sie Kinder. Auch wenn sie weiß, dass es bereits eine andere Frau mit einem Kind von Max gibt, um die er sich nicht kümmert, muss sie es riskieren, ja: Else muss Mutter werden.

Doch die gewünschte Schwangerschaft lässt vorerst auf sich warten, und das Leben geht weiter. 1907 spielt Else in Max Reinhardts Inszenierung von »Das Friedensfest« von Gerhart Hauptmann. Das Stück ist eine klassische Familientragödie, die Handlung erschütternd, aber einfach: Die neunundzwanzigjährige Auguste, ihr Bruder – ein wahrhaftes Ekel, verkörpert von Kollege Kayßler – sowie deren Mutter bewohnen ein schlichtes Landhaus. Der Familienvater, erfolgreicher Mediziner, kehrt nach jahrelanger Abwesenheit wieder nach Hause zurück, und das nicht nur zu Weihnachten, sondern auch noch sterbenskrank. Doch er ist nicht der Einzige, der die Familie besucht: Auch Sohn Wilhelm, der vor Jahren die Flucht ergriffen hat, sowie seine Braut Ida Buchner und deren Mutter kommen in das Landhaus, und wie erwartet entwickelt sich ein heftiger Streit zwischen den Familienmitgliedern. Ida Buchner, der Charakter, den Else darstellt, ist inmitten all des Kampfes ein großes, fast heiliges Leuchten. Else liebt die Figur der Ida, geht ganz und gar in der Rolle der demutsgroßen jungen Frau auf. Engelsgleich trotzt sie dem Wahnsinn von Wilhelms Bruders; sie strahlt wie ein Lichtwesen von innerer Schönheit, sobald sie auf die Bühne treten und Ida sein kann, und ihr ganzer Körper strahlt mit.

Bittend und betend steht Else als Ida ihrem leidenden Geliebten bei, fliegt ihm an die Brust, streicht ihm zärtlich die Sorgenfalten aus der Stirn. In Ida findet Else noch einmal ihre eigene innere Reinheit wieder; eine, die sie längst verloren gehabt zu haben meinte. Diese Reinheit ist voll Sehnsucht und Ursprünglichkeit – und genau in dieser Zeit geschieht es, dass etwas Neues in ihr beginnt: Else wird schwanger.

Bald schon kann man es sehen, dass sie ein Kind erwartet. Jeden Tag wird der Raum für das Kind in ihrem Bauch enger, das spürt sie genau. Spürt es treten, sich umdrehen. In Else atmet etwas mit, das bald schon ein ganz eigenes Wesen sein wird – und dieses Wunder tröstet sie über einigen Schmerz hinweg. Denn immer noch macht Max keine Anstalten, sich für sie und das Ungeborene einzusetzen. Heiraten will er nicht; und auch gemeinsam wohnen ist nach wie vor nichts, wonach er sich sehnt. Else leidet, und Else lernt: Sie lernt, dass sie sich verhalten muss wie eine Boxerin. Alles umgekehrt tun, so, wie sie es eigentlich nicht machen würde – die Starke spielen, die Zerbrechliche verbergen, all ihre Ehrlichkeit verstecken, täuschen und immer den Eindruck erwecken, in eine Richtung zu gehen – und dann ruckartig den Kurs ändern. Beziehung ist jetzt Kampf. Ist Krieg.

Weil Else Max vermisst, versucht sie manchmal, ihn zu spielen; schlüpft in eines seiner Sakkos, die sie ihm geschenkt hat, und verwandelt sich in ihn, wie sie sich damals als Kind beim Spielen in die Mutter verwandelt hat. Alle seine Gesten werden ihre: die Art, wie er die Stirn in Falten legt, sich durch das wellige Haar fährt, wie er die Brust herausreckt, um größer zu sein, als er ist, und das Bäuchlein zu verbergen; sie kennt alle seiner Bewegungen, hat sie wieder und wieder beobachtet und macht sie sich nun heimlich zu eigen. Wenn Else Max spielt, dann fühlt sie sich weniger allein.

Stürmisch und beschwingt sind die Feste und Salons, die Max inzwischen häufig für seine Schauspielerfreunde gibt. Auch sein Bruder Edmund ist nach Berlin gezogen und immer wieder mit dabei. Bei ihm handelt es sich um einen groß gewachsenen, vornehmen Herrn, dessen Züge von stark hervortretenden Wangenknochen dominiert sind. Zackig, denkt Else. Und zackig sind auch seine Kommentare, ist seine Haltung dem Leben gegenüber. Als er in einem Gespräch beginnt, negative Urteile über Bücher, die Else liebt, von sich zu geben, merkt sie, wie sie nach und nach in sich zusammenschrumpft. Denn für sie sind diese Bücher Freunde und Tröster in der Einsamkeit. So ist sie entsetzt über manche Aussagen Edmunds, der sich selbst am wichtigsten nimmt und daher nie völlig überwältigt sein kann von einem künstlerischen Werk. Man diskutiert kritisch über Goethe, den Else liebt, und sie ist erschüttert, als sich Max' Bruder über »Faust« nur mit den Worten äußert: »Kinderkram!«

»Wie können Sie so etwas sagen?«, fragt sie entrüstet, und ihr Sektglas schwappt über, weil sie beim Sprechen eine ruckartige Bewegung vollführt. Edmund entgegnet lapidar: »Weil es wahr ist«, wobei er eine Augenbraue in die Höhe zieht. Das sind diese Männer, denkt Else da bitter. Alles dürfen sie sich leisten, bloß weil sie keine Frauen sind.

»Else liebt nun mal die Literatur«, sagt Max, der mitgehört hat, und lächelt.

»Kein Wunder«, sagt Else, »schließlich habe ich immer viel gelesen und wieder gelesen.« Mit einem leisen Glanz in den Augen lotet sie den Raum aus, sieht dann Max an. Auf einmal liegt sie wieder da, in ihr, offen und zart, diese Liebe zu ihm.

»Na, unterhältst du dich gut?«, fragt Max, während Edmund sich entfernt.

»Nun, dein Bruder ist auf jeden Fall kurzweilig, aber sehr eingebildet«, entgegnet Else.

Max zuckt mit den Schultern. »Sei froh, dass er überhaupt mit dir gesprochen hat«, sagt er.

Diese Aussage trifft Else wie ein Schlag ins Gesicht. Wie Pfeile sind diese Worte, wiederholen sich wie ein Echo in ihrem Inneren, jetzt und jetzt und jetzt, auch als Max längst gegangen ist und mit jemand anderem plaudert. Mit einem Mal wird Else klar, dass sie nur ein Anhängsel ist. Doch es ist zu spät: Sie ist inzwischen verdammt dazu, Max zu lieben.

Als Else niederkommt, regnet es. Nach Monaten regnet es wieder. Es ist, als habe die Welt auf die Geburt ihres Sohnes gewartet und feiere sie nun mit ihrem Untergang. Wo sind nur all die Engel aus den Geschichten ihrer Kindheit geblieben?, denkt Else, während sie versucht, in den namenlosen Schmerz in ihrem Unterleib hineinzuatmen.

»Das wird schon«, meint die Mutter, die gemeinsam mit einer Hebamme an Elses Bett steht und ihre Hand hält. »Bald ist es vorbei.«

Else glaubt nicht daran, doch es bleibt ihr nichts anderes übrig, als auf den Wellen der Wehen mitzuschwimmen, in ihre Berge und Täler einzutauchen. Else hechelt. Ihre Beine zucken auf, zucken in die Höhe, sie hat das Gefühl zu zerreißen.

Sie versucht, tief zu atmen, versucht, ruhig zu bleiben. Sie presst, lässt sich vom Wind, der durch das halb geöffnete Fenster hereindringt, die Schläfen streicheln. Alles wird gut, denkt sie, und bald wird auch Max erkennen, dass sie die Liebe seines Lebens ist, oder? Sie schließt die Augen, als es zum wiederholten Mal in ihr explodiert; und plötzlich geschieht es: Etwas in ihr lässt los. Ihr Kopf sinkt nach hinten, ihr Mund, der eben noch verzweifelt gestöhnt hat, verstummt. Dann, jäh, reißt der Schmerz ab. Nun hängt nur noch ein Schrei in der Luft. Es ist der Schrei des neugeborenen Kindes. Erschöpft richtet Else sich auf.

»Ist er nicht wunderbar?«, fragt die Hebamme leise. Else betrachtet den Knaben, den man ihr zeigt, und fühlt sich dabei selbst wie ein Kind, ein Kind, das staunend ins Licht blinzelt, so schön kommt er ihr vor – und so fremd und weit weg gleichzeitig. Das Gesicht des Säuglings verschwimmt mehr und mehr vor ihren Augen, als sie müde, aber glücklich, wissen will: »Wo ist Max?«

Das Kind verfehlt seine Wirkung nicht: Max ist begeistert, ergriffen, will den Sohn Wolfgang in seiner Nähe haben. Und schon nach wenigen Wochen ziehen Max und Else um, in ein großes Haus am Kupfergraben 7; allerdings bewohnt Bruder Edmund den ersten Stock, und Else sieht sich nun seinen Intrigen ausgesetzt. Zum Glück ist die Wohnung so prunkvoll eingerichtet, dass es Else leichtfällt, sich von den Streitereien mit ihm abzulenken. Immer wieder lässt sie all die Gerätschaften durch ihre Hände gehen, von denen ihre Küche nun voll ist: Da sind silberne Hummergabeln und goldene Teelöffelchen, Gläser in Gestalt griechischer Skulpturen, reich verzierte Kristallkelche und Sektschalen. Das Service, das Max ihr geschenkt hat, besteht aus makellosem weißen Porzellan und ist mit kleinen Mustern bemalt.

So fließt die Zeit dahin wie ein Fluss, ohne dass viel geschieht. Wenn es Abend wird, schiebt sie Wolfgang, der nach ihren Ausflügen in die Natur oder in den Zoo müde im Kinderwagen liegt, die Alleen entlang. Da, in den verlassenen Promenaden, fühlt Else sich zu Hause, denn auch ihr Leben ist einsam. Max ist da und doch nicht da; und ihrem Beruf als Schauspielerin kann und will sie in ihrem ersten Jahr als Mutter nicht nachgehen.

OSCAR BREITENSEE

PROBEN

Salzburg, 1937

Nachdem Max Reinhardt sich konsequent weigert, die Premiere abzusagen, bleibt Oscar Breitensee nur eines übrig: Er muss Else Heims, die Darstellerin des Todes, so gut es geht im Auge behalten, um einen weiteren Mord zu verhindern – eine Aufgabe, die er sich mit Wutz und zwei Beamten teilt.

Zwei Tage nach seiner Entlassung aus dem Krankenhaus beschließt Breitensee, den Proben von hinter der Bühne aus zuzusehen – vielleicht bringt ihm diese Perspektive ja neue Erkenntnisse –, und positioniert sich dafür im Inneren des Doms. Durch die halb offene Tür späht er hinaus zur Spielfläche und wartet auf Else Heims' Auftritt.

Max Reinhardt ist voller Energie, er steht vor der Bühne auf dem Domplatz und bewegt sich, als dirigiere er eine Symphonie. Er scheint dabei alles mitzufühlen; die Crescendi und die Diminuendi, die Pausen und Fermaten, die in dem Text angelegt sind. Immerhin, denkt Breitensee, während er die Atmosphäre wahrnimmt, die auf dem Domplatz herrscht, im normalen Theater hat man das nicht, diesen Effekt des echten Windes, der die Gewänder verweht; und kein Beleuchter kann die Stimmung der Nachmittagssonne imitieren, die sich gerade auf die Schauspieler senkt. Auch echtes Gras hat Max Reinhardt auf den Brettern auslegen lassen, sodass auf der Bühne die Atmosphäre eines schmucken Gartens auf einem Gutshof entsteht.

Breitensee sieht zu, und obwohl er das Stück nun schon öfters in Teilen sehen konnte, entdeckt er immer wieder Neues;

die Musik beispielsweise wird inzwischen sparsamer eingesetzt als noch bei der ersten Probe, und die Haare der Buhlschaft sind zum ersten Mal hochgesteckt. Hin und wieder spürt Breitensee einen leichten Schmerz im Gesicht, doch die Verletzung ist bereits dabei abzuschwellen, und er versucht, sie zu ignorieren. Genau in dem Moment ertönt eine raue, tiefe, aber weibliche Stimme:

»Allmächtiger Gott, hier sieh mich stehn, nach deinem Befehl werd ich botengehn.«

Breitensee kneift die Augen zusammen. Tatsächlich, weit vorn an der Bühne, da ist sie, kaum mehr als ein dunkler Umriss, der an einen Schatten erinnert: Else Heims. Sie steht im gleißenden Licht der Spätsommersonne, hebt die Arme und wirft den Kopf in den Nacken.

»Herr, ich will die ganze Welt abrennen und sie heimsuchen Groß und Klein, die Gotts Gesetze nit erkennen und unter das Vieh gefallen sein«, ruft sie aus, und eine leichte Brise weht ihr einen Augenblick lang den schwarzen Mantel um die Füße, die in dunklen Lederstiefeln stecken. Bestimmt hätte Hans Pöcksteiner als Tod ähnlich androgyn gewirkt, denkt Breitensee, sich an das weiche, weibliche Gesicht des Toten erinnernd.

»Der sein Herz hat auf irdisch Gut geworfen, den will ich mit einem Streich treffen, dass seine Augen brechen«, ruft Else. Sie scheint sich die Seele aus dem Leib zu spielen, und sie ist wunderschön dabei. Ihre schwarzen Locken fließen über die Schultern hinab, und ihre Bewegungen sind weich und verführerisch. Mit einem Ruck wendet sie sich um und geht auf den Darsteller des Jedermann zu, der ein Stück weiter hinten steht. Breitensee kann nun ihr weiß geschminktes Gesicht sehen. Ihr Haar fliegt, als sie über die Bühne schreitet; ein Anblick von fast grausamer Schönheit, menschlich und gleichzeitig allen menschlichen Regungen entrückt. Doch dann – fällt sie. Wie ein nasser Sack gleitet sie, die Augen seltsam nach oben verdreht, zu Boden und bleibt mit von sich gestreckten Armen liegen.

Breitensee reißt das Tor auf und stürzt auf die Bühne. Else Heims liegt da, den Mund offen, und sieht aus, als würde sie schlafen. Ein Raunen geht durch die Menge, rasche Schritte und Rufe sind zu hören. Breitensee ignoriert die Aufregung um sich herum und beugt sich über die Schauspielerin, die bleich und reglos auf dem Bühnenboden liegt. Mit einer Hand schiebt er ein paar Strähnen ihres seidigen Haares zur Seite, die an ihrem verschwitzten Hals kleben, und fühlt.

Breitensee atmet erleichtert auf: Der Herzschlag ist zu spüren, das Blut pulst noch durch die Adern. In dem Moment gibt Else ein Geräusch von sich, das an einen Ballon erinnert, dem Luft entweicht – und öffnet die Augen. Breitensee betrachtet sie. Ihre Züge sind verwittert. Früher einmal muss sie eine wunderschöne Frau gewesen sein, denkt er und will schon etwas sagen, doch da schiebt sich ein junger Mann zwischen Else und ihn, der Max Reinhardt frappierend ähnelt.

»Da, Mama, trink!«, sagt er und reicht Else Heims, deren Blick einen Augenblick lang verwirrt umherirrt, ein Glas Wasser.

Breitensee begreift, dass es sich bei dem jungen Mann um Else Heims' und Max Reinhardts Sohn handeln muss. Ähnlich sinnlich wie die des Regisseurs sind seine Züge; doch während Max Reinhardt seine eher gedrungene Statur durch ein sicheres Auftreten zu kaschieren weiß, wirkt dieser junge Mann verloren und unsicher.

»Was ist passiert?«, fragt Else Heims leise.

»Du hattest wohl einen Schwächeanfall, Mama«, sagt ihr Sohn.

Else Heims lächelt matt, nimmt einen Schluck und wischt sich über die Stirn, auf der vereinzelt Schweißperlen glänzen. Die Schminke beginnt sich aufzulösen, während sie trinkt, wird fleckig, und ein leicht rosiger Schimmer tritt dahinter zutage.

»Geht's wieder?«, will Max Reinhardt wissen, der sich mit vorsichtigen Schritten nähert.

»Jaja«, beeilt Else sich zu sagen, als sie mit einer etwas zittrigen Bewegung aufsteht und schief lächelt.

Breitensee nimmt ihren Sohn beiseite. »Darf ich mich vorstellen: Oscar Breitensee, Kriminalkommissar«, sagt er.

Der junge Mann nickt. »Gottfried«, stellt er sich freundlich und schlicht vor und reicht Breitensee die Hand.

»Hören Sie, Gottfried«, sagt Breitensee. Aus den Augenwinkeln kann er erkennen, dass Max Reinhardt Else Heims inzwischen am Arm genommen hat und sie an die Bühnenrampe führt. »Ich halte nichts davon, dass Ihre Mutter übermorgen als der Tod auftritt. Sehen Sie nicht, dass Ihr Vater sie überstrapaziert?«

Gottfried blickt, ein wenig überrumpelt, zu Boden. »Mein Vater hat einen zupackenden Verstand, doch von Natur aus ist er friedlich«, stammelt er, aber da taucht Max Reinhardt auch schon wieder selbst zwischen den beiden auf.

»Gibt es Probleme?«, will er charmant wissen.

Gottfried bemüht sich, zu vermitteln. »Der Herr Kommissar meint, es wäre besser, Mutter nicht dem ganzen Premierenstress auszusetzen«, sagt er diplomatisch und schürzt kurz die Lippen.

»Wieso denn? Sollte der Mörder es tatsächlich auf den Darsteller des Todes abgesehen haben, dann wäre sie doch der perfekte Köder, oder?«, sagt Reinhardt mit einem strahlenden Lächeln an Breitensee gewandt.

Breitensee kann es kaum glauben. Wie ist es möglich, dass der Regisseur so ein fröhliches Gesicht aufsetzt, nach allem, was geschehen ist? Er will schon etwas Scharfes entgegnen, doch Reinhardt kommt ihm zuvor.

»Haben Sie Angst vor dem Tod, Herr Kommissar? Ich nicht. Ich habe längst begriffen: Die Kunst allein ist ewig«, sagt er mit leuchtenden Augen und geht davon.

Breitensee schnaubt. Was ist das für ein Mann, der die Mutter seiner Kinder bewusst so einer Strapaze aussetzen will, noch dazu, wo sie eben gerade ganz offensichtlich aufgrund eines Schwächeanfalls in die Knie ging? In seinem Kopf drehen sich die Gedanken. Am Ende hat vielleicht Max Reinhardt selbst die beiden Morde inszeniert, um damit mehr Präsenz in den Zeitungen und damit mehr Publikum zu bekommen? Aber die Festspiele sind doch meist sehr gut besucht? Was, wenn es sich bei dem Ungeheuer, das ihn am Mönchsberg angegriffen hat, nur um einen Schauspieler in einem Kostüm handelte? Dann müsste dieses Kostüm wohl auch irgendwo im Fundus der Festspiele aufgestöbert werden können? Dunkles Fell, Hörner …

So in Gedanken versunken verlässt Breitensee mit langsamen Schritten genau wie alle anderen die Tribüne und setzt sich einen Moment lang in den Zuschauerraum. Sein Blick tastet gerade die Silhouette des Mönchsberges zu seiner Rechten ab, hinter dem ein satter Spätsommernachmittagshimmel leuchtet, als sich Komponist André Reichsmann neben ihn setzt, eine Kaffeetasse in der Hand.

»Sie halten Reinhardt für skrupellos, habe ich recht?«, will er wissen und nimmt einen kleinen Schluck.

»Ja«, sagt Breitensee knapp. »Und Sie?«

Reichsmann lächelt. »Nun, ich finde, er ist im Grunde dasselbe wie ich: ein Komponist. Zuerst war er bloß Kammermusiker, inszenierte kleinere Werke – und übte sozusagen brav selbst die Geige.«

»Sie meinen, er übte, indem er schauspielerte?«, fragt Breitensee.

»Genau – und zwar so lange, bis er schließlich die Klassiker spielen konnte. Inzwischen hat er eine ganze Tonfolge in die Melodie des Theaters mit eingebracht.« Reichsmann fasst Breitensee zart am Unterarm: »Sie dürfen es Max nicht übel nehmen. Die Schauspieler sind ihm nun einmal seine Instrumente, verstehen Sie.«

ELSE

EIN ZWEITES KIND

Berlin, 1911–1913

Die Zeit verstreicht, und da Elses Mutter sich liebevoll um Sohn Wolfgang kümmert, gelingt es ihr bald wieder, in der Theaterwelt zu arbeiten. Meist ist es Max, der die Regie führt. Leicht fällt es Else, die Texte zu lernen; einmal in ihr Bewusstsein aufgenommen, fließen sie durch sie hindurch, strömen aus ihr heraus und machen aus ihr einen anderen Menschen. Nach wie vor hat Else große Freude daran, in andere Rollen zu schlüpfen wie in Kleider, und noch immer hat sie dasselbe Leuchten wie damals, als sie vor dem Schrank ihrer Mutter stand. Doch Rollen sind im Gegensatz zu Kleidern unsichtbar, und manchmal ist es gar nicht so einfach, sie nach dem Spiel abzulegen und wegzupacken. Als Else die Figur der Iokaste einstudiert, ist ihr Kopf abends manchmal voller Fragen. Denn das Schicksal dieser Figur aus dem »Oedipus«-Drama ist kein einfaches. Nicht nur muss Iokaste früh ihren Sohn verlieren, sie heiratet ihn später auch noch irrtümlich, und Else, die mehr und mehr zu Iokaste wird, ist innerlich erschüttert. Abends nach dem Textlernen und den Vorbereitungen auf die Proben in Wien betrachtet sie die speckigen Hände und Füße ihres Sohnes, der schon laufen und plappern kann und wunderbar nach Vanille riecht, und fragt sich, wie sie sich wohl fühlen würde, wenn sie sich in zwanzig Jahren irrtümlicherweise mit ihm verheiraten würde. Und je mehr sie darüber nachdenkt, desto stärker wird ihr Mitgefühl für die Frau, die sie verkörpern wird.

Als Else in Wien ankommt, ist man bereits nach dem ersten

Probentag begeistert von ihrer Bühnenpräsenz, und sie genießt den Respekt, mit dem man ihr überall begegnet. Bald schon verliebt sie sich auch in die Welt, die sie umgibt: Was für ein Gefunkel aus Gegensätzen ist diese Metropole! Die Fiaker, diese besonderen Kutschen, gefallen Else besonders gut. Sobald sie das laute Getrappel der Pferdehufe hören kann, leuchten ihre Augen. Else fühlt sich neugierig wie kaum je zuvor, wenn sie in ihrer Freizeit die Ringstraße entlanggeht und neue Orte entdeckt. Gerade in den letzten Jahren scheint sich eine Form des jüdischen Künstlertums in Wien gebildet zu haben, das nicht seiner eigenen Tradition, sondern vielmehr der des Kaiserreichs folgt. Da gibt es den lieben Gustav Mahler, aber auch Komponisten wie Leo Fall und Emmerich Kálmán, die den Walzer zu erneuern wussten. Und dann erst die Literaten: Ein Hofmannsthal kann hier neben einem Arthur Schnitzler, einem Beer-Hofmann und einem Peter Altenberg existieren, während sich sogar Dramatiker wie Grillparzer und Karl Kraus austoben. Sie alle zeichnet eines ganz besonders aus: die Liebe zu dieser einzigartigen Stadt. Seit Jahrhunderten hat sich intellektuelle Kraft nicht mehr so auf ihrem Höhepunkt befunden; neuer Auftrieb und unermüdliche Regsamkeit sind zu spüren in dieser pulsierenden Großstadt, und Else wird von ihrem Schwung erfasst und mitgetragen.

Else, Max und Wolfgang leben bereits zwei Jahre zusammen, als Max sich endlich bereit dazu fühlt, Else zu heiraten. Es ist ein kühler Spätwintertag, der schon nach Frühling und Neubeginn riecht, und Else weiß nicht recht, ob sie sich freuen oder verzweifelt sein soll, als die beiden in die Synagoge aufbrechen. Jedenfalls: Die Hochzeit, die in England stattfindet, wird nach Tradition der orthodoxen Juden zelebriert, genau wie ihre Eltern es sich gewünscht haben. Else und Max tragen weiße Kleidung – im jüdischen Glauben steht diese Farbe für Reinheit und Unschuld. Doch von Unschuld ist wenig zu spüren; Max'

Bruder Edmund und deren Eltern, extra aus Wien angereist, betrachten Else mit scharfem Blick. Else merkt, dass sie innerlich ein wenig zittert, als sie, an Max' Hand festgeklammert, unter den verzierten Baldachin aus Samt und Seide tritt, der von vier Stangen gehalten wird. Diese sollen, so hat sie als Kind von ihrer Mutter gelernt, ein Symbol darstellen für die Tage, in denen die Israeliten noch in Zelten wohnten. Else hebt ihren Schleier und lauscht den Worten des Rabbi.

Während der Trauung sieht sie immer wieder zu ihrer Mutter hinüber, die mit eingefallenen Wangen in der ersten Reihe der Synagoge sitzt, sieht ihre großen, glänzenden Augen, die immer heller werden, je näher sie dem Tod kommt. Dann betrachtet sie auch den Vater, der zum ersten Mal zufrieden mit ihr, seiner Tochter, zu sein scheint und lächelnd die Hand der Mutter hält.

Sie meinen, ich sei glücklich, denkt Else, doch sie täuschen sich. Nie war mein Leben weniger erfüllt als jetzt, an Max' Seite. Sie schluckt schwer. Alles geschieht seltsam mechanisch. Max schiebt ihr den Ring an den Finger, ohne ihr in die Augen zu sehen, und der alte Rabbi mit den graubraunen Locken spricht besinnliche Worte.

Gemeinsam mit dem Paar steht er unter der Chuppa, und die zeremoniellen Abschnitte gehen ineinander über, wie Else es gelernt hat. Wie ein Theaterstück kommt Else das vor; aber keines, für das sie sich als Schauspielerin bewerben würde.

Drei Jahre später wird Elses zweiter Sohn Gottfried geboren. Diese Geburt verläuft weniger anstrengend als die erste. Else ist es, als habe es die Sterne des Himmels in Schwärmen zu ihr heruntergeweht, als sie den kleinen Knaben das erste Mal im Arm hält. Die nächsten Jahre bleibt sie zu Hause, bleibt auf ihr Heim und ihre Kinder begrenzt. Oft sitzt sie mit den beiden Söhnen in der Loggia, in der diese, weil sie bescheiden möbliert ist, wenig Schaden anrichten können, und lauscht auf den Straßenlärm, der zu ihr heraufdringt. Fast meint Else, wieder klein zu sein und den Geschichten über Engel zu lauschen, die die Mutter ihr erzählt. Doch alles hat sich geändert; das Viertel, in dem sie nun lebt, ist vornehm und das Treiben auf den Straßen von einer Betulichkeit, wie nur reiche Menschen sie an den Tag legen.

»Vorlesen!«, sagt Wolfgang da, und Else lächelt, denn sie weiß, was zu tun ist.

Sie nimmt ihren Sohn an der Hand, und die beiden schreiten durch eine große Flügeltür in den nächstgelegenen Raum, ein azurfarbenes Zimmer mit hohen Wänden und einem alten Mahagonitisch in der Mitte, auf dem Else neben einer Vase mit tiefroten Rosen Kinderbücher ausgebreitet hat. Auch einige Puppen liegen dort, und während Else beginnt, ein Märchen vorzulesen, zieht Wolfgang sich auf dem Stuhl in die Höhe, baumelt mit den Beinen und fängt dann an, der Puppe das Haar zu kämmen. Danach schält er sie aus der einfachen Tracht und zieht ihr das neue Kleidchen an, das Else vor ein paar Tagen genäht hat. Es ist aus dickem silbrigen Stoff, und Else freut sich, denn sie kann sehen, dass Wolfgang es behandelt wie einen Schatz. Die Welt ist voller Zeichen für ihn, denkt sie, so wie für mich damals, als ich ein Kind war; und mit einem Mal wird sie von einer tiefen Traurigkeit erfasst. In dem Moment geht die Tür auf – und Max kommt herein, einen riesigen Karton in der Hand, den er auf dem Parkettboden abstellt.

»Papa!«, ruft Wolfgang, läuft zu seinem Vater und umarmt ihn. Dann wagt er einen Blick in den Karton – und stößt einen glücklichen Schrei aus. »Ein Puppentheater!«, ruft er aus.

»Ja. Für dich und Gottfried.«

Doch so liebevoll Max seine Söhne – vor allem den kleinen Gottfried – behandelt, so gleichgültig ist er Else gegenüber. Zwar arbeiten die beiden immer wieder zusammen, aber wenn sie miteinander allein sind, wirkt Max oft so, als lebe er auf einem anderen Stern.

In den nächsten Jahren widmet Else sich unter seiner Regie

einigen Darstellungen, die von »Der Kaufmann in Venedig« über »Was ihr wollt« bis hin zu der schwierigen Titelrolle in »Minna von Barnhelm« reichen. Dass man ihren gesunden Mutterwitz und ihre bodenständige Frauenhaftigkeit schätzt, weiß Else längst. Doch je älter sie wird, desto weniger faszinieren sie volkstümliche, humorvolle Rollen. Seit einigen Jahren haben es ihr besonders die Frauenfiguren der Theaterliteratur angetan, und ihr allergrößter Wunsch ist es, einmal die Kassandra in der »Orestie« darstellen zu dürfen. Immer wieder bekniet sie Max, das Stück zu inszenieren, doch der interessiert sich im Moment für andere Dinge.

Inzwischen hat er eine Schauspielschule gegründet; noch so eines seiner Projekte, die sein Leben in ein Gesamtkunstwerk verwandeln sollen: Stimmbildung, Sprechtechnik, Tanzen, Fechten, Gymnastik, Theater-, Literatur- sowie Kunstgeschichte und sogar Bühnenbild – alles soll dort unterrichtet werden, und wann immer Max nicht inszeniert, ist er mit der Planung der Schule beschäftigt. Nur hin und wieder, in den Sommerstunden, wenn der normale Theaterbetrieb nicht stattfindet, versammelt sich die Familie in ihrem Lustgarten, der ihr Palais umgibt.

Else liebt es, an der frischen Luft zu sitzen, wenn es warm wird, und träumend den rebenbedeckten Gartenzaun zu betrachten. Geborgen fühlt sie sich da, im grünen Schatten unter den Eichen, fast, als schließe eine Gebärmutter sie ein. Alles ist in orangenes Licht getaucht, die Kinder spielen im Gras, und Max sitzt neben ihr und liest. Sie könnte platzen vor Glück. Der Duft feuchter Halme weht zu ihr herüber, und der Klang der Kirchglocken wird von der Mittagshitze mitgebracht.

Else freut sich an den Blättern, die sich über ihr bewegen, und an dem Licht, das spielerisch zwischen ihnen aufleuchtet und wieder verlöscht. Die Hitze fliegt. Sanft streicht das Sonnenlicht über die Bäume, und Else schließt, weil die Sonne so hell ist, die Augen. Doch sie öffnet sie rasch wieder, um nach ihren beiden Kindern zu schauen. Das Hausmädchen, das sie sich inzwischen leisten können, stellt gerade hohe Leitern auf, damit die beiden Jungen hinaufklettern können, um die Trauben zu ernten. Doch nicht nur Trauben gibt es hier; auch Walnüsse, Haselnüsse, Kirschen – und sogar Johannisbeeren. Bald, denkt Else, wird es Herbst werden, und dann Winter und dann wieder Frühling werden, und sie wird die Köpfe der Kinder vom Fenster des Palais aus durch ein Flammenmeer von Flieder heraufschimmern sehen.

»Ich liebe dich«, murmelt sie leise, an Max gewandt. Und Max sagt wie immer: nichts.

Es ist still im Garten. Doch diese Stille hält nicht lange an; denn die Bedrohung ist ein Raubtier, das auf leisen Pfoten schleicht. Um sie herum liegt noch das idyllische Hitzegewölk des Spätsommers, Friede aber ist nirgendwo. Im August dieses Jahres beginnt er: der Erste Weltkrieg.

OSCAR BREITENSEE

EIN GESTÄNDNIS

Salzburg, 1937

Während Breitensee nachdenklich neben André Reichsmann sitzt, nähern sich von hinten Schritte. Breitensee dreht sich um, und zu seinem Erstaunen blickt er in Wutz' Gesicht.

»Es ist etwas passiert«, sagt Wutz, und an der Tatsache, dass sein Kollege weder ihn noch André Reichsmann begrüßt, erkennt Breitensee, dass etwas Ernstes geschehen sein muss.

»Noch ein Toter?«, fragt er und steht ruckartig auf, doch Wutz schüttelt den Kopf.

»Nein. Aber Pfarrer Braun sitzt im Kommissariat. Er hat gestanden, dich zum Marienmarterl am Mönchsberg gelockt und da attackiert zu haben.«

Breitensee stutzt. »Wie –« Dass die Heiserkeit in seiner Stimme kratzt wie ein Messer, ärgert ihn; früher war er nicht so leicht aus dem Konzept zu bringen. Er räuspert sich und will weitersprechen, aber Wutz kommt ihm zuvor.

»Bist du bereit für eine Einvernahme?«, fragt er.

Breitensee nickt.

Als er, gefolgt von Wutz, sein Büro betritt, hockt Pfarrer Braun mit hängenden Schultern auf einem Stuhl in der Ecke. Breitensee sieht sein Doppelkinn über den weißen Kragen lappen, und ihn schaudert vor Abscheu. Wie konnte er bloß?, denkt er. Wie konnte dieser Gottesmann mich nur so zurichten?

Er setzt sich an seinen Schreibtisch und wischt sich rasch über die verschwitzte Stirn.

»Was ist in Sie gefahren, Braun?«, zischt er.

»Früher einmal, da hat Reinhardt den ›Jedermann‹ noch mit Perchten aufgeführt«, sagt Braun leise.

Breitensee weiß nicht recht, was er davon halten soll.

»Gut, und?«, sagt Wutz scharf, der Breitensee im Augenblick im Denken und Reden ein wenig voraus ist.

»Er hat damals noch ein echtes Interesse an den Menschen der Stadt und an ihrem Glauben gehabt«, meint der Priester, und sein linkes Unterlid zuckt bei diesen Worten nervös auf. »Doch dann, mit den Jahren, sind seine Inszenierungen immer künstlicher geworden!«

Perchten ... Breitensee denkt an die Gestalt, die ihn verfolgt und zusammengeschlagen hat und die er im Mondlicht nur erahnen konnte, und dann an die Krampus- und Perchtenumzüge aus seiner Kindheit, dieses alte Brauchtum, wo Männer in Tierfelle gehüllt und mit Masken bekleidet durch die Gegend ziehen, und begreift.

»Sie sind in ein Perchtenkostüm geschlüpft«, sagt er. »In dieser Maskerade haben Sie mich am Marienmarterl niedergerungen. Richtig?«

Die wulstigen Lippen des Priesters beben. »Wir brauchen keine Juden! Das hier ist eine katholische Stadt!«, sagt er dann fest.

Breitensee möchte schon aufbrausen, doch Wutz bedeutet ihm mit einer sanften Geste, sich zu beruhigen.

»Und warum haben Sie dann den Kommissar angegriffen – und nicht den Regisseur?«, fragt er.

Der Priester gerät ins Stammeln. »Ich ... ich wollte, dass die Ermittlungen aufhören«, murmelt er. »Die Presse, der Rummel. Früher war es so friedlich hier in unserer schönen Stadt. Und dann ...« Schuldbewusst blickt er Breitensee an. »Dann kamen die Schlagzeilen: ›Wer tötet den Tod?‹ – ›Junger Schauspieler kurz vor Premierenbeginn erstochen‹ und so weiter«, fährt er fort. »Und ich hatte das Gefühl, der Friede in der Stadt sei gestört, und Reinhardt bekommt noch mehr Aufmerksamkeit als ohnehin schon.«

»Gut, aber noch einmal: Sie hätten auch Max Reinhardt angreifen können«, wiederholt Breitensee das, was Wutz gesagt hat.

Braun schüttelt den Kopf. »Nein, das wäre zu auffällig gewesen. Abgesehen davon glaube ich nicht, dass er als Jude noch so oft bei uns in Salzburg inszenieren wird dürfen«, erklärt er.

Breitensee fährt irritiert zurück. Der Nationalsozialismus und seine Ideologien sind voller Schatten, denkt er bestürzt.

»Und außerdem wollte ich Ihnen einen Denkzettel verpassen, weil Sie meine arme alte Freundin Barbara Pöcksteiner verdächtigt haben«, fügt Braun hinzu.

»Warum haben Sie sich jetzt gestellt?«, will Wutz schließlich wissen.

»Weil –«

»Sagen Sie nicht, es war wegen Gott.« Breitensee lacht zynisch, doch er hört sofort wieder damit auf, denn plötzlich überfällt ihn ein aggressiver Kopfschmerz. Es dröhnt, als steckte sein Schädel in einer riesigen Glocke. Breitensee spürt einen Nerv neben dem linken Auge zucken, genau da, wo seine inzwischen deutlich reduzierte Schwellung verläuft.

»Es war wegen des Stück Fells, hab ich recht?«, fragt er etwas leiser. »Sie hatten Angst, dass Sie durch das Indiz auffliegen.«

Pfarrer Braun hält den Kopf gesenkt und macht keine Anstalten, zu antworten. Nachdenklich betrachtet Breitensee den Gottesmann, wie er mit hängenden Schultern dasitzt. Der Blick des Pfarrers kratzt am Boden. Lange Zeit ist es still.

»Ja«, sagt Braun irgendwann.

»Und diese – Verkleidung?«, sagt Breitensee. »Dieses – Kuschelfell?« Es soll witzig klingen, aber seine Stimme gickst, während er spricht.

Pfarrer Braun hält den Blick weiterhin gesenkt. »Das war ihre Idee.«

Breitensee beugt sich nach vorne und packt den Priester unsanft am Unterarm, ehe Wutz eingreifen kann. »Wessen Idee?«, schnaubt er.

Ein Schatten läuft über die Züge des Pfarrers. »Die Idee von Barbara Pöcksteiner«, sagt er. »Sie hat mir das Kostüm geborgt. Sie wissen ja: Wir sind Freunde, seit Langem, auch ihren Mann kannte ich gut. Er hat an vielen Perchtenläufen teilgenommen und konnte sich in dem Kostüm richtiggehend in ein Untier verwandeln. Wahrscheinlich hatte Hans Pöcksteiner seine schauspielerische Begabung von ihm.«

»Gut«, sagt Wutz, der die ganze Zeit schweigend zugehört hat, »und nun zum wichtigen Teil. Warum haben Sie Hans Pöcksteiner getötet?«

Da zuckt Pfarrer Braun zurück, dass sein Doppelkinn nur so wabert. »Mit Hans' Tod habe ich nichts zu tun!«, ruft er. »Und mit dem zweiten Mord auch nicht!«

ELSE

SCHMERZ AM MEER

Berlin/Jesolo, 1919

Mit den Schrecklichkeiten des Ersten Weltkrieges schreiten technische und geistige Neuerungen einher: Radio und Flugzeug, Kino und Film. Was sich jedoch am meisten in Else einkerbt, ist der Kampf. Der Kampf und die ihn begleitende Angst, die das Dasein in die Gegenwart zurückholt. Als der Krieg vorbei ist, scheint es, als wäre mit seinem Ende nur die Möglichkeit, sterben zu können, größer geworden. Else fühlt sich alt und nutzlos. Das Leben aber geht weiter, und die Kinder wollen mehr von der Welt sehen.

Den ersten Sommer nach dem Krieg verbringen Else, Max und die beiden Söhne am Meer in Jesolo. Bereits am ersten Tag, kurz nachdem sie ihre Koffer ins Hotel gebracht haben und die Kinder mit dem Vater Ball spielen, läuft Else ins Wasser und taucht unter. Sie schiebt die farblose Dichte, die ihren Körper umgibt, mit weichen Bewegungen von sich. Als sie ausatmet, steigen Blasen vor ihren geöffneten Augen auf. Sie taucht auf, um Luft zu holen, strampelt das Wasser in weißlichen Wirbeln von sich weg, taucht wieder unter. Langsam gleitet sie in die blaue Tiefe hinab, bewegt die durchsichtige Masse um sich herum. Dabei hält sie die Augen offen, betrachtet das Treiben unter sich. Zwischen dem Sand und den Kieselsteinen ist ein Seestern zu erkennen, die rot genoppten Arme weit von sich gespreizt. Wie ein Wesen von einem anderen Planeten kommt er Else vor. Entzückt von dem magischen Anblick verweilt sie einige Zeit reglos, lässt sich nur von den Wellen wiegen. Wie ein Kind in den Armen seiner Mutter kommt sie sich vor; am liebsten würde sie nie wieder an den Strand zurückkehren.

Wie behäbig und schwer der Körper ist, sobald man aus dem Wasser aufgetaucht ist, denkt Else, als sie aus dem Meer steigt und den Horizont betrachtet. Die Trennlinie zwischen Meer und Himmel ist ein Strich, der zu verschwimmen droht, wenn sie die Augen zusammenkneift. Dann ist es nicht mehr, als würde der Himmel sich im Meer spiegeln. Dann ist es, als verschwinde der Unterschied zwischen den beiden: Man kann den Himmel nicht mehr von seiner Spiegelung trennen. Das ist Liebe, denkt Else. Der Himmel liebt das Meer. Und sie begreift, dass Max sie nie so lieben wird.

Die Sonne drängt vom Himmel herunter, als Else zu ihrem Platz am Strand zurückkommt. Es ist windstill. Max und die Kinder sitzen auf einem Handtuch.

»Wo warst du so lange?«, will Max wissen. Er küsst Else, doch diesmal ist es irgendwie anders. Else denkt, dass sein Mund zu klein ist für ihren.

»Bist du glücklich?«, fragt sie, während sie auf ihn herabtropft.

»Mama!«, ruft Gottfried. »Mama, Sandburg bauen!«

Else verdreht die Augen. »Gleich«, sagt sie, »spiel doch ein wenig mit Wolfgang.«

Maulend rauscht Gottfried, den großen Bruder an der Hand, ab.

Stille.

»Ob du glücklich bist, hab ich gefragt«, sagt Else noch einmal an Max gewandt.

Seine Lippen kräuseln sich. Else starrt auf seinen Mund, lange, und als keine Antwort kommt, blickt sie das Meer an, in dem der Himmel versinkt.

»Na ja«, sagt Max irgendwann leise, und seine Augen sind so blau, dass Else wütend wird. Sie glaubt, alles müsste aufhören: die Winde aufhören zu tanzen, die Sonne nicht mehr scheinen, die Sterne verschwinden. Aber nichts von dem geschieht. Nur das Meer zieht sich einen Moment lang zurück, vielleicht, weil es nicht zeigen will, dass es mit Else mitweint.

Nachts kann Else lange keine Ruhe finden. Sie spürt, dass etwas in die Brüche gegangen ist, und kann es doch nicht wirklich benennen. Wie ein Dieb betrachtet sie Max heimlich, als er schläft. Nackt liegt er da, hat die Arme um sich selbst geschlungen, und als Else ihn berührt, spürt sie, dass sein Körper schlafwarm ist. Sie denkt an seine Augen, fühlt ein Ziehen in ihrem Herzen.

»Ich liebe dich«, sagt sie leise, dreht sich um und begräbt den Kopf unter der Decke.

Am nächsten Tag reist Max unvorhergesehen ab; den Kindern sagt er, er müsse etwas im Theater regeln. Else aber weiß, dass er sich trennen will. Sie kann es nicht verstehen; warum der plötzliche Bruch, warum das Erlöschen seiner Begierde? War sie es nicht, die zuerst Karriere gemacht und ihn immer gegenüber den anderen verteidigt hat? Und jetzt, da er sie nicht mehr für seine Laufbahn braucht, wirft er sie einfach weg und lässt sie mit zwei Kindern alleine?

Wenige Wochen nachdem Else und ihre Söhne vom Urlaub heimgekommen sind, zieht Max in ein eigenes Zimmer; er spricht mit den Kindern, doch Else ignoriert er die meiste Zeit. Nach und nach wird er ihr immer fremder. Sie kann seine Nähe nicht mehr ertragen – doch auch ohne ihn kann sie nicht leben. Else gleitet sich verlierend sich selbst aus der Hand. Was bleibt, ist der Wunsch nach Rache – und ein abgekühltes Herz.

OSCAR BREITENSEE

EIN ZWEITES FEST

Salzburg, 1937

Kurze Zeit später hat Wutz Barbara Pöcksteiner auch ein Geständnis entlockt, Pfarrer Braun das Perchtenkostüm ihres Mannes geborgt zu haben – doch mit den Morden wollen die beiden nichts zu tun haben. Breitensee ist ratlos, will am liebsten eine Pause machen, aber es hilft nichts; er muss aufbrechen und sich um Else Heims kümmern, damit nicht noch mehr Unheil geschieht.

Nach einem kurzen Fußmarsch hat Breitensee Else Heims' Unterkunft erreicht, löst den Beamten ab, der dort postiert ist, und wartet vor dem großen Gartentor, bis sie das Hotel verlässt. Dann folgt er ihr in einigem Sicherheitsabstand, beobachtet, wie sie durch die Stadt streift, den Mönchsberg hinauf, hinunter, weiter bis zum Kloster St. Peter. Aus einiger Entfernung kann er sehen, wie sie an die Pforte klopft, kurz mit einem der Mönche spricht, sich dann jedoch abwendet und weitergeht. Schließlich kommt sie am Sankt-Johanns-Spital vorbei – und wäre fast von einer zarten Person niedergerempelt worden. Es ist der Komponist André Reichsmann; feingliedrig steht er neben Else Heims, scheint sich zu entschuldigen. Nach einem kurzen Gespräch folgt er ihr ein Stück ihres Weges, biegt jedoch dann in eine Quergasse ab, und Else Heims setzt ihren Stadtrundgang fort; einen Kreis beschreibend verschwindet sie schließlich wieder in dem Hotel, in dem sie untergebracht ist. Dort bleibt sie auch, bis Wutz den Dienst übernimmt.

Ein seltsamer Fall, denkt Breitensee, als er sich an diesem Abend Schloss Leopoldskron nähert, um eines von Reinhardts Sommerfesten zu besuchen. Im Garten hat man eine kleine Bühne aufgebaut, auf der ein Gitarrist spielt; ringsum herrscht wie auch beim letzten Mal buntes Treiben. Eine Mischung aus Society und Bohème, Politik, Kunst und Geld hat sich im Grünen versammelt. Lyriker, Dramatiker, Salonlöwen und hübsche Frauen stehen mit ihren Sektgläsern in der Hand da und unterhalten sich; hin und wieder ertönt das kitzelige Lachen einer Schauspielerin oder Sängerin, das die plätschernde Musik übertönt, und der Spätsommerwind weht durch die Weiden, die das Schloss umgeben. Breitensee blinzelt in die Sonne, die sich im Weiher spiegelt, sieht sie langsam untergehen.

Kaum jemand der Besucher ahnt, dass mit dieser Sonne vielleicht eine ganze Kultur untergeht, denkt er. Noch feiern sie sich hier, aber das wird in ein paar Wochen, nach der Dernierenfeier des »Jedermann«, wieder vorbei sein; und wie es weitergeht – wer kann das wissen? Eines jedenfalls ist sicher: Man will keine Juden in Deutschland und auch keine mehr in Österreich. Breitensee seufzt. So kritisch er dem Regisseur auch gegenübersteht, Max Reinhardt *ist* Schloss Leopoldskron, und das seit vielen Jahren – zu wissen, dass er es vielleicht aufgrund des aufkommenden Nationalsozialismus verlassen muss, scheint unvorstellbar. Hier spielt man Theater, in Park und Ballsaal, da, wo noch Mozart als Wunderkind dem Bischof von Salzburg vorgespielt hat. Hier gibt es Gartenfeste, Molière-Aufführungen auf einer kleinen Tribüne neben dem Weiher, Tee mit Herzoginnen und illustre Feste – alles ist ähnlich musikalisch wie in den alten Zeiten.

Breitensee betrachtet das Leben um sich herum wie eine verblichene Fotografie; da ist der rotgesichtige Darsteller des Mammon; er bewegt seine flossenartigen Hände, wischt sich über den haarlosen Schädel, während er spricht; da ist André Reichsmann, der nicht von Max Reinhardts Seite weicht; und auch die Hauptakteure des Stücks, die Darsteller des Jedermann und der Buhlschaft, sind gekommen. Ob Anna wohl auch noch erscheinen wird?

»Der Ton einer Geige mit Dämpfer kann schön sein, aber wer will ihm auf ewig lauschen?«, hört Breitensee plötzlich eine Stimme neben sich. Er dreht sich zur Seite und blickt in die feinen Züge André Reichsmanns.

»Was meinen Sie damit?«, fragt Breitensee, obwohl er es genau weiß.

»Nun, ich bin mir sicher, es wird nicht mehr lange dauern, dann wird das Schloss von den Nazis beschlagnahmt werden«, sagt Reichsmann, und in seinen blauen Augen blitzt es. »Es ist schade, Max hat so viel in das Schloss investiert. Es war völlig heruntergekommen, er hat es wieder her- und eingerichtet. Das ist seine Passion, alte Häuser zum Leben zu erwecken. Für ihn sind sie wie Körper.«

Breitensee nickt, während er zum wiederholten Mal überlegt, woher ihm Reichsmanns Augen so vertraut vorkommen.

»Es ist so ähnlich wie mit den Schauspielern – darüber hatten wir das letzte Mal gesprochen«, sagt er.

»Genau«, antwortet André Reichsmann. »Sie sind ein aufmerksamer Zuhörer.«

In dem Moment räuspert Max Reinhardt sich und erklärt dann mit lauter Stimme, dass er eine kleine Führung durch das Schloss geben wolle. Breitensee und Reichsmann folgen der rauschenden Menge ins Treppenhaus, die Stimmen vervielfachen sich, hallen als Echo von den marmornen Wänden wider.

Breitensee sucht nach Anna, doch sie scheint nicht hier zu sein, auch Else Heims kann er nirgendwo finden; wahrscheinlich erholt sie sich von ihrem Schwächeanfall. Also zieht er mit dem Strom der Gäste durch die Räume und staunt über das, was er zu sehen bekommt. Kostbarstes Mobiliar hat Max Reinhardt da zusammengetragen; Silberbestecke und herrlichstes Porzellan, von Paris herbeigeschaffte Lüster, Boiserien und

Chinoiserien; aber auch Skulpturen, Malereien und Grafiken alter wie zeitgenössischer Künstler – und im zweiten Stock befindet sich sogar eine Bibliothek.

»Hier wollte Max die Atmosphäre der Bibliothek in St. Gallen wiederholen, weil sie ihn so beeindruckt hat«, wispert André Reichsmann, und seine Stimme hat einen andächtigen Ton.

Breitensee lässt den Blick schweifen. Kristalllüster hängen von der Decke; ein Mahagonitisch steht in der Mitte des Raumes, die Wände säumen Bücherregale von einem tiefen und fruchtigen Braun, die mit in Kapitellen endenden Säulen versehen sind. Breitensee legt den Kopf in den Nacken und blickt in ein Spiegelgewölbe mit Bildschmuck, sieht sein Gesicht unter der Menge von oben auf sich zurückgeworfen.

»Vor einigen Jahren war der berühmte Dichter Carl Zuckmayer hier zu Gast; angeblich schrieb er in diesem Zimmer die ersten Szenen seines neuen Theaterstücks«, raunt Reichsmann weiter, und seine sonst so blassen Wangen beginnen zu glänzen.

»Interessant«, sagt Breitensee, weil er nicht unhöflich sein will; doch inzwischen hat er Annas Gesicht zwischen all den Menschen entdeckt, und seine Aufmerksamkeit verlagert sich.

»Entschuldigen Sie mich«, sagt er freundlich und schiebt sich durch die um ihn herwogende Masse an Körpern zur Galerie, an der Anna gerade steht. Sie trägt ein silbernes Cocktailkleid, hat ein elegantes Samtcape um die Schultern gelegt und wirkt viel weiblicher als beim ersten Fest.

»Küss die Hand«, flüstert Breitensee und lächelt sie an.

»Wie geht's der Wange, Herr Kommissar?« Anna zwinkert lächelnd.

»Schon besser«, sagt Breitensee. Und dann, kurz entschlossen: »Es ist sehr heiß hier. Und zu laut. Wollen wir nicht ein wenig im Garten spazieren gehen?«

Inzwischen ist die Sonne untergegangen, und der Mond steht am Himmel; ein geheimnisvolles Licht hängt in den Weiden am See. Breitensee und Anna spazieren das Ufer des Weihers entlang und erreichen schließlich einen morschen Pavillon mit bunten Fenstern. Das kleine Bauwerk prunkt mit Gold und Silber, und mit einem Mal kommt es sogar Breitensee, der nicht sehr anfällig für Kitsch ist, so vor, als sei er in einem Märchen gefangen.

»Wer weiß, ob wir hier noch oft feiern werden«, sagt Anna melancholisch. »Landeshauptmann Rehrl, der Max sehr unterstützt und immer vor Angriffen geschützt hat, wurde eben stark von den Nazis angefeindet – und wie es mit den Festspielen weitergeht, steht in den Sternen.«

»Sehr traurig«, erwidert Breitensee, doch eigentlich spürt er im Moment keine Traurigkeit, denn im dämmrigen Abendlicht des Sommers leuchtet Annas Gesicht ihn an. Er überlegt nicht mehr, er nimmt es in seine Hände. Endlich, denkt er. Dann küsst er sie.

Doch das Glück des Kusses hält nicht lange an; kaum hat Breitensee seine Lippen von denen Annas gelöst, strömt schon die Menge wieder aus dem Schloss heraus, aber diesmal wirkt die Stimmung viel weniger ausgelassen als noch gerade eben. Breitensee begreift auch sofort, warum: Ein SA-Mann ist zum großen Tor hereingekommen und hat sich vor Max Reinhardt aufgebaut. Wie angegossen umschließt die Uniform seinen Körper, die breiten Schultern, und in einem hämischen Lachen blitzen seine Zähne auf.

»Bitte gehorsamst«, begrüßt Max Reinhardt ihn, »was wünschen Sie?«

»Mich umsehen will ich«, bekommt er zur Antwort.

Der SA-Mann sieht so scharf geschnitten aus vor dem abendlichen Himmel, dass es sogar Breitensee etwas mulmig wird. Groß aufgebaut hat er sich vor dem kleinen Reinhardt und kommt sich selbst offensichtlich vor wie die personifizierte Herrlichkeit. Reglos steht er da, kerzenstramm. Allein an seiner Schläfe pulsiert, wie Breitensee erkennen kann, eine Ader. Sonst bewegt sich nichts an ihm.

»Wir wollen das Schloss einmal unter die Lupe nehmen«, sagt der SA-Mann scharf, weil Max Reinhardt nicht antwortet. Sein Kehlkopf kratzt über den hochgeschlossenen Uniformkragen, während er spricht. Blau und rötlich klettern die Venen über seinen Schädel, während er ein- und ausatmet. Breitensee graust es.

»Wie Sie wissen, hat Prinzessin Stéphanie von Hohenlohe aus Wien Interesse, Schlossherrin von Hitlers Gnaden zu werden, und wir sollen ihr in den nächsten Tagen berichten, in was für einem Zustand das Schloss ist. Wer weiß, vielleicht zieht es Sie ja irgendwann in ein anderes Land …«, fährt der Mann fort, da Reinhardt immer noch schweigt. Breitensee kann sehen, wie etwas in den Zügen des Regisseurs auseinanderbricht.

»In Ordnung«, sagt Reinhardt leise, sieht den SA-Mann ausdruckslos an und macht eine ausholende Geste, »sehen Sie sich um. Aber noch wohne ich hier.«

INTERMEZZO 2

Er kommt zu sich. In ihm ist etwas gerissen. Langsam nur beginnt er, sich zu erinnern. Er schluckt, während die Schemen um ihn herum wieder an Kontur gewinnen, lässt seinen Blick umherschweifen. Ein Mann beugt sich über ihn und greift unsanft nach seinen noch tauben Händen, hält sie fest. Er starrt den Mann mit einer Mischung aus Faszination und Abscheu an, während der ihn in die Höhe zerrt. Doch dann lacht er. Denn in seinem Kopf, ja in seinem Körper ist etwas, unbeschreiblich, stark: eine Melodie, süß und vollkommen wie das Gesicht einer schönen Frau. Sie schwillt an, wird lauter und lauter und nimmt sein gesamtes Ich ein. Dann reißt sie ab. Und er liegt in einem Zimmer, ringt mit einem Mann, den er kennt, doch er weiß nicht, woher.

Aber das ist jetzt egal, weil er der Tod geworden ist, ganz. Denn immer wird er der Tod, wenn der Schmerz zu groß wird; er verwandelt sich, und alles liegt dann allein in seinen Händen.

»Der Tod muss töten!«, möchte er sagen. Doch plötzlich wollen die Worte einfach nicht mehr aus ihm herauskommen. Der Mann starrt nur, starrt ihn an. Die Blicke drücken ein Loch in ihn. Er lacht, aber dann bekommt er Angst. Er steht rasch auf, wirft sich gegen den Mann, schlägt ihm auf die Brust und will sich an ihm vorbeischieben, doch der Mann ist stärker. Er packt ihn, packt fest zu. Hinter ihm kommt ein weiterer Mann herein, dann noch einer. Sechs starke Hände greifen nach ihm.

Und auf einmal hat er eine rote Farbe im Hirn; sie schwillt an, als wäre sie ein Luftballon. Hände halten ihn fest, an Füßen und Kopf. Fremde Hände, die sich gegen seine Stirn pressen. Er möchte schreien vor Schmerz, doch da kommt die Melodie wieder, und er lächelt. Spürt keinen Schmerz mehr, als man ihn fixiert. Süß und sanft sind die Harmonien, Welle um Welle schaukeln sie ihn hinüber in eine Welt jenseits der Schatten, in der er anders wird, ein anderer wird, sich seine Geschichte neu erfinden kann, endlich.

Dort, wo man ihn hinbringt, sind die Häuser dicht aneinandergepresst. Sie stehen da wie Schachteln. Er sieht verglaste Fenster. Dann: eine Anstaltspforte. Dann: dunkel. Dann: graue Nebelbänke wie Meer vorm Blick. Eine Schicht, die die Sicht verdirbt. Dahinter ein Raum. Weiß sind die Wände und auch die Betten. Er liegt mit anderen im Zimmer, mit Fremden, das ist er nicht gewohnt. Ihre Gesichter sind weich und schlabbrig, die Kinne wie Kragen, die noch ihre austernhafte Bleichheit unterstreichen.

»Warum seid ihr so aufgebläht?«, fragt er und hat plötzlich Angst.

»Das kommt von den Pillen«, antwortet der eine.

»Die sind großartig«, sagt ein anderer.

»Genau«, ruft ein Dritter. »Wir schlagen uns um sie!«

Ja, auch er bekommt jetzt diese Pillen. Wie Augenbinden sind sie, und sie machen dumpf. Sie stülpen sich über den Kopf wie eine Glocke, und das Leben um ihn herum ist dann in Wolken gehüllt. Nichts kommt mehr nahe, nichts tut mehr weh. Wie damals, in der Kindheit, denkt er. Dieser Gedanke tröstet ihn, und so schläft er trotz der Fremden im Zimmer ein.

Als er aufwacht, packt ihn jedoch wieder die Angst. Vergitterte Fenster umgeben ihn und Liegen aus Stahl, in denen wie in Kokons Körper in Decken gewickelt daliegen. Er erinnert sich nicht, wie er in dieses Zimmer gekommen ist. Er wühlt in seinem Kopf nach Bildern, an denen er sich festhalten kann. Aber es ist, als wären alle Brücken der Erinnerung abgebrochen. Er will aufspringen. Will weg sein. Aber er ist angekettet. Er möchte schreien, doch ihm fehlt die Kraft.

»Wo bist du?«, sagt er leise. »Tod, mein Bruder, wo bist du?«

ELSE

DIE TRENNUNG

Berlin, 1919–1920

In den Monaten nach dem Urlaub am Meer leben sie und Max nebeneinanderher, und Max liebt Else nicht mehr. Er verbringt die meiste Zeit im Theater, an dessen inhaltlicher wie architektonischer Planung er unaufhörlich arbeitet. Hin und wieder besucht Else eine der Vorstellungen, doch der Ort ist ihr fremd geworden wie alles andere auch. Max Reinhardt hat aus der Spielstätte des Deutschen Theaters ein Monument gemacht. Unter einer Riesenkuppel kunterbunter Stalaktiten in einem Wald hoch aufschießender Säulen darf der Zuschauer Platz nehmen und sieht sich einer imposanten Drehbühne gegenüber, getrennt von ihr durch die Tiefen eines Orchestergrabens. Rund dreitausend Menschen kann der Raum inzwischen fassen, und er besticht durch seine hochdramatische expressionistische Architektur.

Ein Gebäude, das der Ewigkeit trotzt, denkt Else, während sie sich in die erste Reihe setzt und darauf wartet, dass das Stück beginnt. Ihre Familie hingegen ist ein finsterer, morscher Bau, der jeden Moment einstürzen kann: Im Haus am Kupfergraben 7 fühlt Else sich längst nicht mehr wohl.

Auch Goethes »Faust« kann sie an diesem Abend nicht verzaubern. Die aus Waldboden gezimmerten Holzbretter, die Else von der eigenen Probenarbeit so gut kennt, beginnen zu knarzen, als der Darsteller die Bühne betritt.

Sie beugt sich ein Stück nach vorne, bemüht sich, gespannt zu sein auf das, was nun kommt. Ein leichter Schweißfilm glitzert dem Schauspieler auf der Stirn, die ruckartig durch die Beleuchtung erhellt wird, fast wie durch Blitze während eines Gewitters. Else schließt die Augen. Als sie sie wieder öffnet, ist es ihr, als sähe sie alles durch eine Glaswand. Wie flach diese Inszenierung ist, denkt sie. Keine Brüche, keine Ritzen, keine Kerben. Der Beifall ist sicher, aber Else hat es bald satt. Immer wieder erinnert sie sich an den einen Moment, in dem ihr der Atem stockte, den Moment, als sie das erste Mal den »Sommernachtstraum« gesehen hat. Ja, so wie sich das angefühlt hat damals: Das ist ihre Vorstellung einer gelungenen Inszenierung! Roh sollen die Schauspieler sein, mit genau der Farbe frischer Frucht im Gesicht, die ihnen in Wahrheit eigen ist. Keine Schminke. Ein schlichtes Kleid, ein scharfer Geist, denkt sie. Es braucht keinen Firlefanz. Plötzlich begreift Else, dass sie sich verändert hat, dass sie gereift ist. Am Anfang war Theater in jeder Art schön für sie, auch in seinen Schnörkeleien, in seinem Prunk – aber jetzt, seit sie jeden Tag durch die harte Realität des Alltags muss, ist sie dessen auf einmal müde. Das Stück zieht rasch an ihr vorüber, der Applaus tost, wie sie es erwartet hat.

»Und, wann wird man Sie wieder auf der Bühne erleben?«, will ein Kollege wissen, als Else kurze Zeit später den großen leuchtenden Saal betritt, in dem die Premierenfeier stattfindet. Else zuckt zurück. Die Worte sind Steine, die in sie fallen, Kreise ziehen.

»Man wird sehen«, sagt sie bemüht gelassen und schluckt schwer, während sie sich umsieht. Und merkt, was ihr fehlt: Menschen, die sie inspirieren, Umgebungen, in denen sie blühen kann, das Theater, die Kunst; alles, was da draußen liegt, jenseits der Enge ihres Hauses, fehlt ihr. Doch sosehr sie wieder in ihr früheres Leben zurückmöchte: Das unbeschreibliche Durcheinander von hohen Absätzen, edlen Kleidern und geschminkten Gesichtern ist ihr jetzt unangenehm und fremd. Der Lärm sirrt in ihren Ohren; das Klirren der Sektgläser, die funkelnden Kristalllüster – alles kommt zu nah an sie heran und berührt sie doch nicht.

Else bemüht sich, Gespräche zu führen, so zu tun, als sei alles wie früher, doch es gelingt ihr nicht. Als dann auch noch Max erscheint, der eine blonde Frau am Arm führt, die einer Wolke gleich über den Boden schwebt, dreht sie sich um und geht rasch nach Hause.

Als sie sich an diesem Abend im Spiegel sieht, erschrickt sie. Ihre Lippen erinnern an kranke Blumen; wie verwelkt sieht sie sich selbst entgegen und mit ihrem Blick der Abschied, der Tod. Ihr Gesicht ist hager geworden, und die Lider schimmern gelblich; ja, krank sieht sie aus. Schnell blickt sie weg. Ich werde besser spielen, denkt sie und presst die Lippen zusammen.

Doch zu Hause schwappt wieder die Mühseligkeit des Alltags über sie. Mit den beiden Söhnen kommt es schon bald zu Streitereien; denn noch leben Else und Max im selben Haus, auch wenn er sie ignoriert. Und Else will auch nicht gehen. Schließlich hat sie ein legitimes Wohnrecht, und ihre Strategie ist, zu bleiben, solange sie kann. Wie ein Mahnmal will sie sein, das Max an seine Verantwortung erinnert und ihm einen Neubeginn schwer macht. Noch gibt es den Familientisch, an dem die Kinder zu den geregelten Zeiten beim Essen sitzen, doch die beiden sehnen sich zunehmend nach Max, der ganz andere Rhythmen hat als die, die Else und das Hausmädchen vorgeben. Immer wieder ertappt Else Gottfried, der von Tag zu Tag pummeliger wird, dabei, wie er heimlich vom Trakt des Vaters zurückkommt, ein Brötchen oder einen Apfel in der Hand.

»Ist denn der Tisch deiner Mutter nicht gut genug für dich?«, schimpft sie.

Gottfried schürzt dann die Lippen, legt die Stirn in Falten und starrt zu Boden.

»Ich will bei Papa essen!«, sagt er, jedes Mal wieder, und jedes Mal zerrt Else ihn zurück in ihren Teil des Hauses.

Am schlimmsten sind die Feiertage; dann lockt Max, der nicht ins Theater muss, seine Jungs stets mit Essen – und die lieben doppelte Portionen. Else ist wütend. Bis zum Rand war ihr Leben voll mit der Liebe ihrer Kinder, und nun entzieht Max ihr auch noch die beiden Söhne.

So vergehen die Monate. Die Bücher sind inzwischen wieder Elses einzige Freunde, wie damals in ihrer Kindheit helfen sie ihr dabei, die Zeit zu vergessen. Ein Tag fällt in den anderen, und bald naht der 24. Dezember. Und obwohl Else aus einer orthodoxen Familie stammt, hat sie die letzten Jahre auf Max' Drängen hin, der von dieser Mode viel hält, immer Weihnachten mit ihren Kindern gefeiert. Doch diesmal ist es kein Weihnachten wie früher, denn Else hat keine Familie mehr. Oft sitzt sie einfach nur still da und blickt in die Vorhänge aus Flocken, die sich am Himmel gebildet haben. Draußen hinterm Fenster glitzert Rauschnee. Weiß ist er, aber die Dunkelheit ist trotzdem immer da und schickt ihre Schatten um die Häuser. Weihnachten ist nun kein friedliches Fest mehr; das Haus hat sich in ein Schlachtfeld verwandelt, auf dem Else und Max ihre Kämpfe austragen.

Als der Tag naht, geht Else besonders radikal vor. Wie jedes Jahr schmückt das Hausmädchen den Baum, und Else legt ihre Geschenke darunter. Immer noch hat alles seine Ordnung im weißen Esszimmer, alles ist an seinem Ort: die Krippe mit den bemalten Figuren, der Baum, die Geschenke – und auch die Zeit ist eingeteilt wie früher, als sie mit Max und den Kindern gefeiert hat. Zu Beginn der Bescherung werden ein paar Lieder gesungen, und dann spielen Gottfried und Wolfgang Else ein kleines Krippenspiel vor; doch Wolfgang wirkt diesmal ein bisschen schamhaft. Als auf einmal auch noch Max im Zimmer steht, läuft er rasch zu Else und verbirgt sein Gesicht in ihrem Rock, versucht, sich zu verstecken.

»Ihr feiert schon?«, fragt Max irritiert und nimmt seine Melone ab.

»Ja«, entgegnet Else scharf und streicht Wolfgang über den braunen Haarflaum. »Du bist herzlich eingeladen; die Kinder stehen dir aber nach der Bescherung nicht mehr zur Verfügung!«

Max stellt die Pakete ab, die er mitgebracht hat, und wischt sich über das Gesicht.

»Na gut«, sagt er achselzuckend, »dann gehe ich wieder.«

Else holt tief Luft. Die Wut in ihr platzt auf wie ein riesengroßer Ballon. Vernichten, denkt sie. Ich muss diesen Mann vernichten. Mit einem Mal ist Else wieder klein, ist das Kind, an dem der Vater an Weihnachten einfach vorbeilächelt, ist die junge Frau auf der Bühne, auf die der Vater nicht stolz sein kann.

»Schöner Vater!«, schreit sie laut auf. »Schöner Vater!« Und sie weiß, dass sie einerseits Max meint – aber andererseits auch ihren eigenen Vater.

Tödlich erschrocken zuckt Wolfgang zusammen und läuft zu Gottfried, der klein und blass zwischen einem Haufen aus Geschenken unter dem Weihnachtsbaum kauert. Max wendet sich noch einmal um und streckt in einer ruckartigen Bewegung die rechte Hand aus, in der er seinen Regenschirm hält. Else strauchelt zurück, kann gerade noch rechtzeitig den Kopf einziehen. Einen Moment lang sieht sie Max fassungslos an. Das ist fast wie in Hauptmanns »Das Friedensfest«, mit dem wir so große Erfolge gefeiert haben – wie lächerlich das Leben ist, denkt Else. Und wie von selbst bricht sie in schallendes Gelächter aus.

»Du glaubst doch nicht, dass ich Angst vor dir habe?«, sagt sie, auf einmal gefasst und ernst. Und dann, als Max bereits zur Tür hinaus ist: »Ich habe nicht einmal mehr Angst vor dem Tod.«

Wenig später erleben sie und die Kinder, wie Max auszieht. Ein Möbelstück nach dem anderen wandert in einen großen Wagen, der vor dem Haus geparkt hat. Else schließt sich in ihrem Schlafzimmer ein und blickt aus dem Fenster. Es ist, als beginne der Raum um sie herum zu stottern; die Sonne fällt auf den Fleck, an dem sie steht, doch sie spürt sie nicht. Gegenstand um Gegenstand sieht Else ihr Leben aus dem Haus verschwinden. Sie weiß nicht, was sie tun soll. In ihr ist eine namenlose Wut; am liebsten würde sie Max töten, ihn zugrunde richten. Ihre Gedanken eilen ihr voraus, sind zu schnell, als dass sie sie fassen könnte. Else fühlt ihr Ich in eckige, harte Formen zerfallen. Ich bin ein Fremdkörper in meinem eigenen Leben, denkt sie.

Um sich zu beruhigen, wendet sie sich vom Fenster ab und beginnt, durch das Zimmer zu streifen. Else bewegt Beine, die ihr nicht gehören, Arme, die nicht ihre sind. Jeder Schritt fühlt sich schwer an. So, als ginge sie durch Schnee oder als hätte sie Steine an den Sohlen. Else verlagert ihr Gewicht von einem Fuß auf den andern, und dann plötzlich: Für einen Moment tritt sie aus sich selbst heraus und betrachtet sich. Dabei sieht ihr Körper von oben nicht anders aus als sonst, und das beruhigt sie ein wenig. Else ist wie ein kleiner Fleck, zusammengerollt auf einem Parkettboden. Alles ist gut, denkt sie. Dann wird es dunkel.

OSCAR BREITENSEE

DIE PREMIERE

Salzburg, 1937

Die gute Stimmung auf Schloss Leopoldskron ist zerschlagen. Als Max Reinhardt mit dem SA-Mann die Treppen hochgeht, verschwinden die Besucher langsam aus dem Garten. Breitensee will sich Anna zuwenden, doch die ist gerade mit André Reichsmann in ein Gespräch vertieft, und so beschließt er, sich gedanklich wieder seinem Fall zuzuwenden. Er überlegt, wer noch als Verdächtiger für die beiden Morde in Frage kommen würde, und mit einem Mal fällt ihm Else Heims ein. Soweit er weiß, ist Reinhardt seit einigen Jahren mit der Schauspielerin Helene Thimig verheiratet – was, wenn Else sich an Max Reinhardt rächen will?

Nein, überlegt Breitensee, wieso sollte sie dann in seinem Stück auftreten? Oder vielleicht ging es gerade darum: Else Heims wollte Max Reinhardt nahe sein und sah ihre einzige Chance, Zeit mit ihm verbringen zu können, darin, in seiner Inszenierung mitzuspielen. Aber kann man ihr einen, nein, sogar zwei Morde zutrauen?

Breitensee beschließt, dass es am sinnvollsten ist, den Sohn von Else und Max Reinhardt zu befragen.

Gottfried steht auch tatsächlich gerade im Licht einer der Laternen, die den Weiher säumen, blickt gedankenverloren in den Weiher und raucht.

»Guten Abend, Herr Kommissar«, nickt er Breitensee zu, als dieser sich ihm nähert.

»Guten Abend. Sagen Sie, Gottfried, ich muss Ihnen einige

weitere wichtige Fragen stellen. Wie schätzen Sie das Verhältnis Ihrer Eltern ein?«, fragt Breitensee ohne Umschweife.

Gottfried seufzt. »Sie sind lange getrennt; Mama hat es Papa nie so richtig verziehen, dass er sie verlassen hat«, sagt er leise und mit einem leichten Schatten in den Augen. »Auch an ihre Erfolge konnte sie nicht wieder anknüpfen, als wir groß genug waren. Es hat nicht so richtig geklappt; von der Bühne ist sie ganz weggekommen, hat nur einmal im ›Zerbrochenen Krug‹ gespielt und dann zwei Stummfilme gedreht in den letzten fünfzehn Jahren.«

Breitensee fühlt sich bestätigt. Klingt nach einem Motiv, denkt er.

»Umso besser, dass sie jetzt wieder die Gelegenheit hat, aufzutreten«, sagt er. »Wie fiel denn aber die Auswahl auf Ihre Mutter, wissen Sie das? Es ist ja recht unüblich, den Tod mit einer Frau zu besetzen …«

Der Schauer eines Lächelns läuft über Gottfrieds Gesicht. »Ja, das ist es. Ich glaube, es war letzten Endes ein Zeitproblem. Meine Mutter hat ein außergewöhnliches Gedächtnis, wissen Sie. Sie kann innerhalb kürzester Zeit alle Texte auswendig, die man ihr vorlegt«, erklärt er, und sein Blick kratzt kurz an der Oberfläche des Weihers, der still im Mondlicht glänzt.

»Erstaunlich«, sagt Breitensee anerkennend. »Noch eine andere Frage: Wann kam Ihre Mutter denn in Salzburg an?«

Gottfried legt die Stirn in Falten, Breitensee glaubt, es in seinem Kopf arbeiten zu sehen.

»Das war …«, antwortet er, im Sprechen nachdenkend, »letzten Samstag. Genau zwei Tage nachdem der zweite Mord geschah.«

Breitensee nickt. Also hat Else Heims ein Alibi, denkt er. Sie war, als man Pöcksteiner erstach, noch in Berlin. Zumindest scheint es so. Nun, er würde Wutz bitten, das noch einmal sorgfältig zu prüfen.

»Lieben Dank, Sie sind eine große Hilfe«, sagt er und lächelt.

»Und jetzt behellige ich Sie noch mit einer allerletzten Sache, die mich interessiert: Wird Ihre Mutter öfters von Ohnmachtsanfällen heimgesucht?«

Gottfried legt schwer atmend den Kopf in den Nacken, und seine Augen tasten einige Zeit lang den Sternenhimmel ab. »Das ist ein wunder Punkt«, murmelt er dann. »Ja, meine Mutter hat dies öfters. Sie erlitt einen ähnlichen Schwächeanfall beispielsweise, als mein Vater ausgezogen ist, aber auch später immer wieder … Danach ist es immer kurz so, als wäre sie ein anderer Mensch.«

Breitensee horcht auf. »Hat sie denn eine psychische Erkrankung?«

»Nicht wirklich; aber ich weiß, dass sie als junge Frau, bevor sie Theater zu spielen begann, auch bereits einen Nervenzusammenbruch hatte. Sie war aber damals sehr unglücklich in ihrem Beruf, und man musste sie in ein Sanatorium schicken …«

Breitensee nickt und bedankt sich. Zeit, Wutz in der Überwachung von Else Heims abzulösen.

Wutz wirkt schon etwas müde, als Breitensee am Hotel ankommt.

»Und?«, will er wissen.

»Nichts«, seufzt Wutz. »Jedenfalls hat sie das Hotel nicht verlassen!«

Breitensee nickt, setzt sich auf eine Parkbank und hält einige Stunden die Stellung, bis der Kollege kommt und den Sicherheitsdienst übernimmt.

Am nächsten Abend ist es so weit: Die Premiere des »Jedermann« findet statt. Die Besucher strömen zahlreich auf den Domplatz, der von nichts als der Kuppel des Himmels überdacht wird. Die Männer kommen in Frack oder Smoking, und auch die exquisiten Garderoben der Frauen machen klar: Hier ist ein illustres Publikum, ein Weltpublikum, das Kunst zu schätzen weiß.

Breitensee nimmt in der ersten Reihe Platz, um einen guten Überblick über das Geschehen zu haben. Diesmal sind es vor allem die von André Reichsmann komponierten Klänge, die ihm dabei helfen, in die Inszenierung des »Jedermann« einzutauchen. Doch nicht allein die Musik ist es; das gesamte Spektakel scheint verwoben zu einem Gesamtkunstwerk, Lustspiel und Trauerspiel, Oper und Schauspiel, Mysteriendrama und Volksstück in einem. Und auch der Handlung kann Breitensee nun viel besser folgen. Die Geschichte ist eigentlich eine, die jeden irgendwie angeht: Gott sendet den Tod aus, damit er den reichen Lebemann Jedermann aus der Welt der Sterblichen holt, und Jedermann, der noch ein wenig Zeit bekommen hat, um sich zu verabschieden, sucht nach einem Begleiter aus der materiellen Welt.

Einen Moment lang muss Breitensee an das Mädchen denken, deren Mord er nie aufklären konnte. Immer hinterlässt der Tod der anderen eine Leere in einem; doch am schlimmsten ist es, wenn Menschen vor ihrer Zeit gehen müssen. Er seufzt, während er die Erinnerung abschüttelt und wieder dem Treiben auf der Bühne folgt.

Er meint zu verstehen, was Max Reinhardts Vision ist: eine Verzahnung aller Ebenen. Breitensee ist ergriffen, doch er bemüht sich, nicht allzu sehr mit dem Geschehen mitzuschwimmen, denn es gilt, einen wachen und distanzierten Blick zu bewahren. Genau in dem Moment erscheint Else Heims, einem schwarzen Vogel gleich, auf der Bühne. Lächelt sie? Lächelt der Tod? Breitensee kneift die Augen zusammen, rutscht auf seinem Platz ein wenig nach vorne, um sie genauer betrachten zu können. Nun wird ihm klar, was die sühnende Kraft des Todes wirklich bedeutet: Abschied nehmen kann nur, wer im Reinen ist.

Er folgt dem Entwicklungsweg des Jedermann, der verzweifelt versucht, Begleiter zu finden – doch weder sein Gesell noch seine Knechte wollen ihm folgen, und auch sein Besitz, der

Mammon, lacht ihn höhnisch aus, als Jedermann ihn um Beistand bittet. So bleiben dem Mann nur seine guten Werke, die zwar gering sind, ihn aber doch vor der vernichtenden Kraft des Teufels retten können.

»Die Welt ist dumm, gemein und schlecht, und geht Gewalt allzeit vor Recht, ist einer redlich, treu und klug, ihn meistern Arglist und Betrug«, schnarrt der Teufel schließlich, vom Glauben und den guten Werken besiegt, wütend – und rauscht ab. Dann beginnen die Glocken zu läuten, und mit der Präzision eines Bühnenscheinwerfers erleuchtet die Sonne mit ihren allerletzten Strahlen den Domplatz.

»Jedermann!«, tönt es von den Kirchentürmen her, und die gesamte Festung vor Breitensee scheint von dem schneidenden Ruf zu erschauern. Inzwischen ist es Abend geworden, und in der effektvoll ausgeleuchteten Fassade fügen die Monumentalstatuen der Heiligen sich wie von selbst in das Bühnenbild ein, so, als wären sie eigens dafür herangeschafft worden. Während sich die Tore des Doms öffnen, kommt es Breitensee so vor, als leuchte das Paradies zu ihm und dem Rest des Publikums herüber; dann wird der tote Jedermann von einer Schar Engel auf eine Bahre gelegt und mit langsamen Schritten ins Gotteshaus hineingetragen – und der Applaus tost.

ELSE

WEITER

Berlin, 1920

Etwas tost in ihrem Kopf. Als Else wieder zu sich kommt, sind da zuerst nur grelle Schatten.

»Was ist passiert?«, fragt sie blinzelnd und sieht sich um.

Das Hausmädchen sitzt an ihrem Bettrand und lächelt traurig. »Sie lagen auf dem Boden«, sagt sie leise. »Also hab ich den Arzt gerufen. Der meinte, das sei wohl ein Schwächeanfall gewesen.«

Else setzt sich auf und stellt ihre Beine auf den Boden. Sie spürt das kalte Holz durch die Zehen bis hinauf in ihr Herz, das hämmert, als wäre es eine Trommel. Das Hausmädchen reicht ihr einen Arm, und Else erhebt sich.

Der Flur ist lang, und Elses Füße wollen nicht so recht. Es dauert, bis das Hausmädchen und sie das Esszimmer erreicht haben, in dem die Kinder sitzen und auf das gemeinsame Mittagessen warten. Else macht zwei Schritte vorwärts, strauchelt, klammert sich noch fester an das Hausmädchen. Sie konzentriert sich, fixiert den Boden. Doch vor ihrem Blick verschwimmt alles, der Boden bewegt sich und bewegt sich doch nicht, und es ist, als würde sie fallen. Als sie sich gesetzt hat, öffnet das Hausmädchen die Vorhänge. Else blinzelt. Eine schreckliche Sonne brennt in ihren Augen.

»Mutter!« Wolfgang sitzt mit bestürzter Miene am Tisch und starrt sie an.

»Mein Lieber!«, sagt Else leise. Ein Lächeln fließt über das Gesicht ihres Sohnes, das so traurig ist, dass Else schlecht wird.

Mit einem Mal laufen Wolfgang und Gottfried auf sie zu, und sie wird umarmt. Doch die Umarmung ist ein Würgen. Else fühlt sich, als stecke sie in einem Schraubstock fest. Ihr Herz macht einen solchen Sprung, dass sie sich an die Brust greifen möchte. Doch es geht nicht. Sie hat keine Kontrolle über ihre Hände. Gottfried, der links von ihr steht und an ihr festhängt, sieht sie mit großen Augen an. Else versucht zu lächeln. Für einen Moment scheint es, als glänze ihre Umgebung – doch dann zersplittert sie in einer raschen Geschwindigkeit zu Glas. Else ist inmitten von Scherben, von Trümmern, und das Licht um sie herum sticht. Sie zwinkert, so als könnte sie das Zuviel an Helligkeit mit den Bewegungen ihrer Lider wegschieben.

»Wollen wir mit dem Mittagessen beginnen?«, fragt das Hausmädchen.

Else fühlt sich stumm, sprachlos. Sie will etwas sagen, doch ihr Gesicht ist erstarrt. Verzweifelt versucht sie, die Bruchstücke ihres Lebens wieder einzusammeln; wie ein Schwarm von Insekten umschwirren die Erinnerungen und Gedanken sie, sirren in ihrem Kopf und lassen sich nicht mehr zu einem sinnvollen Ganzen zusammenfügen.

»Ja«, sagt sie matt. »Lasst uns essen.«

Wie ein riesiger Schatten fällt die Einsamkeit in den nächsten Wochen über Else. Sie fühlt sich, als wäre sie in einem falschen Theaterstück gefangen, dem sie nicht entkommen kann. Die Wärme scheint aus den Dingen zu verschwinden; Else versucht, es mit ihrer eigenen Wärme auszugleichen, doch sie hat nicht genug davon. In diesen Tagen nimmt sie den Briefverkehr mit Wilhelm, ihrem alten Kindheitsfreund, wieder auf, der nach wie vor als Mönch in Salzburg lebt, und wenn die Kinder in der Schule sind, streift sie oft alleine durch die Stadt. Hin und wieder geht sie auch abends aus; auf der Suche nach etwas, von dem sie nicht weiß, was es ist. Die Straßen kommen ihr vor wie Schächte und Berlin selbst wie ein stinkender Moloch.

Einmal kehrt Else in einer Kneipe ein, setzt sich, bestellt ein Bier und hört einer Gruppe junger Männer zu, die Schlager singen. Die Musik ist von so todtrauriger Ausgelassenheit, dass ihr schlecht wird. Sie sieht aus dem Fenster. Draußen zerfällt der Tag langsam in die Nacht. Ich bin alt geworden, denkt Else. Dann steht sie auf und geht.

Sie ist schon fast am Kupfergraben, als ein seltsamer Schwindel sie erfasst. Else merkt, wie sie langsam nach hinten sinkt. In dem Moment zerreißt der Himmel, wird in zwei Hälften gespalten. Glitzernde Lichtstrahlen beginnen sich auszubreiten und sie einzuhüllen. Ihre Gedanken lösen sich in völliges Durcheinander auf. Und dann steht er da, den Kopf in den Nacken gelegt, die Flügel gespreizt, ein Schattenriss gegen den Himmel: der Engel. Else schaudert. Sie sieht das Wesen mit den riesigen Schwingen an, das plötzlich vor ihr steht. Die Augen des Engels sind noch schwärzer als schwarz. Else merkt, wie ihr bang wird. Sie hat nicht gewusst, dass es eine tiefere Tiefe gibt als die der Musik. Doch es gibt sie, und sie ist in den Augen dieses Wesens zu finden.

Da beginnt die Gestalt mit den machtvollen Flügeln zu sprechen, mit einer Stimme, die gleichzeitig männlich und weiblich klingt und wie das Rauschen des Windes in den Bäumen ihrer Kindheit.

»Du hast mich gerufen?« Der Engel betrachtet Else mit einem Blick, der sie aushöhlt. Er verwirbelt alle ihre Gedanken, zerzaust sie wie ein Lufthauch einem Kind das Haar. Else zittert.

»Habe ich das?«, fragt sie leise.

»Ja. Du bist verzweifelt, glaube ich?« Der Engel lächelt, und Else sieht ihn staunend an. Er ist riesig, denkt sie, er muss sich nicht bewegen oder strecken, sein Blick reicht überallhin.

»Ich bin allein«, antwortet sie. »Immer bin ich mit allem allein.«

»Nein«, sagt der Engel. »Ich war immer da. Nicht nur damals, in deinem Schlafzimmer, in deiner Kindheit. Immer. Ich habe dich nie allein gelassen.«

Else schließt die Augen, denn das Licht wird unerträglich hell.

»Danke«, sagt sie leise.

Als sie die Augen wieder öffnet, liegt sie auf offener Straße. Mit zitternden Händen richtet sie sich auf. Langsam lichten sich die Schleier vor ihrem Blick, und sie sieht in das Gesicht einer jungen Frau.

»Geht es Ihnen gut?«, fragt sie.

»Ja … ja«, stottert Else. Und dann: »Was ist geschehen?«

»Sie sind gefallen«, sagt die Frau. »Einfach so. Ist Ihnen schwindelig?«

Else schluckt. »Nein, ja«, kommt es stakkatoartig aus ihr.

»Gut, dass Sie wieder bei sich sind.« Die Frau lächelt. Else merkt, wie auch sie zu lächeln beginnt. »Können Sie aufstehen?«

Else nickt, erhebt sich langsam. Als sie nach Hause geht, ist ein warmes Gefühl in ihr.

OSCAR BREITENSEE

DER VERFOLGER

Salzburg, 1937

Als die Premiere vorbei ist, rauscht alles zur Premierenfeier hin. Breitensee kann aus den Augenwinkeln Annas zarte Gestalt erkennen, will sie begrüßen, wird jedoch von einem Strom an Menschen zurückgedrängt und verliert sie aus den Augen.

Verdammt, denkt er, ermahnt sich selbst jedoch sofort, dass er ohnehin auf Else Heims achtgeben muss – und folgt den anderen also in den großen Saal, der im »Goldenen Gansl« reserviert ist. Alles wirkt malerisch; das Mondlicht stickt die Nacht auf den Boden des Parketts, vom Fenster hereindringend. Silberne Punkte tanzen einen Moment lang vor Breitensees Augen, als er sich umsieht; ein leichter Schwindel, vielleicht wegen der Hitze.

Das Treiben um ihn her ist bereits in vollem Gange; eine Kapelle steht auf einer kleinen Tribüne und spielt Tanzmusik, und eine Schar Menschen strömt zur Theke, um sich etwas zu trinken zu holen. In diesem Moment taucht Else Heims auf, stellt sich demonstrativ vor die Musiker und zieht mit ihren hellen Händen zwei bunte Fächer hervor. Dann beginnt sie, diese mit ihren Fingern zu beschwören. Nach und nach durchfahren Wellenbewegungen ihre Glieder, und sie fängt an, sich in den Hüften zu wiegen. Der ganze Körper scheint zu vibrieren. Während die Hände wie bunte Vögel durch die Luft flattern, schweben die Füße feenhaft über den Boden, so als ginge sie in der Luft. Else beginnt sich zu drehen und lacht; ihr Tanz gleicht einem Feuerwerk.

Breitensee sieht ihr beeindruckt zu. Für eine Frau ihres

Alters macht diese Heims schon eine gute Figur, denkt er. Allein ihren Ex-Mann scheint das nicht zu berühren; der hat sich mit seiner Geliebten Helene Thimig, einer blond gelockten jungen Dame in schickem Kostüm, an die Bar zurückgezogen.

»Wie gefällt Ihnen Salzburg?«, versucht Breitensee, ein Gespräch zu beginnen, nachdem Else Heims ihre Aufführung beendet hat und sich ein Glas Wein vom Buffet holt.

Sie zuckt mit den Schultern. »Man ist überall fremd, und dennoch kann man vor nichts davonlaufen«, sagt sie und blickt ins Leere.

»Das klingt nicht allzu optimistisch«, sagt Breitensee und prostet ihr zu. Nachdem sie an ihren Gläsern genippt haben, fragt er ohne Umschweife: »Wie stehen Sie eigentlich zu Ihrem Ex-Mann? Wollten Sie sich nie an ihm rächen für all das, was er Ihnen angetan hat?«

Else stößt einen Pfiff aus. »Und ob ich das wollte«, sagt sie, und ein sanftes Lächeln umspielt ihren großen Mund, der an eine Blüte erinnert.

Selten hat er eine ältere Frau mit so einem Mund gesehen, denkt Breitensee, so voll und üppig; die meisten Frauen in Else Heims' Alter haben eher Lippen, die an vertrocknete Laubblätter erinnern; Barbara Pöcksteiner zum Beispiel. Else Heims sieht ihm tief in die Augen.

»Ich wollte Max töten«, sagt sie dann.

»Und jetzt?«, fragt er.

Else zwinkert ihm zu. »Jetzt *bin* ich der Tod«, sagt sie schalkhaft.

»Nein, ernsthaft –«, will Breitensee schon weiter in sie dringen, doch da kommt plötzlich André Reichsmann dazwischen und fordert Else Heims mit einer flattrigen Geste zum Tanz auf. Breitensee denkt, dass er mehr über den Komponisten und sein Leben herausfinden muss; woher kommt der junge Mann ihm nur so bekannt vor? Gleich morgen wird er Wutz bitten, dessen Akte zu studieren.

Wenn die beiden so tanzen, würde man gar nicht vermuten, dass André Reichsmann Else Heims' Sohn sein könnte, überlegt er, während die zwei immer wieder an ihm vorbeiziehen. Der junge Komponist scheint Else zu gefallen; offenbar hat sie ein Faible für Männer, die kleiner sind als sie, denkt Breitensee, während er das Paar betrachtet.

Nach und nach kommen immer mehr Tanzende hinzu, und am Ende sieht er von den beiden nur noch einen rötlichen und einen schwarz gelockten Haarschopf aus der Menge zu sich hindurchschimmern. Breitensee sieht sich um. Max Reinhardt und Helene Thimig sind inzwischen gegangen; und auch Anna kann er nirgendwo mehr sehen. Eigentlich hätte er jetzt gerne Feierabend, doch er muss warten, bis Else Heims aufbricht, um ihr dann wieder zu folgen – aus Sicherheitsgründen.

Endlich legt die Schauspielerin sich ihr Cape um die Schultern und verabschiedet sich. In einigem Abstand folgt Breitensee ihr auf die Straße hinaus. Draußen herrscht tiefste Nacht. Die schwarze Schattenflut Salzburgs spielt überall den Tod nach, denkt Breitensee. Offenbar hat ihn das »Jedermann«-Stück ein bisschen sentimental gemacht.

Er schmunzelt. Es ist bloß die Dunkelheit, sagt er sich dann; sie verzerrt die Dinge um ihn, auch Elses große Gestalt wirkt bedrohlich, als der Mond auf ihr langes Haar fällt, das glänzt wie Pech. In dem Moment beginnt es leicht zu regnen. Das Nass tut gut; jetzt, nach der tagelangen Hitze, empfindet Breitensee es als einen Segen. Ihm ist, als befreie ihn der Regen von all den Anstrengungen der letzten Tage. Beinahe wäre er ins Träumen geraten, während er so hinter Else hergeht – doch da schießt eine Gestalt, in ihren zackigen Bewegungen an eine überdimensionale Fledermaus erinnernd, aus einer Seitengasse auf Else zu. Sie drückt sie gegen die nächstgelegene Hauswand, wo sie die rechte Hand gegen ihren Mund presst und mit der linken etwas aus ihrer Manteltasche ziehen will.

Breitensee läuft los. Im Licht der Straßenlaterne kann er erkennen, dass die Gestalt eine Kapuze über den Kopf gezogen hat; mehr sieht er nicht, denn der Angreifer hat ihn kommen gehört und ergreift rasch, die Hand noch immer an seiner linken Manteltasche, die Flucht.

Breitensee läuft hinterher. Er ist größer als die schwarze Gestalt, doch sie hat um einiges weniger an Gewicht als er; fast scheint sie über die im Nieselregen der mondbeschienenen Nacht silbrig glänzenden Straßen zu fliegen, als wäre sie ein überirdisches Wesen.

Breitensee merkt, wie ihm die Kraft ausgeht, während er hintendreinhastet. Als die Gestalt die Brücke erreicht hat, die über die Salzach führt, gibt er sich noch einmal einen Ruck, legt an Tempo zu und erwischt den Angreifer am Mantel – den er jedoch eine Sekunde später ohne seinen Träger in der Hand hält. Der Schatten ist einfach über die Balustrade geklettert und in die Fluten hinabgesprungen. Breitensee kann es kaum fassen und überlegt einen Moment lang, die Verfolgung aufzunehmen und ebenfalls ins Wasser zu springen, doch als er sich über das Brückengeländer beugt, erkennt er nichts als vom zarten Regen gesprenkelte Wellen.

»Ist er weg?«, hört Breitensee da eine raue Stimme hinter sich. Es ist Else Heims, die, barfuß, ihre beiden Stöckelschuhe in der rechten Hand, auf ihn zuläuft.

»Ja, ich fürchte«, gibt Breitensee ärgerlich zu. »Ist wohl ein guter Taucher; ich konnte nicht sehen, wohin er geschwommen ist. Hat er Sie verletzt?«

Else schüttelt den Kopf; ihr Atem geht stoßweise und etwas rasselnd, als sie sich neben Breitensee an die Brücke lehnt.

»Haben Sie etwas erkennen können? Ein Gesicht, Augen, irgendwas?«, fragt Breitensee.

»Nein«, sagt Else leise, den Blick auf die Fluten gerichtet, die unter ihnen in Wellenbergen und Wellentälern hinfortziehen. »Es ging zu schnell.«

Breitensee ist enttäuscht, weiß nicht, was er sagen soll. Da fällt ihm auf, dass er immer noch den schwarzen Mantel des Unbekannten in seinen Händen hält. Er faltet ihn auf – und ein kleiner Gegenstand fällt aus der Tasche und bleibt mit einem dumpfen Laut auf dem Brückenboden liegen.

Breitensee bückt sich und kann im silbrigen Licht erkennen, dass es sich bei dem Gegenstand um eine Art Skizzenbuch handelt; er lässt die einzelnen Blätter durch die Finger gleiten, ohne zu entziffern, was daraufsteht.

»Wissen Sie was«, sagt er, das Indiz zuklappend, »ich begleite Sie jetzt ins Hotel, Frau Heims. Sie müssen ja einen riesigen Schock haben.«

Else nickt, und eine Weile spazieren sie schweigend durch den sanften Sommerregen, der sich zart und kühlend anfühlt.

»Ich komme mir wie eine Last vor«, sagt Else leise, während sie die Brücke hinter sich lassen.

»Wir sind immer Last und Träger in einem«, entgegnet Breitensee, der nicht weiß, was er sonst sagen soll.

Doch Else achtet nicht auf seine Worte. »Werde ich Max jemals auskommen?«, sagt sie, mehr zu sich selbst als zu ihm. »Er hat so viel Macht über mich …«

»Sie sind mindestens genauso mächtig«, sagt Breitensee, sich an Elses Darbietung auf der Bühne erinnernd. »Und stark. Ich glaube, Sie wissen gar nicht, wie stark Sie sind.«

»Danke«, sagt Else Heims.

Breitensee bietet ihr seinen Arm an, und sie hängt sich ein. So gehen die beiden über die von den Straßenlaternen erhellten Pflaster bis hin zu ihrem Hotel.

»Wie finden Sie denn eigentlich den jungen Komponisten?«, will Else wissen, als sie das eiserne Tor erreicht haben, das in die hübsche Gartenanlage vor dem Hotel führt.

Breitensee zieht eine Augenbraue in die Höhe. »André Reichsmann?«

»Genau – er hat mich gefragt, ob ich mit ihm am Wochenende in ein kleines Berghotel nach St. Wolfgang fahren möchte, zur Hinterleitner Alm«, sagt Else und geht lächelnd davon.

Nachdem Breitensee Else zum Hotel gebracht hat, informiert er seine Kollegen darüber, dass nach einem nassen Mann nahe der Salzach gesucht wird. Dann geht er trotz der späten Stunde ins Kommissariat und betrachtet den Mantel, an dem nichts Auffälliges zu finden ist, und dann das Büchlein genauer. In geschwungener, schöner Schrift sind Skizzen darin notiert, die alle die Inszenierung des »Jedermann« betreffen; kleine Porträts der Hauptdarsteller sowie Spielanweisungen, aber auch Textzitate aus Hofmannsthals Mysterienspiel wechseln einander ab.

Seltsam, denkt Breitensee, es sieht fast so aus, als gehörte dieses Buch Max Reinhardt. Er überlegt. Die Gestalt, der er nacheilte, war klein – zweifellos könnte es der Regisseur gewesen sein, der Else da niedergerungen hat. Hat er nicht bereits früh die Premierenfeier verlassen? Aber warum sollte Reinhardt seine eigene Aufführung boykottieren? Vielleicht weil er Angst hat, es könnte das letzte Mal sein, dass er hier in Salzburg den »Jedermann« inszeniert? Will er sich an der Stadt rächen, an den Nationalsozialisten, bevor er sie und seine so geliebten Festspiele womöglich für immer hinter sich lassen muss? Aber warum Mord an den eigenen Darstellern?

In Breitensees Kopf sirrt es. Nein, denkt er, es ergibt alles keinen Sinn. Seufzend legt er Mantel und Büchlein auf seinen Schreibtisch, ehe er aufsteht und das Büro abschließt.

In der Nacht wird Breitensee von einem Geräusch geweckt. Er fährt hoch – und lässt seinen Blick im Zimmer umhergleiten, denn es ist ihm, als hocke eine seltsame Gegenwart irgendwo im Raum. Er kneift die Augen zusammen. Nein, denkt er, da ist nichts. Nichts als ein gurgelndes Geräusch. Er lauscht – und beruhigt sich wieder. In den Rinnen röchelt es, das ist alles, es ist nur das Regenwasser. Einen Moment lang sieht er aus dem Fenster. Blass und milchig steht der Mond am Himmel, und vor seinen Augen faltet sich der Anblick der nächtlichen Berge auf, sonst nichts. Da durchzuckt ihn wieder das Bild des ermordeten Mädchens; er erinnert sich an Augen, leblos, von einer Farbe klar wie Kristall. Und mit einem Mal weiß er, woher ihm André Reichsmann so bekannt vorkommt: Er hat dieselben Augen wie sie, die unschuldige Tote.

ELSE

DIE ZEIT VERSTREICHT

Berlin/Wien, 1920–1937

Die Begegnung mit dem Engel hütet Else wie einen Schatz; vielleicht hat sie halluziniert, vielleicht waren es die Nerven – egal. Sie will an ihn glauben, und so glaubt sie an ihn. Als hätte dieser Glaube wieder etwas Licht in ihr Leben gebracht, kommt ein paar Tage später auch schon das heiß ersehnte Angebot: Else darf ihre Traumrolle spielen, die Kassandra in der »Orestie« – und das in Wien. Noch dazu ist es Max, der die Regie führen wird, und in Else keimt die Hoffnung auf, dass alles wieder gut werden könne.

Als hinterm Zugfenster die Landschaften an ihr vorbeirasen, rast ihr Herz mit, und drei Tage später ist Else die Erste, die vor dem großen Eingang des Schauspielhauses in der Siebensterngasse steht. Max begrüßt sie freundlich, aber distanziert, und so bleibt ihr nichts anderes übrig, als ganz in der Figur der Kassandra zu verschwinden. Und das fällt Else nicht allzu schwer, denn in der »Orestie«, diesem ihrem neuen Lieblingsstück, geht es um Rache, und Rache ist auch das, was Else im Moment am meisten beschäftigt. Die Handlung der Tragödie ist leicht erzählt: Agamemnon, der seine Tochter Iphigenie geopfert hat, wird daraufhin von seiner Frau umgebracht, die mit ihrem Geliebten ein neues Leben beginnen will, jedoch von ihrem Sohn Orestes getötet wird. Ein Mord jagt den anderen, eine Kette von Verlusten bestimmt die Handlung. Inmitten all dessen ist sie, Else, Kassandra, das wache Auge, die Seherin, die die Dinge überblickt. Else brennt in ihrer Rolle, und in der Pause nach der ersten Probe fühlt sie sich unendlich erschöpft und steht ratlos am Bühneneingang.

»Ist dir langweilig?«, will Max wissen, der eben herauskommt.

Else zuckt mit den Achseln, weiß nicht, wohin sie ihre Arme tun soll. Schließlich steckt sie die Hände in ihre Manteltaschen und krampft sie zusammen. Sie spürt, wie glitschig ihre Handinnenflächen sind. Ja: Sie schwitzt, ist nervös und betreten, und sie ärgert sich darüber. Mit zusammengebissenen Zähnen umschließt sie ihren Daumen mit den restlichen Fingern der Hand.

»Geh doch in ein Kaffeehaus«, sagt Max, ehe sie antworten kann.

»Vielleicht ins Griensteidl?«

In dem Moment taucht eine blonde Frau mit hübsch gewellter Figur neben Max auf; es ist dieselbe, die sie schon einmal im Deutschen Theater gesehen hat. Else schluckt schwer; dann nickt sie und wendet sich mit einer ruckartigen Bewegung ab.

»Bis dann, Lieber«, flötet sie, doch sie ist sich dessen bewusst, dass ihre Stimme zittert.

Keine Antwort. Else geht rasch die Straße entlang. Ein Seifengeschäft, Krämerladen, ein Blumengeschäft, ein Restaurant mit wienerischen Spezialitäten … Else sieht alles, spürt, wie das Leben um sie herum pulsiert, doch sie fühlt sich wie ausgesperrt, kann daran nicht teilhaben. Warum nur hat Max sie noch einmal engagiert? Sie versteht es einfach nicht. Doch es hilft nichts; sie hat das Angebot angenommen.

Bald schon legt Else also eine neuartige Interpretation der Kassandra in der »Orestie« hin, in einem extra für die Eröffnung umgebauten Schauspielhaus in Wien, dieser Stadt, die sie schon bei ihrem ersten Engagement dort so geliebt hat. Doch diesmal empfindet sie keine Freude. Gefeiert und müde kehrt Else nach Berlin zurück.

Die Zeit verstreicht; die Kinder werden groß, sind viel beim Vater, und Else zieht mit dem Hausmädchen in ein kleineres Haus am Rande der Stadt. Inzwischen ist sie in einem Alter, in dem es nicht mehr so leicht ist, neue Engagements zu bekommen. Am Deutschen Theater engagiert man sie längst nicht mehr für die großen Rollen – für die junge Liebhaberin kommt sie nicht mehr in Frage, und für die komische Alte ist sie allen Regisseuren zu jung. Auch Max, der inzwischen ganz seiner Helene Thimig verfallen ist, hat aufgehört, Else für Stücke zu engagieren, was sie oft sehr wütend macht. Also verbringt Else die meiste Zeit mit Lesen, und wenn sie das Gefühl hat, dass ihr Kopf zu voll mit Buchstaben ist, geht sie ziellos durch die Stadt. Manchmal irrt sie verzweifelt durch die Straßen Berlins, auf der Suche nach ein wenig Ablenkung, doch sie entkommt nicht. Max scheint ihr überall aufzulauern. In den Spiegelungen der Schaufenster, in den Konturen der Wolken, ja auch im Wasser der Havel, an deren Ufer sie als Kind so gerne mit Sara gespielt hat, sieht sie sein Gesicht: Max. In allem ist er zu finden, ein reiner heller Spiegel ihrer eigenen Seele, der sie ansieht. Eine fixe Idee, eine Zwangsvorstellung, die sich nicht abschütteln lässt – sie liebt ihn, hasst ihn, will ihn töten und besitzen und kann doch nicht mit ihm zusammen sein.

Wie ein pfadloser Wind irrt Else umher; eigentlich könnte sie sich selbst ihr Grab schaufeln, denkt sie, während sie so die Straße entlangwandert. Die Jahre drängen – aber wohin? An eine neue Beziehung denkt sie nicht; in den Gesichtern aller Männer, die ihr begegnen, sieht sie immer und immer wieder nur ein Gesicht: das von Max.

Eines Abends im Sommer läutet das Telefon. Es ist Gottfried, der gerade seine Zeit bei seinem Vater in Salzburg verbringt.

»Hallo, Mutter. Geht es dir gut?«

Wie Nachtgeräusche kommt Else der Nachhall seiner Stimme im Telefon vor; fremd und von weit her.

»Ja, alles in Ordnung. Wie geht es dir und Papa?«

»Nicht so besonders; wir haben ein großes Problem. Wir brauchen jemanden, der die Rolle des Todes im ›Jedermann‹ übernimmt. Die beiden Darsteller sind ermordet worden«, rauscht es zu Else herüber.

»Sind *was*?« Wie seltsam es ist. Eine Stimme aus der Ferne, die man nicht greifen, nicht begreifen kann. In der Leitung knackst und gurgelt es.

»Ermordet worden.«

Beinahe fällt Else der Hörer aus der Hand. In ihr fahren die Gedanken Karussell; einerseits freut sie sich, dass Max ausgerechnet an sie gedacht hat, die schon so lange nicht mehr auf der Bühne stand; andererseits ist sie wütend auf ihn, weil er sie für seine Zwecke benutzen will – wahrscheinlich hat er niemanden gefunden, der sich dem Risiko aussetzen möchte, so schnell eine Rolle zu lernen.

»Bist du noch da?«, fragt Gottfried.

Else schluckt schwer. Sie ist alt, doch die Liebe hat ein anderes Maß als die Zeit, und dass Max längst mit Helene Thimig verheiratet ist, ist ihr egal. Ihn wiedersehen, ihm nahe sein, denkt sie.

»Ist gut«, sagt sie leise. »Ich werde die Rolle übernehmen.«

Am nächsten Morgen steigt Else in den Zug. Kalt fühlt sich das Abteil an, obwohl es Hochsommer ist. Else nimmt Platz, und der Zug setzt sich in Bewegung. Am Anfang ist Else hellwach; doch nach dem zweiten Mal umsteigen wird sie immer müder. Das monotone Rattern des Zuges hat etwas Beruhigendes, und so schläft sie bald schon ein.

Als sie hochschreckt, hat die Umgebung sich verändert. Häuser fliegen vorbei, scheinbar freundlich sind sie, das eine an das andere gestellt, schmiegen sich aneinander, während auf der Donau ein Boot das Wasser zerteilt. Die Landschaft rast vorüber, wird von der Geschwindigkeit in Tausende kleine Fetzen zerspragelt. Else sieht Hügel, Berge und Täler, und gleichzeitig zieht ihre Kindheit vor ihrem inneren Auge hinweg, wieder und wieder. Es scheint, als wäre die Vergangenheit aus ihr herausgeströmt mit dem Verlassen der Heimatstadt, und nun spult sie sich in ihr ab wie ein Film. Else seufzt. Irgendwann hält der Zug an, und man verlangt Elses Papiere, die sie willig herzeigt.

Was sie wohl in Salzburg erwarten wird? Mit einem Mal fällt ihr ein, dass ja auch ihr Freund Wilhelm, mit dem sie immer wieder Briefverkehr hat, in dieser Stadt lebt. Wie konnte sie das nur vergessen? Sie beschließt, ihn zu treffen, während sie ihre Papiere wieder in ihr Täschchen packt. Der Zug poltert weiter, und noch einmal fällt Else in einen tiefen Schlaf.

Gottfried steht bereits am Bahnsteig, als der Zug in Salzburg einfährt, und umarmt sie, sobald sie bei ihm ist. Else meint, ihr würde der Boden unter den Beinen fortschmelzen, während sie ihm in die Stadt folgt. Bald schon haben ihr Sohn und sie das Hotel erreicht, doch Else kann sich kaum am Anblick des Gartens, der sich um die Residenz erstreckt, erfreuen – und auch das Plätschern des Springbrunnens, der vor dem Hotel steht, entspannt sie nicht. Im Hotel scheint man sie schon erwartet zu haben. Max steht an der Rezeption und grinst schief. Seltsamerweise fühlt Else nichts als Leere, als sie ihn ansieht.

»Else«, sagt er lächelnd, »wie schön, dich zu sehen! Ich zahle natürlich alles.«

Else nickt, folgt ihm schweigend ins Hotelzimmer und sieht sich um. Ein Fenster gibt den Blick auf eine gebirgige Landschaft frei.

»Es wird dir gefallen hier«, sagt Max, als sie sich auf das Bett sinken lässt, und Gottfried, der den Koffer abstellt, nickt bestätigend.

»Während der Festspiele wird die ganze Stadt ein Ereignis; du weißt ja, ich will dem Theater die Unschuld wiedergeben.

Alles soll Theater sein«, fährt Max fort. »Markt, Arena, Kirche und Schloss – das ist mein Gesamtkunstwerk. Und es funktioniert auch gut, seit siebzehn Jahren!«

Else betrachtet ihn, und noch immer sind keine Gefühle in ihr.

»Warum ich?«, will sie dann sachlich wissen.

Max wischt sich über das wellige Haar; alt ist er geworden, denkt Else.

»Erinnerst du dich noch, wie du mit mir meine Rollen geprobt hast – und im Gegensatz zu mir den Text der anderen Figuren schon nach einer Woche auswendig konntest? Keiner kann so schnell eine Rolle lernen wie du, Else! Und du weißt ja – man muss das Kunstwerk aus seinen lebendigen Voraussetzungen ableiten!«

OSCAR BREITENSEE

DAS SKIZZENBUCH

Salzburg, 1937

Breitensee parkt in der Reihe vor dem Eingang von Schloss Leopoldskron und steigt aus. Die Straße, die zu Reinhardts Residenz hinführt, ist von Bäumen gesäumt, und die warme Vormittagssonne spiegelt sich im Weiher, als er den Garten betritt. Es ist dieser Übergang zwischen Sommer und Herbst, wenn die Blätter der Bäume ein sattes Gold bekommen und ihre Äste noch nicht bedrohlich aussehen. Das Gras wird im Frühling wiederkommen, denkt Breitensee melancholisch, aber Max Reinhardt muss diesen Ort bald für immer verlassen.

Plötzlich merkt er, dass ihm das leidtut – denn auch wenn er den Regisseur als möglichen Täter noch nicht ausschließen kann, so hat er sich doch inzwischen mit ihm und der gesamten Atmosphäre rund um die Festspiele angefreundet. Breitensee lässt seinen Blick schweifen, und dann sieht er ihn: Mit dem Gang eines Königs, ruhig und gelassen, wandert Max Reinhardt durch den Schlossgarten – und neben ihm, klein und zierlich, André Reichsmann.

»Guten Morgen, Herr Kommissar«, sagt Reinhardt, der ihn erblickt hat. Man reicht sich die Hände.

»Ich hoffe, ich störe nicht?«, fragt Breitensee und fixiert den Komponisten, dessen Augen die des toten Mädchens aus seiner Erinnerung sind, doch Reinhardt schüttelt den Kopf.

»Aber nein, wir wollten ohnehin gerade etwas trinken gehen«, sagt er freundlich. »Bitte folgen Sie mir.«

Breitensee schreitet den Weg entlang und betrachtet das

Schloss. Einen Zug ins Erhabene hat es; einen, der ihm auch jetzt, bei seinem dritten Besuch, Ehrfurcht einflößt. Er erinnert sich an das Auftauchen des SA-Mannes während der letzten Feier, und ihn fröstelt. Mit leicht eingezogenem Kopf geht er hinter Max Reinhardt her die Treppen in den großen Saal hinauf und nimmt, von ihm dazu aufgefordert, auf einem Diwan Platz. Reinhardt öffnet das Fenster und setzt sich dann Breitensee gegenüber auf ein Sofa, auf dem sich auch Reichsmann niederlässt.

»Wie kann ich Ihnen helfen?«, will Max Reinhardt lässig wissen.

Auf einmal ist Breitensees Wehmut wie weggeblasen. Nie verliert Reinhardt die Ruhe, denkt er leicht verärgert; aber das wird sich ändern, und zwar genau jetzt. Mit einer ausholenden Geste greift er nach seiner Aktentasche, öffnet sie und zieht das Skizzenbuch heraus, das er am Vorabend ins Kommissariat gebracht hat. Die nächtliche Suche nach dem Angreifer hatte nichts ergeben und war schnell wieder abgebrochen worden.

Max Reinhardt scheint sofort Bescheid zu wissen; seine Augen erhellen sich. »Vielen Dank, ich dachte schon, es wäre für immer verschwunden«, sagt er mit den leuchtenden Augen eines Kindes und will nach dem Buch greifen, doch Breitensee zieht es weg. Er betrachtet Reinhardt prüfend. Entweder ist er wirklich unschuldig – oder er spielt verdammt gut, denkt er. Aber er ist ja auch gelernter Schauspieler.

Einen Moment lang kostet Breitensee Reinhardts Erstaunen aus, der es nicht gewohnt ist, dass man ihm nicht zurückgibt, was ihm gehört. Dann sagt er mit ruhiger, aber bestimmter Stimme: »Gestern Nacht, nach der Premierenfeier, wurde Ihre Ex-Frau attackiert; ich habe den Angreifer verfolgt, der im Übrigen ungefähr Ihre Körpergröße hatte. Leider konnte ich ihn nicht erwischen, aber dieses Büchlein ist aus der Tasche seines schwarzen Mantels gefallen.«

Max Reinhardt sieht Breitensee erstaunt an; und dann beginnt er zu lachen.

»Was ist so komisch?«, fragt Breitensee wütend. »Ich könnte Sie jetzt sofort verhaften, dann würde Ihnen das Lachen vergehen!«, fügt er hinzu, während Reinhardt sich erschöpft an den Bauch greift.

»Sie erfinden Geschichten«, sagt er schließlich. »Sie sind genauso kreativ wie ich!«

Eine Welle des Zorns schwappt über Breitensee. Er beugt sich vor, fasst den Regisseur am Kragen und zieht ihn ein Stück an sich heran. »Zwei Menschen wurden ermordet«, sagt er scharf. »Und Ihre Ex-Frau, an der Ihnen ja offenbar nicht so wahnsinnig viel liegt, wäre gestern ebenfalls fast umgekommen. Jetzt sagen Sie mir sofort, was Sie letzte Nacht gemacht haben, als ich dieses –«

»Er war mit mir zusammen«, fährt da eine leise, aber etwas schrille Stimme dazwischen. »Wir saßen noch bis drei Uhr hier am Weiher und tranken; das Hausmädchen kann das bestätigen.«

Breitensee lässt Max Reinhardt los und sieht zur Tür. Helene Thimig hat sich mit vor der Brust verschränkten Armen im Türrahmen aufgebaut und schaut ihn an. Breitensee betrachtet sie einen Augenblick lang. Dann schweift sein Blick wieder zu Reinhardt zurück.

»Gut«, sagt er. »Dann erklären Sie mir bitte, wann und wo Sie dieses Büchlein zuletzt gesehen haben.«

Max Reinhardt lächelt. »Ich vermisse es schon seit einigen Tagen. Aber ich habe die genauen Daten immer rechts oben notiert«, sagt er und will erneut das Skizzenbuch an sich bringen, doch Breitensees Griff bleibt eisern. Er schlägt das Buch selbst auf, nachdem Reinhardt seine Hand zurückgezogen hat, und blättert die Seiten durch; etwas nach der Mitte des Buches befinden sich keine Einträge mehr.

»15. Juli«, liest Breitensee und überlegt kurz. Der erste Mord geschah am 20. Juli, erinnert er sich und klappt das Buch zu. »In Ordnung. Und wo, denken Sie, haben Sie es liegen gelassen?«

Reinhardt zuckt mit den Schultern. »Entweder auf dem Domplatz, bei einer der Proben – oder auch in der Garderobe, was weiß ich«, sagt er.

»Strengen Sie sich bitte etwas mehr an«, zischt Breitensee, »oder wollen Sie sich mit mir anlegen?«

Der Regisseur beißt sich auf die Lippen, lässt seinen Blick ins Leere gleiten. Es klingt, als spräche er von unter Wasser zu Breitensee herauf, als er sagt: »Es tut mir leid; ich weiß es nicht mehr.«

Breitensee, etwas milder gestimmt, nickt. »Gut – und wer könnte, meinen Sie, dieses Büchlein mitgenommen haben?«

»Ich habe keine Ahnung …«

Das klingt leider sehr ehrlich. Breitensee schweigt. Zum Fenster weht ein wenig Luft herein; und weil er keinen klaren Gedanken fassen kann, lauscht er einfach den leisen Geräuschen der Welt draußen. Eine Kinderstimme wie Vogelgezwitscher dringt zu ihnen herauf, und am Horizont hinter den Gipfeln ist ein Ring aus Nebelwölkchen zu sehen, der langsam verflackert. Breitensee sitzt da und starrt hinaus, während er nachdenkt. Hat der Angreifer das Buch am Ende absichtlich mitgenommen und fallen gelassen – um Max Reinhardt zu belasten? Breitensee kramt noch einmal in seiner Tasche und holt den Mantel heraus.

»Und dieses Teil – kennen Sie das?«, will er wissen.

Reinhardt greift nach dem schwarzen, glänzenden Stoff und streicht mit leicht zittrigen Fingern ein paarmal darüber. Dann schüttelt er den Kopf.

Als Breitensee zurück ins Büro geht, bekommt er einen Anruf von Frau Pöcksteiner.

»Mir ist etwas eingefallen«, sagt sie. »Ich weiß jetzt wieder, wie der Mann hieß, von dem Hans mir erzählt hat. Der, der sich auch als Tod beworben hat, aber nicht genommen wurde. Und wissen Sie, warum? Weil er eigentlich der Bühnenkomponist ist!«

Breitensee läuft ein Schauer über den Rücken. »André Reichsmann«, sagt er.

»Genau. Sie kennen ihn?«

»Durchaus, Frau Pöcksteiner«, sagt Breitensee und erinnert sich mit einem Mal an die Gedenkfeier auf Schloss Leopoldskron, bei der der junge Mann sich als Schauspieler vorgestellt hat.

ELSE

DER TOD

Salzburg, 1937

Nun ist Else also in Salzburg und darf noch einmal auf die Bühne. Max hat an alles gedacht; der Text des »Jedermann« liegt auf dem Hotelbett für sie bereit, und Else beginnt, ihre Rolle zu üben. Da Max zahlt, bestellt sie Champagner und Kaviar aufs Zimmer.

Am nächsten Morgen erscheint sie pünktlich am Domplatz. Wie ein Dirigent hat Max sich unter der Tribüne aufgebaut, während Else sich mit dem Darsteller des Jedermann bekannt macht. Doch sie hat kaum zwei Sätze mit ihm gewechselt, als Max sich auch schon bemerkbar macht. Er reckt den Kopf empor, räuspert sich, beginnt zu sprechen und wieder einmal seine Vision des Theaters zu präsentieren. Else kennt das schon; sie weiß, welche Sätze als Nächstes kommen, und so hört sie gar nicht zu, sondern sieht sich um. In der ersten Reihe der Zuschauerbänke sieht sie einen jungen Mann mit rötlichem Haar, das an Federn erinnert und wirr vom Kopf absteht; etwas an seinem bleichen Gesicht zieht sie an, vielleicht weil es geschlechtslos wirkt, ähnlich wie das eines Engels.

»Die Schauspielkunst ist in der Kindheit der Menschheitsgeschichte entstanden; darum wird sie uns alle überleben. Ich glaube an sie.« Mit diesen Worten beendet Max seine feurige Rede und sieht in die Runde. Else seufzt. Er ist derselbe geblieben, denkt sie; immer noch wahrt sein Gesicht Götterwissen, auch wenn es nicht mehr vor derselben Anmut glänzt wie damals, als er jung war.

»Gut«, sagt Max und reibt sich die Hände, »legen wir los.«

Das Ensemble verschwindet rasch von der Bühne, und Else, die von links auftreten muss, geht in Stellung, wartet. Ich werde es gut machen müssen, denkt sie; für Niederlagen reicht die Zeit nicht mehr aus, ich bin einfach zu alt. Und als das Stichwort ertönt, betritt sie die linke Tribüne vor dem monumentalen Bauwerk des Salzburger Doms. Und Else spielt. Else spielt den Tod. Als die Stimme Gottes, die aus einem Lautsprecher kommt, verklungen ist, antwortet sie klar und kalt. Die Worte, die sie spricht, sind wie Wucherungen, brennen in ihrem Innersten und aus ihr heraus; doch dieses Feuer kann keiner spüren, es ist bloß Elses Antrieb, mit dem sie die Eisigkeit ihrer Figur gestaltet.

»Allmächtiger Gott, hier sieh mich stehn, nach deinem Befehl werd ich botengehn«, ruft sie. Dann lauscht sie, wartet auf ihr nächstes Stichwort. Während Gott ihr aufträgt, zu Jedermann zu gehen, nickt Else, und als die Stimme, die wie das schwebende Tönen einer Glocke überm Domplatz hängt, verklungen ist, fährt sie fort: »Herr, ich will die ganze Welt abrennen und sie heimsuchen Groß und Klein, die Gotts Gesetze nit erkennen und unter das Vieh gefallen sein.«

Else macht kürzere und längere Atempausen, pulsiert mit dem Text mit. Dann beugt sie sich ein Stück weit nieder, Demut vor dem Allmächtigen bezeugend; wie Wellenstöße geht jede Silbe durch ihren Organismus, und in der Farbenfolge ihrer Sätze bricht sich Licht; Else leuchtet, leuchtet das kalte Leuchten eines Eiskristalles, als sie fortfährt: »Der sein Herz hat auf irdisch Gut geworfen, den will ich mit einem Streich treffen, dass seine Augen brechen und er nit findt die Himmelspforten.«

Da ist es wieder, das alte Gefühl, denkt Else und saugt genießerisch die Luft ein. Jetzt, da sie auf der Bühne steht und spielt, kommt es ihr so vor, als würde ein Engel den Finger nach ihr ausstrecken, genau wie früher.

»Es sei denn, dass Almosen und Mildtätigkeit befreundt ihm wären und hilfsbereit«, schließt sie ihre Verse ab. Und auf einmal ist ihr, als herrschte sie tatsächlich über Leben und Sterben. Sie reckt triumphierend den Kopf in die Höhe, ihr Haar flattert leicht im Sommerwind. Der Mund ist ein wenig trocken von der Hitze und dem angestrengten Sprechen, doch das ist egal. Denn jetzt, endlich einmal, ist sie, Else, die es in den letzten Jahren so schwer hatte, selbst der Schatten der Vernichtung.

Am Ende der Probe kommt Max' Bruder Edmund zu ihr und überreicht ihr den Vertrag, den sie annimmt, ohne jedoch ein Gespräch mit ihm zu beginnen. Zwischen Max und Edmund herrscht eine Liebe, die sich nicht zerstören lässt, denkt Else bitter. Warum nur kann sie nicht Max' Bruder sein? Als sie Edmund einen Augenblick später das signierte Schriftstück zurückgibt, steht plötzlich eine Gestalt neben ihr. Es ist der rothaarige Mann mit dem blassen Gesicht, der zu Beginn der Probe im Zuschauerraum saß.

»Schön, dass Sie im Ensemble sind«, sagt er, und ein schiefes Lächeln umkräuselt die schmalen, blutleeren Lippen. »Ich bin André Reichsmann, ich habe die Bühnenmusik komponiert.«

Else nickt und ergreift die Hand des jungen Mannes. Sein Händedruck ist fest und warm; das hätte sie dieser zarten Gestalt gar nicht zugetraut.

»Freut mich, Else Heims«, sagt sie.

»Was sagen Sie eigentlich zu den Morden – haben Sie keine Angst, Ihnen könnte Ähnliches widerfahren?«, fragt André Reichsmann.

Else lauscht seiner Stimme und wird von einem seltsamen Gefühl erfasst; seine Kehle scheint Kunststücke zu vollführen, denkt sie, obwohl er sehr leise spricht, und ihr wird seltsam zumute. Es klingt, als wäre es die Stimme des Flusses, der Natur selbst, die hier aus dem jungen Mann spricht.

Mit so einer direkten Frage hat sie zudem nicht gerechnet. Sie überlegt.

»Ach, die Morde … Ich denke nicht allzu viel darüber nach«, sagt sie schließlich leichthin. Und nach einem kurzen Moment: »Ich lebe. Das ist alles, was ich weiß.«

Am nächsten Tag nach der Probe sieht Else sich Salzburg an. Die ganze Stadt scheint ein inszeniertes Ereignis, ein Spektakel zu sein; alles pulsiert von Leben, und überall sind Menschen zu sehen. Im Herzen der Stadt befindet sich auch das Konvent St. Peter, in dem, wie Else in Erinnerung hat, Wilhelm leben muss. Doch als sie an der Pforte klopft, sagt man ihr, der Bruder sei im Moment auf Wanderung; also hinterlässt sie eine Nachricht und spaziert weiter.

Das also ist der mystische Ort, in dem Welttheater gemacht wird, denkt Else, während sie den Blick schweifen lässt, und einen Moment lang fühlt sie sich wichtig und groß. Rundum Berge; sie scheinen Else aus der Ferne zu winken. Sie geht weiter, den Mönchsberg hinauf. Hier, fernab vom Strom der Touristen, fühlt sie sich etwas erleichtert. Die Heckenwege wirken verschwiegen, und der hochgewölbte Himmel über ihr scheint ohne Grenzen. Wie eine Riesenglocke überspannt er die Häuser und Straßen, und er ist von einem schweren Sommerblau. Irgendwann erreicht sie einen Park, in dessen Mitte ein sprudelnder Springbrunnen mit einer nixenartigen Skulptur steht. Else geht weiter – und wäre mit einem Mal fast mit einer zierlichen Gestalt zusammengestoßen, die plötzlich ihren Weg kreuzt.

»Herr Reichsmann?«

Ein blasses Gesicht mit durchscheinender Haut blickt ihr erstaunt entgegen – und lacht dann.

»Frau Heims, wie schön!«, sagt André Reichsmann, wieder mit dieser leisen, hohen und auf seltsame Art und Weise magischen Stimme. »Haben Sie sich schon in Salzburg umgesehen?

Schauen Sie, das hier –« Er wendet sich zur Seite und deutet mit einer ausladenden Geste auf das Gebäude hinter sich, »das ist unser Spital!«

Else rümpft die Nase. »Überaus hässlich«, meint sie. Und dann, etwas besorgt: »Was machen Sie denn hier? Sind Sie etwa krank?«

Reichsmann schüttelt den Kopf und fährt sich durch den rötlichen Haarflaum. »Nein. Aber ich bin gern hier; man wird demütig, wenn man dort den Tod ein und aus gehen sieht«, erklärt er ernsthaft.

OSCAR BREITENSEE

EINE LIEBE

Salzburg, 1937

Allem zum Trotz geht Else Heims auch bei der nächsten Vorstellung am Folgetag wieder auf die Bühne; diesmal jedoch hat Breitensee mit seinem Kollegen Wutz ausgemacht, dass er danach den Polizeischutz übernehmen soll. Das ist auch gut so, denn Anna sitzt wie durch ein Wunder wieder im Publikum, und diesmal schafft Breitensee es, sie anzusprechen.

»Guten Abend«, sagt er etwas unbeholfen, als das Stück vorbei ist, und betrachtet sie. Wie die Morgendämmerung wirkt Anna auf ihn, taufrisch und hell.

»Guten Abend.« Anna lächelt verhalten. Es ist ein Lächeln, das ihm gilt. Nur ihm. Und da vergisst Breitensee. Er vergisst alles, vergisst, dass zwei Morde geschehen sind, vergisst die Schwellungen in seinem Gesicht, die er durch die Attacke auf dem Mönchsberg erlitten hat und die noch immer nicht ganz abgeklungen sind; vergisst, dass er auf dem Domplatz steht, zwischen einer rauschenden Menge an Menschen, die an ihm vorüberzieht, und er vergisst auch, dass er um einiges älter ist als Anna.

Für einen Moment schließt er die Augen, denn Annas Blick ist zu schön, als dass er wahr sein könnte. Öffne die Augen nicht und bewege dich nicht und erinnere dich nicht, denn alles vergeht, denkt er. Aber als er sich traut, die Augen wieder aufzumachen, sieht Anna ihn immer noch lächelnd an.

»Sie sehen mir ein bisschen müde aus«, sagt sie. »Sie brauchen dringend einen Tee!« Dann packt sie ihn lachend am Arm, und die beiden gehen in die Nacht hinaus. Breitensee greift nach ihren Fingern; weich und warm sind sie, und irgendwie gütig.

»Warum nicht«, sagt er dann mit einer Stimme, die fremd tönt und von weit her zu kommen scheint.

Anna ist im selben Hotel untergebracht wie Else. Breitensee und sie sind die einzigen Gäste, die um diese Uhrzeit noch etwas zu sich nehmen wollen; und so sitzen die beiden etwas verlegen im Spiegelsaal und sehen einander an.

»Ihr Gesicht sieht viel besser aus, Herr Breitensee«, sagt Anna.

»Nennen Sie mich Oscar«, meint Breitensee bloß.

»Gut. Und Sie mich Anna.« Anna lächelt. »Wie kommst du mit dem Fall voran?«, fragt sie dann, während Breitensee an seiner Teetasse nippt.

Wann habe ich zum letzten Mal Tee getrunken?, überlegt er. Wahrscheinlich irgendwann in der Kindheit. Wein wäre besser, doch er sagt es nicht laut, weil er Annas kindlichen Vorschlag, Tee zu trinken, entzückend findet.

»Der Fall, na ja«, beeilt er sich zu antworten. »Gestern wurde Else Heims auf offener Straße angegriffen, aber ich konnte den Täter in die Flucht schlagen.«

Anna betrachtet Breitensee besorgt. »Sie haben auch nie Ruhe …«, murmelt sie, und ihr Gesicht wird etwas blass.

»Ich habe ja noch dein Notenbüchlein«, fällt es Breitensee ein. »Das mit den Chorälen von Bach … Das muss ich dir unbedingt zurückgeben.«

Anna winkt ab. »Ich hänge nicht daran. André Reichsmann hat es mir einmal geschenkt.«

Breitensee betrachtet ihr helles Gesicht. »Er muss sehr verliebt in Sie … Pardon, in dich … gewesen sein«, sagt er leise und etwas zu ernsthaft.

Anna lacht prustend. »Da bin ich mir nicht so sicher; ich bin mir überhaupt nicht so sicher, was dieser junge Mann fühlt …«

Breitensee horcht auf. »Wie meinst du das?«

Anna schweigt kurz. Das Rauschen der Bäume dringt zum offenen Fenster herein; sonst ist es gefährlich still im Spiegelsaal.

»Ich will nicht schlecht reden …« Anna betrachtet ihre Hände, die in weißen Handschuhen stecken, so, als schäme sie sich jetzt für ihre Worte. »Ich mochte ihn anfangs gern … wie einen Bruder … Aber dann wollte er immer mehr Nähe; dabei bin ich doch älter als er. Jedenfalls hat er mir dann mehrmals seine Liebe gestanden und gedroht, er würde sich etwas antun, wenn ich sie nicht erwidere.«

Anna sieht Breitensee an; er merkt, wie er beim Anblick ihrer Augen zu brennen beginnt. Sein Gesicht ist in Glut, als er sich nach vorne beugt und ihr über die Wange streicht. »Was für ein Idiot«, sagt er lächelnd.

Anna wird rot. »Ja, und er hat sich ja auch für die Rolle des Todes beworben; er war …«, sie lacht über das Wortspiel, »*zu Tode* gekränkt, als er sie nicht bekam!«

Gut, dass er Wutz damit beauftragt hat, mehr über André Reichsmanns Leben herauszufinden, denkt Breitensee, denn im Moment hat er Wichtigeres zu tun. Er streichelt sanft über Annas Wange. Ihre Haut ist kühl, die Lippen zittern, aber da legt Breitensee seinen Mund auf den ihren, wartet, bis er auftaut. Dann drückt er seine Lippen gegen ihre. Zunächst sanft. Dann heftiger. Streicht ihr übers Haar. Wie wunderbar sich das anfühlt.

»Wollen wir noch in mein Zimmer gehen?«, fragt Anna, als sein Mund sich von ihrem gelöst hat. Breitensee ist berauscht von dem Angebot.

Kaum hat sich die Tür hinter ihnen geschlossen, nimmt Breitensee Anna in die Arme, um alles zu vergessen. Sie liegen lange beisammen, noch im Wachen von der Erschöpfung der Liebe durchflutet. Als wären sie beide Zellen eines gemeinsamen Organismus. Immer wieder betrachtet Breitensee Anna, noch als sie längst schläft. Wie jung sie ist, denkt er. Ihr Gesicht steht hell vor ihm, hell und unvergesslich, und er weiß nicht, was er tun soll. Bleiben? Gehen? Sterben vor Glück? Es folgt ein Schlaf ohne Boden und Ufer.

Breitensee ist bereits wach, als Anna sich regt. Im hellen Sonnenlicht kann er ihre Sommersprossen erkennen.

»Oscar …«, sagt Anna. Geblendet von den Sonnenstrahlen zieht sie eine Augenbraue in die Höhe und lacht ihn an. Klar strahlend und voller Energie. »Schön, dass du da bist.«

ELSE

DIE PREMIERE

Salzburg, 1937

Am Tag der Premiere ist das Wetter schön, und alle sind guter Dinge. Nur Else ist völlig außer sich; wie soll sie nur spielen, jetzt, nach so vielen Jahren der Zurückgezogenheit? Hitzigkeit und Enge steigen in ihr hoch, als sie von hinter der Bühne aus beobachtet, wie das Publikum eingelassen wird. Doch als sie die vielen Frauen sieht, die ihre schönen Kleider herzeigen, und die vielen Männer, die wiederum ihre schönen Frauen herzeigen, wird sie wütend.

»Die Zuschauer sind nur Vermögende – wie passt das mit deiner Idee eines Theaters für alle zusammen?«, fragt sie Max, der neben ihr steht und sich nervös die Hände reibt. Max schweigt.

»Du hast deine Idee betrogen«, fährt Else erbost fort. In Wahrheit will sie sagen: Du hast mich betrogen, mich um mein Leben gebracht, doch dazu ist sie zu stolz.

Max schluckt. »Meine Idee hat hier ohnehin keinen Platz mehr«, sagt er irgendwann leise. »Das ist das letzte Mal, dass wir hier spielen.«

Else betrachtet ihn, weiß, dass sie ihn bedauern, ein paar tröstende Worte sprechen sollte. Doch sie kann nicht; sie empfindet weder Genugtuung noch Mitleid, weder Liebe noch Hass für ihn. Es ist, als habe er über die Jahre all ihre Gefühle aufgebraucht; nun ist ihr nichts als die Leere geblieben.

Als ihr Stichwort ertönt, gehen ihre Beine von selbst, so, als gehörten sie nicht ihr, und Else zieht sich innerlich das Kleid der Vernichtung an, als sie die Bühne auf dem Domplatz betritt. Wie zum Totschlag entschlossen steht sie da, den Kopf in die Höhe gereckt; das dunkle, lose Haar umgibt sie wie ein Schleier und flattert im Spätsommerwind. Else holt tief Luft; dann beginnt sie zu spielen. Und obwohl sie nur zwei Tage hatte, den Text und ihre Positionen zu lernen, schmilzt ihr Ich in der Rolle des Todes dahin; alles geschieht wie selbstverständlich. Es ist, als führe sie eine unsichtbare Hand; mit Leichtigkeit nimmt sie sie mit, trägt sie durch die Handlung wie durch einen Traum.

Am Ende schwappt eine Woge der Begeisterung über Else, die das Kleid des Todes trägt; lautes Klatschen ertönt, hört nicht mehr auf. Zum ersten Mal sieht Else, die während des Spiels ihren Blick stets auf einen fernen Punkt gerichtet hatte, in die Menge der Zuschauer. Plötzlich begreift sie, dass da unten eine Wand aus Atem steht; das sind Menschen mit Herzschlag, mit Gefühlen, Schicksalen, mit Verlusten, Liebe und Trauer. Else ist berauscht. Am liebsten würde sie sich den Blumen entgegenwerfen, die da gemeinsam mit dem Applaus auf sie zufliegen. Doch sie fängt nur eine davon auf, riecht kurz an ihr und lächelt.

Bei der Premierenfeier empfängt man Else ebenfalls mit tosendem Applaus. Sie schaut nur und schaut; der Erfolg hat ihr die Sinne benebelt. Dann nimmt sie zwei Fächer, die sie einem Verkäufer am Domplatz abgekauft hat, und beginnt, sich zu bewegen, als sei sie ein Pfau. Sofort ist Else verwandelt; sie ist jetzt ein Wesen mit Federn, das erhobenen Hauptes umherstolziert und die Umgebung mustert. Alle sind sie da und lachen und freuen sich; nur etwas abseits, in der Ecke, steht der Kommissar, den man damit beauftragt hat, ein Auge auf sie zu haben. Else nickt ihm schelmisch zu; jetzt will sie alles vergessen, ihre Liebe zu Max, ihren Hass auf Max und auch die Morde – und ihren Erfolg feiern.

Einen Moment lang wundert sie sich, dass sie keine Angst

hat, getötet zu werden; vielleicht, denkt Else, weil im Grunde schon alles abgeschlossen ist. Diese Erkenntnis erschüttert sie, doch nur einen Wimpernschlag lang; dann tanzt sie weiter. Da greifen zarte Hände nach ihren Handgelenken und wirbeln sie herum. Erstaunt blickt Else in ein kristallin blaues Augenpaar. Es ist André Reichsmann, der mit ihr zu tanzen beginnt.

Else lacht. Die Welt um sie herum fängt an zu fliegen, die Lichter über ihr drehen sich, die Luft klirrt und flirrt, und für einen Moment meint sie, das Gesicht eines Engels zu sehen. Doch es sind nur die androgynen Züge des Komponisten, die sie sieht. Schließlich endet die Musik. Keuchend blickt Else André Reichsmann an; sieht das feine Gesicht, das von wirr gelöstem Haar umrandet ist, und lächelt.

»Sie sind unwiderstehlich«, sagt er. »Wollen Sie mit mir einen Ausflug in die Berge machen – an diesem Wochenende? Ich kenne da ein wunderbares Almhotel nahe St. Wolfgang, die Hinterberger Alm, die müssen Sie sehen.«

Else prustet. »Ich und wandern? Ich bin viel zu alt und ungelenkig!« Dann aber wird sie ernst. »Warum nicht?«, meint sie leise.

Als Else in ihr Hotel geht, schwankt der Boden ein wenig. Sie hat getrunken; nicht viel, aber ihr Körper ist Alkohol und Feste nicht mehr gewöhnt. Über ihr flackert ein teils wolkiger, teils sternenbestickter Nachthimmel, und ein leichter Nieselregen rieselt ihr ins Haar, auf die bloßen Arme, rieselt an ihr herab auf das Straßenpflaster. In dem Moment spürt sie einen jähen Luftzug, dreht sich zur Seite – und wird gegen eine Hauswand gepresst. Else möchte schreien, doch eine Hand drückt ihr den Mund zu, und sie starrt in ein in der Dunkelheit nur vage erkennbares Gesicht.

Dann geht alles sehr schnell; Else hört Schritte, spürt, wie die Hand sich wieder von ihren Lippen löst, und erkennt dann eine große, hagere Gestalt, die auf sie zurennt. Der Angreifer läuft rasch davon, und einige Sekunden später stürmt der Kommissar an Else vorbei und ihm nach in Richtung Salzach.

Else atmet schwer; der Nachthimmel vor ihrem Blick verschwimmt. Also doch, denkt sie, jemand will hier weitermorden. Sie denkt es leer, ohne Gefühle, verharrt einen Augenblick lang still. Dann schlüpft sie aus ihren Schuhen, nimmt sie in die Hand, um schneller gehen zu können, und läuft in die Richtung, in der der Kommissar verschwunden ist. Am Fuße der Brücke, die den Fluss überspannt, kann sie seine Umrisse erkennen. Er lehnt am Geländer und starrt in die Wellen.

»Ist er weg?«, fragt Else, als sie ihn erreicht hat.

Der Kommissar nickt.

Ein Schneiden geht ihr durch die Brust, als Else sich an diesem Abend schlafen legt. Nun hätte sie Max tatsächlich fast ihr Leben geopfert; aus dem Spiel ist Ernst geworden, und mit einem Mal fühlt sie sich haltlos und allein. Wie gern würde sie jemanden umarmen; wenn es sein muss, auch André Reichsmann oder wenigstens den Kommissar, doch ihre Arme schließen sich leer. Else erinnert sich an ihr bisheriges Leben. Früher ist sie glücklich gewesen; doch das Glück hat darin bestanden, dass sie glaubte, unterwegs ins Paradies zu sein – die Bücher, das Leben, das Theater, Max ... Jetzt weiß sie, dass es kein Paradies gibt. Das hier ist die Erde. Sie will nur noch liegen, in ihrer Einsamkeit, die Zeit zum Verschwinden bringen. Zum Glück gibt es da das Rauschen der Salzach, deren sanftes Tosen zum Fenster hereindringt. Else ist erleichtert; nichts wäre jetzt schlimmer als restlose Stille. Dennoch: Es dauert, bis sie Schlaf findet.

In der Nacht träumt Else, dass sie nackt ist und an der Havel spazieren geht, wie sie es damals als Kind immer getan hat. Wie Arme öffnen sich die Fenster der Häuser auf den Fluss hin, und alle sind da und sehen sie so, ganz ohne Kleider: Sara, Wilhelm, Mutter und Vater; auch ihre Kinder und das Hausmädchen –

und natürlich Max. Plötzlich verwandelt sich der Steg, der ins Wasser der Havel führt, in die Bühne am Domplatz, und Else muss auftreten. Doch wie soll sie das tun, ganz ohne Gewand?

»Wo sind meine Kostüme?«, fragt sie Max, der plötzlich, wie immer souverän lächelnd, neben ihr steht.

»Auf der Bühne, die spielen mit«, sagt er, und sein Lächeln vertieft sich. »Sie spielen allein. Jetzt brauchen wir dich nicht mehr.«

OSCAR BREITENSEE

DAS ALTE IM NEUEN

Salzburg, 1937

Als Breitensee nach der Liebesnacht mit Anna in seinem Büro sitzt, bemüht er sich, trotz seiner Berauschtheit weiter über den Fall »Jedermann« nachzudenken. Hat der Angreifer das Skizzenbuch möglicherweise absichtlich eingesteckt und fallen gelassen, um Reinhardt anzuschwärzen?, fragt er sich erneut. War die Attacke auf Else Heims bloß eine Inszenierung? Hat am Ende vielleicht doch sie selbst, die sich an ihrem Mann rächen will, sowohl die beiden Morde als auch den Angriff arrangiert? Aber dann würde sie doch Max Reinhardt töten und nicht die beiden unschuldigen Darsteller – und sie wäre nicht so dumm, außerdem auch noch die Rolle des Todes zu übernehmen. Oder?

Wie ein flüchtiges Echo hallt da plötzlich die Erinnerung an den Kuss von Anna in ihm nach. Anna … Das Bild ihres Gesichts wandert durch sein Blut, immer wieder. Ein Bild wie hinter einem Spiegel – unberührbar und nicht zu erreichen. In Gedanken versunken, schreckt Breitensee auf, als sich die Tür öffnet und Wutz hereinkommt.

»Rate, was ich herausgefunden habe«, sagt er atemlos.

Fragend zieht Breitensee die Augenbrauen hoch, will etwas sagen, doch sein Kollege wartet seine Worte gar nicht erst ab.

»Bei André Reichsmann handelt es sich um niemand anderen als um Fritz Bauer«, sagt er mit triumphierendem Blick.

Breitensee zuckt zusammen. Bauer – der Name ist wie ein Pistolenschuss. Mit einem Mal ist es wieder da, das leichenblasse Gesicht des Mädchens mit den totenstarren Augen.

Maria Bauer, elf Jahre alt, zu Tode gekommen durch vierzehn Messerstiche. Breitensees Herz rast, als erwache er aus einem Alptraum. Nein, versucht er sich zu beruhigen, viele Menschen heißen Bauer. Wutz nutzt den Moment der Überlegenheit aus und sieht Breitensee herausfordernd an.

»Und nun rate, wer seine Schwester war: Maria Bauer.« Seine Stimme ist wie eine Bohrstange, die sich in Breitensees Kopf hineinwühlt.

»Ich wusste, ich kenne diese Augen!«, ruft er. »Ich wusste, ich kenne André Reichsmanns Augen! Es sind dieselben wie die seiner Schwester. Aber warum hast du dich nicht an ihn erinnert? Du hast ihn doch damals verhört?«

Wutz nickt. »Ja, aber im letzten Jahr hat er sich völlig verändert. Offenbar hat man ihn nach dem Tod seiner Schwester in eine Klinik gesteckt, wo er fast dreißig Kilo verlor. Nach seiner Entlassung hat er den Kontakt zu seinen Eltern abgebrochen – und ein neues Leben begonnen. Er hat sein Kompositionsstudium beendet und sich als Schauspieler betätigt.«

In Breitensees Kopf rasen die Gedanken. »Ein neues Leben mit einem neuen Namen«, sagt er sinnierend, sich an die Eltern Maria Bauers erinnernd; der Vater ein feister, rotwangiger Mann, die Mutter eine schmale blonde Frau mit eingefallenen Wangen und hellen, dichten Wimpern.

»Ja. Ich habe mit dem behandelnden Arzt gesprochen. Offenbar leidet Reichsmann an wahnhaften Schüben, kann manchmal Realität nicht von Fiktion unterscheiden; doch er nimmt angeblich Medikamente, die ihm helfen sollen, damit umzugehen«, sagt Wutz.

Breitensee überlegt fieberhaft weiter. »War es nicht der Bruder, also war es nicht André Reichsmann, der seine Schwester tot aufgefunden hat?«

Wutz nickt. »Ja, gemeinsam mit der Mutter und einer Tante, die zu Besuch war. Er muss entsetzlich traumatisiert gewesen sein«, sagt er.

Breitensee legt sich die Hand auf die Stirn. Was für eine seltsame Verstrickung, denkt er. Es ist, als wollte die Seele dieses Kindes, dieser toten Maria Bauer, ihn antreiben, ihren Fall zu lösen, und was auch immer er tut – er kann sich ihr nicht entziehen.

»Was, wenn *er* der Mörder ist?«, sagt Breitensee tonlos.

Wutz nickt. »Ja, das habe ich mir auch schon gedacht, aber sein Alibi ist eindeutig und –«

»Nein«, fährt Breitensee dazwischen. »Ich meine nicht, dass er seine Schwester umgebracht hat. Ich meine, dass er Pöcksteiner und Braun auf dem Gewissen hat.«

Wutz setzt sich, lehnt sich in seinem Stuhl nach hinten und denkt nach.

»Warum sollte er das tun?«, fragt er schließlich, die Stirn in Falten gelegt.

Breitensee springt erregt auf. »Traumatisierte tendieren dazu, immer wieder in dieselben traumatisierenden Situationen zu kommen, ja, sie sogar herbeirufen zu wollen, um so ihre inneren Wunden zu heilen.«

Wutz schüttelt den Kopf. »Das ist aber eine gewagte These. Selbst Menschen töten, nur weil man den Verlust eines Menschen nicht verkraftet hat? Nein, Oscar, ehrlich, das ist mir zu weit hergeholt«, sagt er. »Und warum dann ausgerechnet die beiden, Pöcksteiner und Braun?«

»Ganz einfach«, sagt Breitensee. »Weil sie im Spiel das verkörpern, wovor er sich am meisten fürchtet: den Tod! Deshalb hat er sich auch für die Rolle des Todes beworben – und sie nicht bekommen, was ihn sehr wütend gemacht haben soll laut Anna.«

Wutz sucht sichtlich nach Worten, schnappt nach Luft wie ein gestrandeter Fisch.

»Gut, wie auch immer«, meint er schließlich. »Wir müssen Reichsmann, also ich meine Bauers Alibi noch einmal überprüfen.«

Breitensee nickt. »Am besten gleich«, sagt er. Wutz will schon etwas entgegnen, doch in dem Moment schrillt das Telefon. Breitensee greift nach dem Hörer. »Ja?«

»Guten Tag, Herr Kommissar, hier ist Gottfried Reinhardt«, hört er da zu seiner Überraschung vom anderen Ende der Leitung. »Ich habe eine wichtige Information zu dem Skizzenbuch, das Sie gefunden haben. Ich glaube, ich weiß, wer es hatte … Als mein Vater es liegen gelassen hat, wollte ich es schon mitnehmen, doch dann ist mir André zuvorgekommen; er versprach jedoch, es meinem Vater zurückzugeben.«

»Wann war das?«, will Breitensee wissen.

»Das kann ich Ihnen ziemlich genau sagen«, sagt Gottfried. »Es war an dem Tag, an dem Hans Pöcksteiner starb.«

»Gut«, gibt Breitensee zurück, »aber soweit ich weiß, war André Reichsmann mit Ihnen und Ihrem Vater auf Schloss Leopoldskron, als der Mord passierte.«

»Wer hat Ihnen das erzählt?«, fragt Gottfried.

Breitensee erstarrt und nimmt Wutz ins Visier. »Mein Kollege hat Ihren Vater befragt«, sagt er und blitzt Wutz dabei scharf an. »Bei der Gedenkfeier auf Schloss Leopoldskron.«

»Aber es stimmt nicht«, antwortet Gottfried. »André war nicht bei uns an diesem Abend; Helene Thimig kann das bezeugen. Doch mein Vater war so betrunken, dass er sich das vielleicht eingebildet haben mag.«

ELSE

AUF DER ALM

Salzburg, 1937

Nachdem Else und André Reichsmann gemeinsam mit dem Zug nach St. Wolfgang gefahren sind, beginnen sie ihre Wanderung zur Hinterberger Alm. Das Korn ist hell und flattert frei im Wind, während sie den Pfad hinaufgehen, der zum Gipfel des Berges führt, und die Natur liegt in goldenem Spätsommerglanz. Alles versiegt, auch dieser Sommer, denkt Else jedoch. Sie betrachtet André Reichsmann, der neben ihr hergeht, aber sofort schieben sich in ihren Gedanken Max' Züge über seine.

Else seufzt. Immer kann sie sich nur zurückerinnern, da ist nichts Neues mehr in ihrem Leben; im Neuen steckt immer schon das Alte, denkt sie. Auch dieser Mann da neben ihr, er bezaubert sie nicht, es bezaubert sie bloß, dass er von ihr bezaubert ist. Sie bleibt einen Moment lang stehen und blickt zurück. In Windungen fließt ein kleiner Bach den Berg hinunter, verschwindet im Nichts. Sie legt den Kopf in den Nacken und betrachtet die Wolkenspiele am Himmel.

»Die Alm wird Ihnen gefallen«, sagt André, »und die Aussicht erst!«

Er lächelt, doch Else ist nicht nach Zurücklächeln zumute. Das Ereignis in der Nacht nach der Premiere, der Angriff dieser Gestalt, die wie aus dem Nichts kam, die ungewohnte Umgebung und dann auch noch ihre wiederaufgenommene Arbeit am Theater – all die Erlebnisse drehen sich in ihrem Kopf, ein Kaleidoskop aus Erinnerungen und Gefühlen, derer sie nicht Herr wird.

Als sie höher steigen, beginnt sich leichter Nebel zu bilden, der nach und nach dichter wird. Hin und wieder bricht die Sonne durch seine Schleier und verleiht ihm das Aussehen von Spinnengewebe. Else merkt, wie sie sich immer unbehaglicher fühlt; der steinige Pfad knirscht unter ihren Füßen, und die Luft ist mit einem Mal kalt und zugig. Sie will schon etwas sagen, um die beklemmende Stille zu durchbrechen, doch da beginnt André, leise zu singen.

»Komm, o Tod, du Schlafes Bruder, komm und führe mich nun fort. Löse meines Schiffleins Ruder, bringe mich an sichern Port.«

Es ist diese Stimme, denkt Else, nicht männlich, nicht weiblich, so, als wäre sie nicht von dieser Welt. Ja, beinahe wie die Stimme eines Engels. Und mit einem Mal ist sie so ergriffen, dass alles Unbehagen von ihr weicht.

»Schön!«, sagt sie leise.

André lächelt. »Ja, ein Ständchen für dich – den Tod!«

Else schüttelt den Kopf. »Ich bin bloß Else«, sagt sie. Und dann: »Was ist das nur für eine Melodie? Ich kenne sie …«

Da bleibt André stehen, und seine kristallinen Augen funkeln sie an. »Bach«, sagt er. »Ein ähnlich schönes Lied von ihm ist dieses hier: Ich bin's, ich sollte büßen …«

»Ja, das stammt aus der ›Matthäuspassion‹, hab ich recht?«, fragt Else.

Reichsmann nickt. »Sie sind gut! Wie finden Sie Bach?«

Else schweigt einen Moment lang und erinnert sich an die Mönche, denen sie als kleines Mädchen nachgegangen ist, um ihren Gang zu imitieren – vielleicht, weil es ihr so schien, als bewahrten diese Männer ein besonderes Geheimnis.

»Geheimnisvoll«, sagt sie. »Aber ganz verstehen kann ich sie nicht – diese Idee von Schuld und Sühne, die das Christentum dominiert. Ich bin wohl im Grunde meines Herzens einfach zu sehr Jüdin …«

Als sie auf dem Gipfel angekommen sind, gelingt es Else nur langsam wieder, durchzuatmen. Sie ist Wanderungen dieser Art nicht gewohnt, und die letzten Jahre haben ihre Spuren hinterlassen. Else sieht sich um und muss lächeln. Rundum sind zahllose Felder und Hügelketten zu sehen, und zu ihren Füßen erstreckt sich eine weite Ebene aus Kornfeldern, die bis zu einem verschwommenen Rand in der Ferne hin reicht. Wind streicht über die Ähren, die zittern wie die Wellen eines Ozeans, bloß hell, fast golden. Hinten, ein silbriger Streifen am Horizont, ist die Stadt Salzburg zu sehen. Elses Augen folgen dem Flug eines Vogels, einen Moment lang. Doch ihr Lächeln erstirbt, als sie André ansieht. Alles hier scheint zu träumen – und trotzdem lauert etwas, lauert ihr auf. Else schluckt, und mit einem Mal ist der Himmel eine fremde Landschaft, die sich auflöst. Die Welt scheint Risse zu bekommen, außen und innen. Auch Elses Gedanken bröckeln, brechen auseinander. Sie bemüht sich, nicht umzukippen. Irgendwie ist mein Leben seitenverkehrt, so als hätte jemand die Pole vertauscht, denkt sie.

»Jetzt haben wir uns aber eine gute Jause verdient, was?«, sagt André da, und seine Stimme reißt Else in die Gegenwart zurück. Sie nickt.

So kehren Else und André ins Hinterleitner Almhotel ein, und André bestellt für sie beide Kasnockn, eine teigige Angelegenheit, die immer mehr wird in Elses Mund. Sie kaut und nickt zu Andrés Worten, nickt und kaut. Danach sitzen die beiden einige Zeit lang vor dem Hotel und blicken in die Abendsonne; André erzählt von seiner Ausbildung am Mozarteum und Else davon, wie sie Max kennengelernt hat. Je länger sie sitzen, umso behaglicher wird es Else zumute; und während es zu dämmern beginnt, hat sie den Angriff vor zwei Tagen und auch alle anderen damit einhergehenden beklemmenden Gefühle fast vergessen.

Als es dunkel ist, zieht jeder sich in sein Zimmer zurück; Else blickt noch ein wenig aus dem Fenster, betrachtet die Sterne, die am Himmel auftauchen, und will sich dann schlafen legen. In dem Moment klopft es an ihrer Tür. Else öffnet zögerlich. Es ist André.

»Darf ich reinkommen?«, fragt er, und sein Gesicht hat einen derart kindlichen Zug, dass Else an ihre beiden Söhne Wolfgang und Gottfried denken muss.

»Freilich«, sagt sie ratlos und macht einen Schritt zur Seite. André tritt ein und zieht etwas aus seinem Mantel hervor, den er leger um die Schultern geschlungen hat.

»Champagner?« Else weiß nicht recht, wie ihr geschieht.

»Nur einen Schluck«, sagt André, setzt sich aufs Bett und überreicht ihr die Flasche, die bereits geöffnet ist. Else sieht ihn an, und plötzlich drehen sich die Verhältnisse um: Jetzt fühlt sie sich wie ein kleines Kind, so, als wäre sie kopflos. Sie schämt sich für ihre Bedürftigkeit, schämt sich, weil Andrés Blick sie auf eine Art und Weise berührt, dass ihr warm im Inneren wird. Jetzt merkt Else, wie müde ihr Leben sie gemacht hat. Sie sinkt richtiggehend neben André hin, nimmt einen Schluck und reicht die Flasche dann wieder an ihn.

»Danke, das schmeckt«, sagt sie, doch sie glaubt sich die Worte selbst nicht. Ausgezehrt und flach klingt ihre Stimme; erschöpft und voll von Sehnsucht nach Geborgenheit. Sie sieht Andrés Augen an, sieht seine nadelkopfgroßen Pupillen und merkt dabei, wie ihr Blick offen steht, wie alles an ihr offen steht, ihn hereinlassen will. Aber was hat sie ihm, der ihr Kind sein könnte, zu geben?

»Weißt du«, sagt André da, noch ehe sie etwas sagen kann, »wir sind uns ähnlich.«

Else lächelt unbeholfen, während sie den Blick senkt. Ein rostroter Schimmer liegt auf Andrés Unterarmen, seine helle Haut wird von den Schatten feiner rötlicher Härchen beleuchtet. »Ach so?«

»Ja, wir beide können uns von den Schatten der Vergangenheit nicht lösen.«

Erstaunt hebt Else den Kopf wieder und sieht André an. Es ist, als sähe sie Schatten und Schatten von Schatten, als sie in sein Gesicht blickt.

»Ich habe auch jemanden verloren, den ich geliebt habe, genau wie du Max«, sagt André leise.

Stille.

»Meine Schwester hab ich verloren«, fährt er, der plötzlich mehr mit sich selbst als mit Else zu sprechen scheint, fort. »Mein Vater hat sie … vor meinen Augen …« Er bricht ab und wischt sich über die Stirn, auf der Schweißperlen glänzen.

»Was …« Else merkt, dass ihre Stimme schlingert. »Was hat dein Vater getan?«, fragt sie heiser und spürt, wie etwas in ihr nervös wird.

»Er ist auf sie losgegangen, mit dem Küchenmesser. Er … war völlig betrunken«, sagt André, und in seinen Zügen bricht etwas auseinander.

Else schnappt nach Luft. »Und du – was hast du gemacht?«

André stößt ein schnaubendes Geräusch aus. »Ich konnte nichts tun«, sagt er leise. Und dann: »Aber mach dir keine Sorgen, Else. Ich habe einen Freund …«

Else schluckt schwer; plötzlich ist da ein Sirren an ihren Schläfen, so als hätte sie Tausende Insekten in ihrem Kopf, die gegen ihre Schädelwände flattern.

»Ja? Wen denn?«, kommt es kratzig aus ihr.

André beugt sich vor, legt eine Hand sanft auf ihr Knie und beginnt zu wispern: »Er kommt immer dann, wenn ich in Not bin. Er ist wie ein Gott zu mir. Er ist des Schlafes Bruder. Kannst du ihn hören?«, sagt er tonlos. »Er ist gleich da …«

Und da sieht sie es: sieht das Monster, das aus Andrés Zügen steigt, der sich plötzlich auf sie stürzt. Else ist es, als würden Krallen sie am Hals packen. Sie würgt und schaut entsetzt André an, der sich in einen Dämon verwandelt hat und ihr die Kehle zudrückt. Seine Augen sind weit aufgerissen, der Blick starr. Else versucht sich zu wehren, will ihn von sich drücken, wieder und wieder, doch sie merkt, dass sie keine Chance hat. Schließlich schließt sie die Augen, als könnte sie sich so gegen sein Gesicht wehren, das nahe kommt, viel zu nahe. Er ist wahnsinnig, denkt sie. Und: Das ist mein Ende. Sie versucht zu atmen, doch es geht nicht. Andrés Finger schließen sich fest und fester um ihren Hals. Das Zimmer verschwimmt vor ihren Augen. Aus der Tiefe der Jahre hört sie noch einmal ihre Liebe zu Max auftönen, so stark und eigensinnig, als müsste man sie extra umbringen. In Erwartung des Nichts presst sie die Lider fest aufeinander.

OSCAR BREITENSEE

AUF DER ALM

Salzburg, 1937

»Ich habe ein ungutes Gefühl«, sagt Breitensee, als er den Telefonhörer auf die Gabel zurückgelegt hat. »Es behagt mir nicht, dass Else Heims allein mit André Reichsmann unterwegs ist.«

Wutz sieht auf. »Wer ist was?«, fragt er irritiert.

»Else Heims macht mit André Reichsmann gerade eine Wanderung zur Hinterleitner Alm in St. Wolfgang«, erklärt Breitensee. »Zumindest hat sie mir das vorgestern erzählt.«

Wutz schnappt nach Luft, scheint zu überlegen, doch noch ehe er etwas sagen oder fragen kann, entscheidet Breitensee nach seinem Bauchgefühl.

»Ich werde ihnen folgen. Jetzt. Und dich bitte ich, den Psychiater zu kontaktieren, der Reichsmann behandelt hat. Er soll mir sofort nachkommen, am besten mit zwei weiteren Kollegen aus der Psychiatrie«, sagt er.

Endlich hat Breitensee St. Wolfgang erreicht. Um zum Hotel zu gelangen, muss er einen kleinen staubigen Weg hochsteigen, der sich durch einen Wald schlängelt. Fast könnte man seekrank werden, wenn man zur Seite sieht, denkt er schon nach einigen Minuten. Denn steil abfallend sind die Felswände neben ihm. Der Berg trotzt dem Leben mit seinem uralten steinernen Antlitz, denkt er, und einen Moment lang hat er große Ehrfurcht vor der Kraft der Natur, doch dann konzentriert er sich wieder auf den Pfad.

Immer unruhiger wird er, je näher er dem Almhotel kommt.

Ein bitterer Geschmack von Furcht liegt in seiner Kehle, und er verlässt ihn auch nicht, als der Weg etwas breiter wird und ein Schild vor ihm erscheint, auf dem »Hinterleitner Alm« geschrieben steht.

Inzwischen ist es Abend geworden, und Breitensee hat alle Mühe, scharf zu sehen. Doch dann taucht ein Häuschen auf, das nach und nach heranwächst. Endlich – er hat das Hotel erreicht. Breitensee überlegt nicht lange; er geht mit hastigen Schritten hinein. Im Empfangszimmer, das von einem kleinen Tischchen mit Häkeldecke und einer Frau im Dirndl beherrscht wird, fragt er nach Else Heims. Die Frau ist zunächst etwas irritiert.

»Zimmer Nummer sieben«, sagt sie jedoch flötend, als Breitensee ihr seinen Ausweis zeigt. »Sie wird aber wohl schon schlafen«, fügt sie dann hinzu, doch Breitensee hört gar nicht hin, sondern hastet mit ausholenden Schritten durch den Gang. Bei Nummer sieben angekommen reißt er die Tür auf – und erstarrt einen Augenblick lang. Es dauert einige Sekunden, bis er begreift, was in dem engen Zimmer vor sich geht: Auf dem Bett in der Ecke des Raumes sitzt André Reichsmann, der sich mit seinen dünnen Fingern an Else Heims' Hals festgekrallt hat und sie niederzuringen versucht. Breitensees Körper spannt sich an, stürzt los. Alles geschieht unglaublich rasch; noch bevor Reichsmann, der das Knarzen der sich öffnenden Tür gehört hat, sich erheben kann, versetzt Breitensee ihm einen derart heftigen Hieb auf den Schädel, dass er mit einem dumpfen Laut nach hinten sinkt.

ELSE

TRAUMWANDLERIN

Salzburg, 1937

Wer sich mit Lichtgeschwindigkeit bewegt, für den lösen sich die Vorstellungen von normaler Zeit auf. So können Dinge, die sich im gleichen Augenblick abspielen, zu verschiedenen Zeiten geschehen – oder Dinge, die zu verschiedenen Zeiten passieren, in eins fallen. In diesem Moment laufen Vergangenheit und Zukunft zusammen. Else wird geboren, und Else stirbt, alles geschieht gleichzeitig: Die Finger, die sich um ihren Hals schließen, der Atem, der nicht mehr kommt, die Arme der Mutter, die sie halten, Geburt und Tod schieben sich ineinander und sind nicht mehr voneinander zu trennen. Else ist wieder klein, sie sitzt in der Wohnung ihrer Eltern und lauscht, die Augen weit aufgerissen, den Erzählungen der Mutter. Else lächelt, denn sie darf Kind sein, ist am Ursprung, an der Quelle; der Atem der Mutter wiegt sie, nichts kann geschehen. Einmal noch schnappt sie nach Luft und nimmt Abschied. Dann: nichts mehr.

Auf einmal aber dringt etwas in dieses Nichts ein; es ist ein dumpfes Geräusch, wie eine hohle Hand, die auf einen Mund schlägt. Der Druck an ihrem Hals lässt nach. Und plötzlich – Else weiß selbst nicht, wieso – kann sie die Augen wieder öffnen und sieht, wie André Reichsmann vor ihr zu Boden sinkt. Sie blinzelt. Was ist passiert? War es am Ende der Engel, den sie als kleines Kind in ihrem Zimmer zu sehen gemeint hat; der, der ihr auch nach der Trennung von Max zu Hilfe geeilt ist? Hat er sie gerettet?

Else holt tief Luft. Wie wunderbar es ist, wieder zu atmen,

denkt sie erleichtert. Erst nach einigen Sekunden traut sie sich, sich im Raum umzusehen. Vor ihr, auf dem Boden, liegt, wie ohnmächtig, André Reichsmann, und niemand anderer als Kommissar Breitensee beugt sich über ihn. In dem Moment scheint Reichsmann das Bewusstsein wiederzugewinnen, schlägt mit einem Hieb Breitensees Hand von sich, der versucht, ihn festzuhalten, steht auf und läuft davon. Doch er wird von zwei Männern aufgehalten, die gerade das Zimmer betreten. Else ist es, als erwache sie aus einem tiefen Schlaf. Verwirrt betrachtet sie die Szenerie, betrachtet André Reichsmann, dessen Körper von wilden Zuckungen durchpulst wird, während man ihn festschnallt.

»Lasst mich! Lasst …«, stöhnt er. Die Stimme versagt ihm, als einer der Männer eine Nadel in seinen Hals stößt; ein Gurgeln ist zu hören, dann nichts mehr. André Reichsmann, der eben noch wild tobte, sinkt wie gelähmt nach hinten. Sein Blick klappt nach innen, und innerhalb weniger Sekunden gleichen seine Züge denen eines schlafenden Kindes. In diesem Zustand wird er aus dem Zimmer getragen. Else versucht sich zu sammeln.

»Das war also wieder einmal knapp«, sagt sie schließlich, an den Kommissar gewandt, der im Zimmer geblieben ist.

Oscar Breitensee zieht eine Augenbraue hoch und bricht dann in schallendes Gelächter aus, das gleich den Wellen eines Meeres auf- und abebbt. Es dauert, bis er sich beruhigt hat.

»Sie sind mir ein Phänomen, Else Heims«, sagt er. »Haben Sie eigentlich vor nichts Angst?«

Da muss auch Else mitlachen. »Nein«, sagt sie. »Was soll mir schon geschehen? Ich bin doch der Tod!«

Breitensee nickt. »Und doch wären Sie um ein Haar gestorben. Und ein guter Köder sind Sie obendrein, Frau Heims. Es tut mir wahnsinnig leid, ich weiß, es wäre beinahe zu spät gewesen.«

Else lächelt schief.

»Wissen Sie, Sie waren eine große Hilfe. Längere Zeit schon dachte ich, dass mir Reichsmanns Augen bekannt vorkommen, auch wenn sein Name mir nichts sagte«, sagt Breitensee, nimmt Else, die aufsteht, an der Schulter und führt sie sanft aus dem Zimmer. »Irgendwann wurde mir klar, dass sie mich an die Augen eines ermordeten Mädchens erinnern, dessen Fall mich seit einem Jahr beschäftigt, weil er nie gelöst wurde. Aber auch jetzt erschloss sich mir der fatale Zusammenhang noch nicht. Erst als Reichsmann sich verdächtig machte, habe ich meinen Kollegen Wutz gebeten zu recherchieren; und es stellte sich heraus, dass Reichsmann eigentlich Fritz Bauer heißt. Er ist der Bruder des getöteten Mädchens und hat seinerzeit seine Schwester tot aufgefunden. Nach diesem traumatischen Ereignis musste er in eine Klinik und hat danach versucht, sein Leben zu ändern; er hat sich völlig von den Eltern losgelöst und eine neue Identität angenommen.«

In Elses Kopf rattert es; wie Teile eines Puzzles fügen sich die verschiedenen Informationen in ihrem Kopf zusammen. »Eben hat er mir davon erzählt …«, murmelt sie.

»*Was* hat er erzählt?« Breitensee bleibt stehen, seine Stimme schneidet mit einem Mal scharf wie ein Messer.

»Dass …« Else versucht sich so gut wie möglich zu erinnern, »dass er seinen Vater dabei beobachtet hat, wie er seine Schwester getötet hat«, sagt sie heiser.

Breitensee sieht Else an, und seine Augen beginnen zu glänzen. »Wenn das stimmt«, sagt er, »dann haben wir drei Fälle gelöst!«

Schweigend betrachtet Else die Landschaft, als sie neben Oscar Breitensee aus dem Hotel kommt. Still und feierlich ist die Natur, denkt sie. Hier, so weit oben auf dem Berg, hat sie das Gefühl, wie wenn die Landschaft reden würde. Ja: Als würde der Wind um sie herum mit ihr sprechen. Ein Flüstern sind seine süßen Töne, und sie beruhigen sie nach und nach. Seltsam, denkt sie, nur ich bin eine andere geworden in den letzten Tagen. Hinter den Wolken wird immer noch wie jeden Morgen aufs Neue die Sonne aufgehen.

Wie eine Traumwandlerin sieht Else sich um. Die Schatten kommen und verschwinden, und immer wieder regt sich eine Art Wärme, trotz allem, denkt Else. Auch ohne sie wird es weitergehen, das Leben hier auf der Welt, irgendwann. Wolken spannen sich am Himmel und zerreißen wieder, und Menschen kommen und gehen. Das ist alles.

Am nächsten Morgen beschließt Else, endlich einmal Wilhelm zu besuchen, um sich von den vielen Bildern abzulenken, die in ihrem Kopf kreisen. Nachdenklich nähert sie sich St. Peter. Das Kloster wirkt düster, was vielleicht an ihren eigenen Gedanken liegt, die immer wieder zu André Reichsmann zurückkehren. Als sie das große Eisentor erreicht hat, atmet sie einen Moment lang tief ein und aus, ehe sie mit einer ruckartigen Bewegung an die Türe pocht. Ein kleiner Mann in Kutte öffnet.

»Ja?«, fragt er.

Else räuspert sich. »Else Heims«, sagt sie dann. »Ich würde gerne mit Wilhelm Jakobsen sprechen; er ist ein alter Kindheitsfreund von mir …«

»Verstehe, ich lasse ihn holen.« Der Mann kehrt ihr den Rücken zu und verschwindet. Einige Minuten später wird unter kräftigem Knarzen das Tor geöffnet, und Else blickt in das Gesicht eines kleinen, feisten Mönches mit einem fast schnabelhaft anmutenden Mund und kleinen Augen.

Er hat sich nicht verändert, denkt sie. Immer noch diese Apfelbacken, immer noch das strohblonde Haar – wenn auch durch eine Tonsur unterbrochen. Else lächelt, und als sie in Wilhelms Augen blickt, erkennt sie an ihrem Leuchten, dass auch er sie erkannt hat.

»Donnerwetter!«, ruft er und umarmt Else. »Komm rein!«, sagt er dann.

Else muss lachen; denn Wilhelm sieht nicht nur immer noch aus wie eine Ente – er geht auch noch wie eine, seltsam watschelnd, mit nach außen gedrehten Füßen. Sie folgt ihm.

»Schön, dass du mich so warm empfängst«, sagt sie. »Das ist ja nicht selbstverständlich.«

Wilhelm nickt. »Ja, ich weiß«, sagt er leise und führt Else in einen Klostergarten. »Im Moment seid ihr Juden die Zielscheibe allen Hasses. Es ist verachtenswert.«

Else schluckt schwer. In ihrem Kopf jagen wild die Gedanken herum, und sie ist unfähig, sie in Worte zu fassen. »Aber das ist nicht alles«, platzt sie dann heraus. »Zuerst die neue Stadt, dann mein Erfolg auf der Bühne; und dann hat jemand mich angegriffen, in der Nacht, und gestern wollte mich ein Mann erwürgen, in den ich mich fast verliebt hätte, obwohl er mein Sohn sein könnte!«

Wilhelm bleibt ruckartig stehen und sieht sie skeptisch an. Dann beginnt er zu lachen, und auch Else grinst schief.

»Liest du noch immer so viele Bücher, Judenmädel?«, sagt er schließlich, nachdem er sich beruhigt hat. »Ich glaube, deine Phantasie geht wieder mal mit dir durch.«

OSCAR BREITENSEE

HEIMREISE

Salzburg, 1937

Im großen Schlossgarten, hinter einer Ansammlung aus Birken, ertönt Musik, als Breitensee das Areal rund um Schloss Leopoldskron betritt. Sie ist leicht und spielerisch; der Klang eines Klaviers mischt sich mit dem einer Geige und weht durch den dämmernden Abend. Allmählich verblasst der purpurne Widerschein des Abendlichts, alles liegt in märchenhaftem Glanz.

Breitensee sieht sich um; die untergehende Sonne lässt die Gesichter der Gäste golden schimmern, und auf der Oberfläche des Weihers zittern sanft die letzten Strahlen. Die Blätter der Bäume haben sich verfärbt; der Herbst kündigt sich an. Breitensee blickt einen Augenblick lang zu den Felsbändern am Horizont hin, die im Abendnebel verschleiert sind, dann wendet er sich dem Treiben um ihn herum zu. Weil es die Dernierenfeier ist, hat Max Reinhardt ein Klavier in den Hof bringen lassen; schwarz glänzend steht es auf einer unter den Weiden angebrachten Tribüne, und eine blonde Frau, die hingebungsvoll den Kopf in den Nacken wirft, spielt darauf, begleitet einen jungen Geiger mit schwarzen Locken.

Zum ersten Mal begreift Breitensee, warum Reinhardt trotz der Morde daran festgehalten hat, den »Jedermann« aufzuführen. Eine lebensbejahende und vitale, jeglichen Widerständen trotzende Kraft liegt in allem, was dieser Mann beginnt. Auch jetzt noch, da ein dunkler Schatten beginnt, sich über alles zu legen, kann man ihm die Freude an der Lebenslust nicht verderben.

Von hinten wird Breitensee sanft am Arm gefasst; es ist Anna. Sie trägt ein eng anliegendes Kleid, das in der Bewegung etwas Fließendes hat; so, als wäre sie eine Nixe im Wasser.

»Schön«, sagt Breitensee.

Anna lacht. »Was genau?«, fragt sie dann.

»Alles«, erwidert er und zieht sie mit einem Ruck auf die Tanzfläche, die sich neben dem Schloss befindet. Im Schein der untergehenden Sonne nimmt Breitensee Anna in die Arme und wirbelt sie umher; das kurze helle Haar flattert an ihren Wangen, die sich röten, und ihr Lächeln zeigt perlend weiße Zähne. Alles löst sich in ein rotierendes Farbenspiel auf; Breitensee meint einen Moment lang, er säße auf einem Karussell; um ihn durcheinanderflutende Gestalten und vor ihm, lachend, Annas Gesicht.

Nach dem dritten Lied geht Anna an die Bar, und Breitensee sieht sich nach Max Reinhardt um. Schließlich findet er ihn; weiter hinten am Weiher, im Schatten der Bäume, steht er da, reglos wie eine Statue, die Hände in den Hosentaschen vergraben. Eine plötzliche Ergriffenheit würgt Breitensee, als er sich mit vorsichtigen Schritten nähert. Max Reinhardt hört ihn kommen und dreht sich um.

»Herr Kommissar, Sie hier – der Fall ist doch erledigt!«, meint er schalkhaft. Im fahlen Mondlicht kann Breitensee seine Züge nicht genau erkennen.

»Es tut mir leid«, sagt Breitensee leise, während er sich neben Reinhardt stellt und in den Weiher blickt. Wie die Brust einer Taube schillert die Oberfläche des Wassers im Mondlicht. »Ich meine, dass Sie es hier als Jude im Moment so schwer haben …«, stottert er weiter, als Reinhardt nicht antwortet.

Reinhardt zuckt mit den Schultern und kickt bemüht lässig einen Kiesel ins Wasser. »Keiner kann sich der Realität entziehen. Wenn man mich irgendwann nicht mehr in Salzburg haben will, werde ich woanders hingehen«, sagt er und betrachtet die Kreise, die der Stein zieht.

»Sie sind ein Dickkopf«, sagt Breitensee und lächelt.

Da wendet Reinhardt sich ihm zu. »Sie auch«, sagt er und klopft Breitensee auf die Schulter, wofür er sich leicht auf die Zehenspitzen stellen muss. »Vielleicht besuchen Sie mich mal in Amerika? Ich habe vor, die nächsten Monate da zu verbringen. Sicher ist sicher.«

»Ja, vielleicht.«

»Amerika ist gut«, fährt Reinhardt fort, »ich habe dort 1923 das erste Mal inszeniert. Der Hass auf die Juden existiert in diesem Land nicht.«

In dem Moment erhellt ein Feuerwerk den Abendhimmel; die Oberfläche des Weihers glänzt und strahlt von der Reflexion farbiger Lichter, das Sprühen der Feuerwerkskörper zieht einen Schwanz hinter sich her, der dem von Sternschnuppen gleicht.

Schließlich, als die Strahlen sich in einen Regen aus Funken aufgelöst haben, sagt Reinhardt: »Wollen wir zu den anderen zurückgehen? Ich glaube, da gibt es eine Frau, die gerne mit ihnen tanzen würde.«

Breitensee nickt. Als sie sich dem rauschenden Fest nähern, kommt ihnen Else entgegen.

»Ich hab dich schon gesucht«, sagt sie, an Reinhardt gewandt. »Wolltest du nicht noch eine Rede halten?«

Reinhardt verzieht das Gesicht und entfernt sich mit raschen Schritten.

Else sieht Breitensee lächelnd an, doch es wirkt ein wenig angestrengt. Sie schweigt lange.

»Der arme André … Was muss nur über ihn gekommen sein, um zwei Männer zu töten … Verstehen Sie ihn?«, will sie dann tonlos wissen.

Breitensee erinnert sich an sein Verhör des jungen Mannes, versucht innerlich, die Perspektive des Mörders einzunehmen.

»Nun, Reichsmanns Eltern haben die Kinder wohl gequält, er wurde ›verrückt‹, weil er zusehen musste, wie der Vater seine Schwester getötet hat. Da seine Mutter ihn bat, die Tat des

Vaters zu decken und ihm zudem ein Alibi zu geben, hat er geschwiegen. Die Schuld des Schweigens muss zu viel für ihn gewesen sein«, erklärt er.

»Als er mich in dem Hotel angefallen hat«, sagt Else, während sie sich durchs Haar fährt, »da schien es, als wäre er ein anderer Mensch …«

Breitensee nickt. »Offenbar hat das Trauma des Mordes an seiner Schwester eine Art Persönlichkeitsspaltung bei ihm ausgelöst. Er ist in die Figur des Todes geschlüpft, um die Kontrolle zu bewahren, sagen die Psychiater.«

»Kein Wunder, dass er die Darsteller des Todes im ›Jedermann‹ nicht mochte«, sinniert Else. »Sie haben ihm seine Position streitig gemacht.«

»Ja«, stimmt Breitensee zu, »auch wenn das für uns irrational klingen mag. Auch Sie wollte er nicht verschonen, zum Glück ist es ihm nicht gelungen. Das erste Mal, weil ich dazwischenkam, und dann …«

Else lacht. »Dann, weil Sie noch einmal dazwischenkamen«, vollendet sie den Satz.

»Jedenfalls wird er wohl ein Leben lang in der Klinik bleiben müssen«, sagt Breitensee, und dann, um das Thema zu wechseln: »Wo wollen Sie hin, wenn die Festspiele vorbei sind?«

»Zuerst einmal nach Berlin und dann vielleicht auch nach Amerika«, antwortet Else schulterzuckend.

»Sie lieben Ihren Ex-Mann immer noch, hab ich recht?«, fragt Breitensee leise. Else antwortet nicht.

»Gut, dass der Fall gelöst ist«, sagt sie schließlich bemüht fröhlich. »Und gut, dass Sie mir zu Hilfe gekommen sind. Ich dachte schon, ich ersticke, wissen Sie? Einen Moment lang waren Sie wirklich so was wie ein Engel für mich.«

»Ein Engel für den Tod«, antwortet Breitensee lächelnd. »Der auch noch einen Fall löst. Sehr poetisch!«

Was ist schon gelöst?, denkt er aber bei sich, als Else und er sich der Bühne im Schlosspark nähern, auf der Max Reinhardt seine Rede hält. Wie ein Baumschlag bleiben die Fragen zurück, verwehren einem die Aussicht auf das Leben. Wer weiß schon, was in Reichsmann wirklich vorgeht? Breitensee sieht sich um. Ist am Ende alles nur Spiel? Sind nicht die Schauspieler die wahrhaftigeren Menschen? Während er so nachdenkt, wäre er fast in eine kleine, gedrungene Gestalt hineingelaufen.

»Oh, Hochwürden!«, sagt er mit ironischem Unterton, als er im flackernden Licht der Lampen Pfarrer Brauns Gesicht erkennt. »Haben Sie die Seiten gewechselt?«

Braun senkt verlegen den Blick, sodass sich ein leichter Kragen aus Fett unter seinem Kinn wölbt.

»Guten Abend, Herr Kommissar«, sagt er fast unterwürfig. Und dann, sehr leise: »Ich bin enttäuscht. Die Nationalsozialisten setzen seit Kurzem nicht nur alles daran, unsere Brauchtümer wie etwa den Perchtenlauf zu verbieten – sie wollen inzwischen auch nicht mehr mit der katholischen Kirche kooperieren.«

»Verstehe«, sagt Breitensee, von einer gewissen Genugtuung erfüllt. »Das heißt, Sie halten die Juden jetzt doch für das geringere Übel? Was sind Sie bloß für ein Opportunist.«

Pfarrer Brauns labbriges Kinn wackelt ein wenig, als er Breitensee mit betretenem Blick ansieht.

»Wie auch immer«, meint Breitensee, der merkt, dass er müde wird, »grüßen Sie Frau Pöcksteiner von mir, falls Sie sie sehen – und kümmern Sie sich um sie. Sie hat ja niemanden mehr, und ihr Sohn bleibt tot, auch wenn wir den Mörder gefunden haben.«

Braun beeilt sich zu nicken. »Ja, das mache ich! Ich verspreche es Ihnen.«

»Gut so«, sagt Breitensee und wendet sich ab. Dann dreht er sich noch einmal um. »Und füttern Sie die Katze Perchta!«

In Breitensees Kopf ist ein Gewirr aus Bildern, als er an diesem Abend Leopoldskron verlässt. Anna ist noch auf dem Fest geblieben, doch er fühlt sich erschöpft, muss zu viele Dinge in seinem Kopf ordnen. Zwar ist jetzt das Gesicht des toten Mädchen daraus verschwunden, doch ein anderes hat sich darübergeschoben. Es ist das André Reichsmanns, der ihm, die Arme am Rücken zusammengebunden, nachstarrte, als er nach der Einvernahme die Klinik verließ. Dieselben blauen Augen sind es, dieselben wie die des Mädchens – doch sie leben, wenn auch der Wahnsinn in ihnen lodert. Was wohl aus Maria geworden wäre, wenn der Vater sie nicht umgebracht hätte? Nie wird man es erfahren, denkt Breitensee traurig; jeder, der stirbt, nimmt eine Fülle an Geheimnissen mit sich.

Bei sich in der Wohnung angekommen, legt er sich sofort ins Bett und sinkt in einen tiefen, unwirklichen Schlaf.

ELSE

DER ABSCHIED

Salzburg, 1937

Als Else den Domplatz erreicht, stehen die Touristen dort wie Zuschauer vor einer Tanzfläche. Seltsam, denkt sie, dabei ist das Spektakel doch vorbei. Sie wirft einen letzten Blick auf ihren ehemaligen Spielort, sieht, wie die Bretter der Bühne langsam von Männern in kurzärmeligen Hemden abgebaut werden. Ein Schwarm Tauben schießt empor, flatternd, bildet ein Muster am Himmel.

Mit einem Mal fühlt Else ihre müden Beine. Im Laufe der Jahre ist sie immer schwächer geworden, und jetzt, nach den Ereignissen der letzten Tage, scheint ihr sogar der Koffer zu schwer; dabei hat sie nicht viel eingepackt. Sie sieht sich um, während sie wartet, und spürt die kühle Spätsommerluft im Gesicht.

»Na, hast du deinen Erfolg schon verdaut?«, fragt Max, der plötzlich neben ihr steht und sie schief anlächelt.

Else lächelt gequält zurück. Es stimmt, sie könnte sich freuen: Die Presse hat über ihren fulminanten Auftritt berichtet, und dennoch – in ihrem Inneren ist ein Loch, das nicht gefüllt werden kann.

»Wer nahe am Ende ist, den sieht der Ursprung an«, sagt sie statt einer Antwort, und das Lächeln auf ihren Lippen verblasst. Ihr wird bewusst, dass sie die Liebe ihres Lebens und ihren geliebten Sohn in dieser Stadt zurücklässt. Die Zeit ist so schnell verflogen, denkt sie, während Max nach ihrem Koffer greift und die Tür des Automobils öffnet, das neben der Mariensäule geparkt ist. Wir kennen uns über vierzig Jahre, doch alles ist im Nu vergangen. Wie konnte das nur dermaßen rasch gehen?

»Hab eine gute Heimreise«, sagt er, doch es klingt abwesend. Wahrscheinlich ist er mit den Gedanken schon in Amerika; kein Wunder, hier in Österreich ist für Juden kein Ort mehr, um in Frieden zu leben. Und in Deutschland erst recht nicht.

Rasch steigt sie ein. Mit einem lauten Knall fällt die Autotür ins Schloss, und Gottfried, der etwas verschlafen am Steuer sitzt, startet den Motor. Else sieht aus dem Fenster. Max steht da wie ein in der Erde verankerter Fels, klein und stämmig, aber mit dem Herzen längst anderswo. Sie schluckt schwer, als sie das Fenster herunterkurbelt, um ihm noch einmal die Hand zu reichen.

»Adieu«, sagt sie leise.

»Adieu!«, sagt Max und dreht sich um.

Else sieht ihm nach, lange, bis er in einem der Gässchen verschwindet und die Stadt ihn einschließt. Er geht schnell und mit festem Schritt, als wolle er sein ganzes Ich in die Erde hineintreten, selbstbewusst und bestimmt; so war er immer schon.

Else lässt den Blick umhergleiten. Plötzlich scheinen die Berge um sie viel weiter weg, und alles, was in den letzten Tagen geschehen ist, kommt ihr vor, als wäre es in einem anderen Leben passiert. Eigentlich würde sie lieber in Salzburg bleiben. Sie könnte bei Gottfried wohnen und dann nach Amerika gehen, wie Max und er. Doch sie will kein Anhängsel sein.

Elses Kehle ist wie zugeschnürt, als sie die Fensterscheibe in die Höhe kurbelt, und einen Moment lang scheint das Brummen des Motors alles zu übertönen. Max, denkt Else. Er ist nicht stehen geblieben, hat sich nicht umgedreht, nicht nach ihr gerufen, nicht versucht, sie zu halten. Er ist einfach verschwunden – und mit ihm der letzte Rest an Sehnsucht in ihrem Herzen. Ich darf mich auch nicht umdrehen, denkt Else, als das Auto sich in Bewegung setzt. Umdrehen hat noch nie etwas gebracht. Und so starrt sie verbissen nach vorne, während die Häuserzeilen neben ihr vorbeigleiten.

»Danke, Mama«, sagt Gottfried da leise. »Danke, dass du uns nicht im Stich gelassen hast.«

Else bemüht sich, unbeschwert zu klingen, als sie antwortet: »Jetzt ist alles erledigt; ich habe den Tod gespielt und wäre fast selber gestorben. Was kann man Spannenderes erleben?«

Gottfried lacht. »Und beides hast du ziemlich gut gemacht!«

Else zuckt mit den Schultern. »Das sagst du, weil du mein Sohn bist.«

Gottfried schürzt die Lippen, wie er es als kleiner Junge schon getan hat. »Du bist die Beste, Mama«, sagt er dann aus vollem Herzen.

Else schluckt. Und plötzlich hört es auf. Der Schmerz ist verschwunden.

Das Leben ist wie ein Zug, der immer schneller und schneller rast, denkt Else, als sie in den Waggon steigt, der sie nach Berlin bringen soll. Ja, das Leben ist wie ein Zug. Ihr bleibt nichts übrig, als auf die letzte Station zu warten.

Sie lässt sich in den Sitz fallen und winkt Gottfried noch einmal zu. Mit einem Mal ist sie mit sich im Reinen. Ein Satz fällt ihr ein, den sie als Kind von ihrer Mutter gehört hat. »Wer wahrhaft liebt, gibt alles, ohne etwas zu verlieren.«

Else lächelt. Dann schläft sie ein.

EPILOG

Alles beginnt so: Ein Kind wird geboren. Und er ist von jeher der Begleiter. Am Anfang kann es ihn sehen: Es spricht mit ihm, in einer Sprache, die nur das Kind und er verstehen. Seine knorrigen weißen Hände halten es, und seine pupillenlosen schwarzen Augen sehen es an. Doch das Kind hat keine Angst, im Gegenteil. Es lacht ihm zu. Es weiß: Er ist die Wiege. Er wird es halten, am Anfang und am Ende. Es ist egal, dass er hier eingesperrt ist, dass er Medizin nehmen muss, die ihm die Sicht nimmt. Alles ist egal geworden; auch die weiße Jacke, mit der sie ihm die Arme um den Körper binden, und die Schreie der anderen, die in den Betten neben ihm liegen. Nie wieder kann ihm etwas geschehen; jetzt, endlich, hat er nicht nur die totale Kontrolle über sein Leben, sondern auch über das aller anderen erlangt. Denn er ist: der Tod.

Nachwort

Kaum je hat jemand die spannende Frage gestellt: Wer waren sie? Welche vergessenen Frauen hielten die Welt hinter den Kulissen der Salzburger Festspiele zusammen? Dass das besondere Festival, das bereits über hundertfünfundzwanzig Jahre besteht, von Männern gegründet wurde, ist freilich klar. Doch welche weiblichen Energien standen hinter diesen männlichen Individuen? Max Reinhardt war mit einer Frau verheiratet, die anfangs viel erfolgreicher war als er und heute leider kaum noch bekannt ist.

Richtig, die Rede ist hier von Else Heims-Reinhardt, geboren am 3. Oktober 1878 in Berlin. Als Tochter des Tischlermeisters Ernst Heims besuchte sie zunächst die Volksschule und arbeitete anschließend in der Buchhaltung. Aber Else wollte an ihre Grenzen gehen; sie war neugierig und hatte Lust, die Welt zu entdecken. In jungen Jahren nahm sie Schauspielunterricht bei Gustav Kober, und die Arbeit schien Früchte zu tragen. So nahm man Else Heims bereits im Alter von neunzehn Jahren in das Ensemble von Otto Brahm am Deutschen Theater auf. Eine schicksalhafte Wendung: Denn hier lernte sie Max Reinhardt kennen, der bereits seit 1894 der Truppe angehörte.

Was folgte, waren erste Auftritte: Am 15. September 1897 debütierte Else Heims als Miriam in dem Stück »Johannes« – und machte damit Karriere. Bereits früh bahnte sich eine Liebesbeziehung zwischen ihr und Reinhardt an, und Else stützte alle seine Entwicklungen; begonnen bei seinen Berliner Theatergründungen – man denke hier nur an das »Kleine Theater« sowie an das »Neue Theater« – bis hin zur Übernahme der Intendanz des Deutschen Theaters im Jahr 1905. Mag ihre treue und unterstützende Haltung der Grund für die Eheschließung gewesen sein, die im Jahre 1910 stattfand? Wir wissen es nicht.

1908 und 1913 kamen die beiden Söhne Wolfgang und Gottfried zur Welt, und Else akzeptierte auch die uneheliche Tochter Jenny, die aus einer anderen Beziehung Reinhardts stammte, mit menschlichem Großmut. Das Leben, ein Sommernachtstraum? In diesem jedenfalls trat Else Heims schon bald auf. Doch damit nicht genug: Es folgten brillante Darstellungen als Iokaste in »König Ödipus«. Stets bewies Else Vielseitigkeit. So war sie auch bei einem Gastspiel im Wiener Cirkus Renz als ebenjene Iokaste eine wichtige Attraktion und widmete sich unter der Regie ihres Gatten einigen fulminanten Darstellungen, die von »Der Kaufmann von Venedig« über »Was ihr wollt« bis hin zu der schwierigen Titelrolle in »Minna von Barnhelm« reichten. Es scheint, als hätten die ringenden Frauenfiguren der Theaterliteratur es Else angetan: So legte sie bald schon eine neuartige Interpretation der Kassandra in der »Orestie« hin, in einem extra für die Eröffnung umgebauten Schauspielhaus in Wien.

Leider aber können Symbiosen auch scheitern, wie dieses weniger freundliche Beispiel zeigt. So verliebte sich Max Reinhardt im Jahr 1913 in die sechzehn Jahre jüngere Schauspielerin Helene Thimig, für die er sein Leben mit Else aufgab. Bald schon wütete der Scheidungskrieg zwischen Else und Max. Und er zog sich viele Jahre hin.

Auch der weitere Verlauf von Else Heims' Leben gestaltete sich schwierig. Bedingt durch die Trennung wurden der einst so gefeierten Schauspielerin nach 1920 kaum noch Engagements angeboten. Die Welt schien zerbrochen. So handelte es sich bei Heims' letzter Bühnenrolle – nomen est omen – auch um die Protagonistin in »Der zerbrochene Krug«.

Während des Zweiten Weltkriegs musste Else Heims fliehen – und die restliche Zeit ihres Lebens verbrachte sie pendelnd zwischen den USA und Österreich. Sie trat noch in einigen Stummfilmen auf, verschwand jedoch in den letzten Jahren vor ihrem Tod ganz von der Bildfläche.

Die Zeit geht weiter, die Verhältnisse ändern sich; doch dass die Frauen der Festspielbegründer einen großen Teil dazu beigetragen haben, dass die Festspiele das sind, was sie sind, wird bis heute viel zu wenig geschätzt. Mein Großvater, Walther Reyer, war ein wichtiger Jedermann-Darsteller, und so konnte ich selbst Einblick in die Maschinerie der Salzburger Festspiele erhalten, bei der Frauen nach wie vor wenn, dann vor allem als Rolle der »Buhlschaft« – und da auch fast immer mit rotem Kleid und wallendem Haar – eingesetzt werden. Wir haben also noch einiges an Arbeit vor uns. Und als eine wichtige Vorreiterinnenfigur der Gleichberechtigung kann zweifellos immer noch die lange verstorbene Else Heims – sie wurde am 27. Februar 1958 in Santa Monica in Kalifornien beerdigt – gesehen werden.

Zum Glück gibt es die österreichische Literatur- und Theaterwissenschaftlerin und außerordentliche Universitätsprofessorin Pia Janke, die mit ihrem im Praesens Verlag erschienenen Buch »JederMann – KeineFrau« einen Paradigmenwechsel eingeleitet hat. Und zum Glück gibt es meinen geschätzten Mentor Gert Korentschnig, Leiter der Kultur- und Medienredaktion der Tageszeitung »Kurier«, der mich auf die vergessenen Frauen der Salzburger Festspiele gebracht hat.

Wie in allen meinen Arbeiten greifen auch in »Tod bei den Salzburger Festspielen« Fiktion und historische Materialien ineinander; Else Heims hat also nie den Tod im »Jedermann« gespielt, und freilich gab es auch keine Morde bei den Salzburger Festspielen. Das Ehedrama zwischen ihr und Max Reinhardt, dessen neue Ehe mit Helene Thimig, das Leben im Schloss Leopoldskron sowie die Enteignung durch die Nazis sind jedoch Tatsachen.

Ich hoffe, mit diesem historischen Roman bei meinen Leserinnen und Lesern Neugier zu wecken, und will sie dazu ermutigen, sich mit dieser leider viel zu wenig bekannten und sehr spannenden historischen Figur der Else Heims auseinanderzusetzen. Wir wollen uns freuen, dass es sie gegeben hat, und uns gern an sie erinnern.

Anhang

In diesem Roman werden einige Zitate verwendet, die Max Reinhardt zugeschrieben werden.

S. 37: »Ich bin ein bisschen Schöpfer – und baue eine neue, eine bessere Welt. Sie verstehen? Die Zuschauer sollen jenseits von Armut, Enge, Bedrängnis leben dürfen – einen Moment lang!«, sagt er.
Aus: Christoph Funke: Max Reinhardt. Morgenbuch Verlag, Berlin 1996, S. 50.

S. 38: »Wie der bei Schiller: Rebellion soll Ereignis werden!«, antwortet Max Reinhardt.
Aus: Christoph Funke: Max Reinhardt. Morgenbuch Verlag, Berlin 1996, S. 77.

S. 98: »Es ist weniger ein Sagen und ein Wecken von Empfindungen als ein Empfindungsbetrachten in Reinhardts Werken.«
Aus: Christoph Funke: Max Reinhardt. Morgenbuch Verlag, Berlin 1996, S. 137.

S. 104: »Ich komme in meinem Beruf nicht voran. Ich bilde, ich vervollkommne mich, mein Gesichtskreis wird von Tag zu Tag weiter gerissen, aber das quälende Unterbewusstsein, in meinem Beruf stehen zu bleiben und nicht weiterzukommen, macht mich kaputt.«
Aus: Max Reinhardt, Tagebuch-Eintrag, Oktober 1895, in: Sibylle Zehle: Max Reinhardt. Ein Leben als Festspiel. Brandstätter, Wien 2020, S. 34.

S. 123: »Spiel, Fantasie, Theater, alles andere interessiert mich nicht. Und Alltag am allerwenigsten.«

Aus: Christoph Funke: Max Reinhardt. Morgenbuch Verlag, Berlin 1996, S. 44 ff.

S. 135: »Mein Vater hat einen zupackenden Verstand, doch von Natur aus ist er friedlich.«

Aus: Der Liebhaber. Erinnerungen seines Sohnes Gottfried Reinhardt an Max Reinhardt, Droemer Knaur, Zürich 1973, S. 33.

S. 151: »Hier spielt man Theater, in Park und Ballsaal, da, wo noch Mozart als Wunderkind dem Bischof von Salzburg vorgespielt hat.«

Aus: Der Liebhaber. Erinnerungen seines Sohnes Gottfried Reinhardt an Max Reinhardt, Droemer Knaur, Zürich 1973, S. 73.

S. 185: »Man muss das Kunstwerk aus seinen lebendigen Voraussetzungen ableiten.«

Aus: Der Liebhaber. Erinnerungen seines Sohnes Gottfried Reinhardt an Max Reinhardt, Droemer Knaur, Zürich 1973, S. 88.

S. 191: »Die Schauspielkunst ist in der Kindheit der Menschheitsgeschichte entstanden; darum wird sie uns alle überleben. Ich glaube an sie.«

Aus: Der Liebhaber. Erinnerungen seines Sohnes Gottfried Reinhardt an Max Reinhardt, Droemer Knaur, Zürich 1973, S. 130.